A boa sorte

Rosa Montero

A boa sorte

tradução
Fabio Weintraub

todavia

Em memória da minha mãe, Amalia Gayo, que me ensinou a narrar

Para a pequena e inesquecível Sara, que se defendeu. Vamos defender as Saras do mundo

Com minha gratidão e meu amor pelas Salamandras, que iluminaram os tempos sombrios do coronavírus

*Comovem-me
as coisas mais próximas,
as sombras, as dobras da Terra
onde começou
a intimidade do todo*

Carmen Yáñez

*Quem quiser ser feliz, que seja:
do amanhã não há certeza*

Lorenzo de Médici

Esse homem não desgruda os olhos do celular desde que saímos de Madri. E isso que estamos em um trem-bala de exasperante lentidão, que para em todas as estações no caminho para Málaga. Poderia parecer que esse homem está imerso em seu trabalho, quase abduzido por ele; mas qualquer observador meticuloso ou ao menos persistente teria percebido que, de quando em quando, seus olhos deixam de vagar pela tela e adquirem um aspecto vidrado; que seu corpo se enrijece, paralisado na metade do gesto ou do batimento cardíaco; que suas mãos se contraem e seus dedos se curvam, garras crispadas. Em tais momentos é evidente que está muito distante do vagão, do trem, desta tarde tórrida que esmaga sua poeirenta vulgaridade contra o vidro da janela. Na mão direita desse homem há duas unhas machucadas e negras, a ponto de cair. Devem ter doído. Também reluz uma ilha de pelos sem cortar na mandíbula quadrada, de resto perfeitamente escanhoada, o que demonstra que não usa espelho ao se barbear. Ou mesmo que ele nunca se olha no espelho. E, no entanto, não é feio. Aparenta mais ou menos cinquenta anos, cabelo abundante e grisalho, liso e descuidado, muito longo na nuca. Rosto de traços pronunciados, lábios carnudos, nariz proeminente, mas harmônico. Um nariz de general romano. Olhando bem, esse homem deveria ser chamativo, atraente, o típico varão poderoso e consciente do próprio poder. Mas nele há algo deslocado, algo fracassado e errôneo. Uma ausência de esqueleto, por assim dizer. Isto é, uma ausência completa de destino, que é como andar sem ossos. Daria para dizer que esse homem não entrou num acordo com a vida, consigo mesmo, e entrar num acordo, a esta altura todos nós já sabemos, é o único êxito ao qual se pode aspirar: chegar como um trem, como este mesmo trem, a uma estação aceitável.

Faz apenas quinze minutos que paramos em Puertollano, mas a máquina diminuiu de novo a velocidade. Voltaremos a nos deter, agora na parada de Pozonegro, um pequeno povoado de passado minerador e presente calamitoso, a julgar pela suprema feiura do lugar. Casas míseras com telhas Eternit, pouco mais que favelas verticais, alternando-se com ruas que são fruto do desenvolvimento franquista mais paupérrimo, com os típicos prédios residenciais de quatro ou cinco andares com o reboco roído ou o azulejo manchado de salitre. O trem-bala treme um pouco, sacode para a frente e para trás, como se espirrasse, e enfim para. Surpresa: pela primeira vez desde o início da viagem esse homem levanta a cabeça e olha através da janela. Olhamos com ele: um amontoado áspero de trilhos vazios, paralelos ao nosso, se estende até um edifício colado à estrutura de ferro da estação. Estamos a certa altura, numa espécie de passagem elevada que deve ficar no nível do segundo andar do prédio. Quase à beira dos trilhos, desponta uma pequena varanda calamitosa: a estrutura é metálica, a porta não encaixa, um velho botijão de gás apodrece esquecido junto à parede de azulejo barato. Preso às grades enferrujadas, um cartaz de papelão, talvez a tampa de uma caixa de sapatos, escrito à mão: "Vende-se", e um telefone. A perfeita representação do fracasso.

Esse homem ficou olhando a paisagem lastimosa por um longo instante. Quieto, impassível, daria para dizer que sem pestanejar. Por fim, o trem retoma a marcha e ele afunda de novo a cabeça, dessa vez no computador. Exatamente vinte e oito minutos mais tarde entramos na estação central de Córdoba. Esse homem se levanta, revelando-se muito mais alto do que parecia; seu paletó, caro e bem talhado, provavelmente de linho, parece uma sanfona e pende desarrumado de seus ombros ossudos. No entanto, o homem não ajeita a roupa, como tantos fazem automaticamente ao se levantar. Retira a maleta do bagageiro superior, deposita-a sobre o assento e nela guarda o notebook. Ergue-se, arruma com um tapa o cabelo da testa e desce do vagão.

Já embaixo, parece ter perdido de repente o impulso que o impelia. Fica paralisado ao pé da escadaria olhando desconcertado ao redor, enquanto os demais passageiros que saem depois dele grunhem, protestam e terminam contornando o estorvo por um lado ou por outro, como o rio que se divide em torno a uma rocha. Mas os viajantes que querem embarcar já não são tão respeitosos.

— Senhor, por Deus! Dá para fazer o favor de sair do meio do caminho? Anda, palerma!

Esse homem estremece como quem sai de um transe, aperta a alça da maleta até que os nós dos dedos fiquem brancos e começa a caminhar resoluto, ou ao menos sem parar, uma passada após a outra, até chegar ao hall da estação e ao guichê de passagens.

— Acabei de chegar no trem-bala de Madri. Qual foi a última parada?

— Como? — a atendente o observa com olhos arregalados.

— Acabo de chegar no trem-bala de Madri. Qual foi a última parada? — repete ele, imperturbável. E logo acrescenta: — Quer dizer, qual o nome da última parada. Não me lembro, me ajude, por favor.

— Acho que Puertollano ou... Não, o último trem-bala de Madri foi o das 16h26. A última parada foi Pozonegro.

Ele assente com a cabeça.

— Pois bem, me veja uma passagem para Pozonegro, por favor.

A atendente volta a escutá-lo como uma coruja, com os olhos maiores que seus óculos.

— Hoje não temos mais trens para esse destino. São só quatro horários por dia. O próximo sai amanhã, às quinze para as nove.

— Não. Tem que ser agora — diz ele com calma, como se tudo dependesse da boa vontade da atendente.

— Então vá de ônibus, tem vários. Olhe, a estação rodoviária é logo ali, duzentos metros adiante. Saia por aquela porta.

Sem agradecer nem se despedir, o homem caminha até a rodoviária, compra uma passagem, espera vinte e três minutos sentado no banco duro em meio ao tumulto, sobe no ônibus e contempla a paisagem pela janela por outros cinquenta e sete minutos. Durante todo esse tempo ele nada fez além de piscar mais lentamente que um humano normal, um piscar parcimonioso, mais apropriado a um lagarto, enquanto o mundo passa como um diorama do outro lado da janela, campos crestados pelo calor, ainda que o verão não tivesse começado oficialmente, arvorezinhas torturadas pela seca, fábricas poeirentas, granjas abandonadas, grafites berrantes em muros derruídos. O sol se põe muito vermelho. São nove e quinze da noite de um 13 de junho.

O ônibus chega enfim a Pozonegro, que confirma a fama de vilarejo mais feio do país. Um supermercado da rede Goliat, à entrada do povoado, e o posto de gasolina ao lado, repintado e com anúncios fluorescentes, são os dois pontos mais iluminados, limpos e movimentados do lugar; só neles se respira um razoável orgulho de ser o que são, certa confiança no futuro. O restante de Pozonegro é deprimente, cinza, indefinido, sujo, necessitando urgentemente de uma demão de tinta e de esperança. A maioria das lojas está fechada, e o fechamento deve ter ocorrido noutra era geológica. Um par de bares, que de longe já se adivinham pegajosos e cheios de moscas, e uma igreja de tijolos pré-fabricados são os pontos turísticos mais notáveis que esse homem avista no trajeto, se é que realmente pode ver algo com seus olhos lentos e frios de lagarto. Quando o ônibus para em uma esquina (apenas três pessoas descem), ele tenta se orientar. Não é difícil: ao entrar no povoado, cruzaram uma passagem de nível. Segue caminhando em direção aos trilhos e logo chega ao lugar que procurava: é apenas meia rua estreita e escura, asfixiada pela passarela da plataforma férrea, que realmente fica à altura do segundo andar. Esse homem olha para cima, para a varanda e para o cartaz, por sorte iluminado pelas luzes da estação. Resmunga algo, como se acabasse de notar algum problema; tira o celular do bolso do paletó engruvinhado e, depois de procurar os óculos por alguns instantes, digita o número de telefone com dedos titubeantes. Um segundo de espera. Alguém atende do outro lado.

— Quero comprar o apartamento em frente à estação.

— ...

— É isso. Sim. Muito bem. Aceito seu preço. Quero comprá-lo.

— ...

— Agora mesmo... Sim, agora mesmo... Estou na frente do prédio.

— ...

— Você não está entendendo, tem que ser agora mesmo, ou então nada feito. Agora ou nada feito. Sim, quero fechar negócio já... Sei que não é de praxe, mas é isso ou nada... Tenho o dinheiro, não estou brincando... Não, não é uma brincadeira... Já disse que estou na frente do prédio...

— ...

— Está bem. Espero você.

Cinquenta e três minutos de espera, trocando o peso de uma perna para outra. Daria para dizer que, para um povoado tão pequeno, o proprietário está demorando demais. Por fim aparecem dois homens; um de aspecto tosco e rude, quarenta e tantos anos, baixo e barrigudo, mas sem dúvida forte, com o pescoço como um tronco de árvore e grandes mãos. O outro, de aspecto melífluo, também barrigudo, mas franzino: ombros estreitos, perninhas de arame e uma cara frágil em forma de pera. Deve ter mais ou menos a mesma idade que o de pescoço troncudo, mas a caretice do seu traje e o jeito presunçoso e meio rígido fazem com que pareça mais velho.

— Sou o proprietário. Benito Gutiérrez. E este senhor é sr. Leocadio, do cartório.

Não é preciso indicar quem é quem: eles correspondem ao estereótipo. Benito faz uma breve pausa e observa seu potencial comprador. Seus olhos são pequenos, muito negros, desconfiados. Logo prossegue:

— Sr. Leocadio, que mora aqui perto, fez o favor de me acompanhar. Como o senhor veio com essas exigências incomuns... — A boca se contrai de pura suspeita.

— Quero apenas fechar negócio imediatamente.

— Está bem, vamos subir para ver o apartamento.

— Não precisa. Repito, quero apenas fechar negócio o quanto antes — diz o homem, estendendo a mão no ar e detendo abruptamente o perplexo proprietário.

— Mas por que tamanha urgência? — intervém o tabelião com voz estridente. — Alguém o persegue, está foragido, quer lavar dinheiro?

Leocadio diz isso de brincadeira e, ao mesmo tempo, para demonstrar o poder que ele encarna. Sorri sentindo-se magnífico.

— Não há nada ilegal, não se preocupe. Com que banco você trabalha? — pergunta ao proprietário.

— Iberobank.

— Ótimo, também tenho conta nesse banco — diz ele, abrindo o celular. — Posso transferir agora o valor integral para a sua conta. Você receberá a transferência imediatamente.

— Quê?

— Espere um pouco, vamos com calma, não é assim — protesta o tabelião: — Temos que fazer a escritura de compra e venda, verificar se o imóvel está livre de dívidas, digo isso por você...

— Está livre, sr. Leocadio — diz o vendedor, os olhinhos ardendo de ambição.

— Certo, Benito, acredito em você, mas as coisas não podem ser feitas desse modo.

— Proponho escrever à mão um pré-contrato de venda. Assinamos agora e amanhã formalizamos tudo no cartório — diz Benito.

— Isso não é possível. Não é assim que se faz.

— Então desisto, sinto muito. Quero fazer a operação hoje mesmo. Do contrário, não me interessa.

Consternação. O proprietário cochicha no ouvido do tabelião:

— Por favor, Leocadio... sr. Leocadio. Quem vai me comprar esse apartamento colado a esses trens de merda? Por favor.

No fim, triunfa a eloquência do dinheiro. O tabelião escreve com vagaroso detalhismo um pré-acordo cheio de condições: sempre e quando o comprador demonstre ser o único e legítimo dono da soma transferida, sempre e quando não apareçam impedimentos legais, sempre e quando... O aspirante ao apartamento conecta-se ao banco pela internet, digita a quantia de quarenta e dois mil euros, valor pedido pelo vendedor, e faz a transferência. Depois os três caminham até o caixa automático situado na entrada da pequena estação, onde Benito comprova que, realmente, o dinheiro já entrou em sua conta.

— Bem. Então em princípio, e salvo imponderáveis, o senhor já é o novo proprietário do imóvel — diz o sr. Leocadio, devolvendo os documentos. — Espero vocês amanhã ao meio-dia no cartório.

— Tome. Trouxe apenas um jogo de chaves. Amanhã vou te dar mais dois — diz Benito, entregando-lhe as chaves. — Nem sequer visitou o apartamento! Como o senhor é esquisito... — acrescenta, com uma sinceridade que lhe escapa dos lábios.

— Boa noite.

Dois passos depois, no entanto, o pescoçudo não consegue se conter e se vira, perguntando ao comprador:

— Foi por razões fiscais? Tinha que fechar a compra na data de hoje? Vai usar o apartamento para quê? — Benito pergunta, relutante, alçando a voz para vencer a distância.

— Para morar — responde o homem sem nem mesmo virar para trás.

E logo retoma o trajeto, já sozinho, até voltar à silenciosa rua. Sua rua. Muito curta, porque termina no declive pelo qual segue a via férrea. Uma única calçada habitada, composta por quatro edifícios estreitos, todos igualmente feios. Ou talvez não, talvez o seu seja um pouco mais feio, pelas pretensões. É o mais moderno. Do começo dos anos 1960, sem dúvida. O terreno tem somente sete metros de largura. Só um apartamento por andar. Só duas aberturas para o exterior, a varanda e uma janela. A entrada condiz plenamente com o prédio: uma porta tão estreita como a de qualquer quarto, em estrutura metálica, com grades e vidro fosco por trás. O vidro está rachado e na borda de alumínio há uma mosca morta com as patas para cima. O homem entra e tateia até encontrar a luz: fluorescente, desnuda, meio queimada. Um pequeno espaço retangular com piso de lajotas verde-vômito. À esquerda, as escadas. À direita, caixas de correio desconjuntadas e um cesto de lixo. Surpreende que não cheire a podridão.

A porta do apartamento do segundo andar é de compensado, fácil de derrubar com alguns chutes. Há um velho ferrolho de lingueta e uma fechadura normal, mas nem as dobradiças nem o batente resistiriam. Quando a porta se abre, esse homem vê, sob a luz mortiça do hall, uma porta em frente a ele e um estreito corredor à esquerda que se perde na escuridão. Aperta o interruptor de luz perto da porta, mas nada acontece. Na penumbra da parede, busca o quadro de força. Ali está, junto à entrada. Levanta a chave geral e a casa se acende. Quer dizer, umas poucas lâmpadas de baixo consumo e ínfimos watts dividem as sombras e convertem o chapiscado das paredes em uma paisagem lunar de montes e crateras. Esse homem larga a maleta no chão e avança. O vão da frente dá na sala. Isto é, no cômodo com sacada. Estreito e comprido como um mau ano. O corredor mede uns quinze metros de comprimento e tem uma bifurcação para a direita. No fim, à esquerda, o banheiro. Minúsculo e horrendo, com um postigo que dá para um duto de ventilação de um metro por um metro. Abre a torneira: os encanamentos tossem e arrotam um pouco, mas há água. Para lavar as mãos é preciso meter meio corpo sob o chuveiro, de tão apertado que é o banheiro. Azulejos brancos rajados de sujeira, cortinas de um plástico que um dia foi transparente e agora é de um amarelo baço e pegajoso. Se voltamos por onde viemos e seguimos pela outra bifurcação do corredor, à esquerda está a cozinha, antiga, diminuta e imunda. Cheira à gordura rançosa, e o basculante também dá para o soturno tubo de ventilação. À direita, bem em frente, outro cômodo, o da janela que dá para os trilhos, um quarto ainda mais estreito que a sala, iluminado apenas pelo resplendor das luzes da estação de trem. Na empoeirada parede de chapisco, a sombra fantasmagórica de um grande crucifixo. Esse homem suspira, tira do bolso do paletó quatro embalagens de lenços umedecidos, que ele abre uma após a outra, limpando conscienciosamente as lajotas encardidas. Isto é, limpa mais ou menos um metro quadrado, pois as quatro embalagens de lenços não são suficientes. Depois de enfiar os lenços sujos de volta nas embalagens e de guardá-las novamente no bolso, apoia as costas contra a parede e se deixa escorregar até se sentar no chão. Pega seu iPhone e espia sem interesse as mil chamadas e mensagens recebidas. O celular estava no silencioso, agora ele o desliga. Está cansado; o tempo voou entre uma coisa e outra, é quase meia-noite. Poderia bem fechar os olhos um instante e dormir. De repente, escuta um rumor. Um súbito troar que se multiplica a toda velocidade, produzindo uma sensação de vertigem parecida à de alguém prestes a desmaiar. Uma avalanche nos submerge. Os espelhos vibram, o chão trepida, o chapisco da parede arranha as costas. Tudo treme, tudo se move dentro da casa enquanto o trem apita e passa diante da janela sem parar: uma explosão de ar e de energia, um furacão metálico. Uammm, o bicho se afasta sacudindo tudo, arrastando tudo. Depois deixa um silêncio vazio, o pesado silêncio dos cemitérios. Se em alguma ocasião você se vir obrigado a saltar de um trem em movimento, recorda o radiante proprietário, olhe primeiro para a frente e tente escolher um lugar aparentemente macio; jogue sua bagagem e depois agarre-se ao vazio deixando as costas o mais retas possível e dando largas passadas no ar.

As paredes voltaram a recuperar sua quieta feiura. Que desperdício de espaço, que corredor tão enorme, que distribuição horrível, pensa esse homem. E sente algo parecido com um consolo amargo.

Quando o bolsista que fora buscar Pablo Hernando na estação de Málaga não o encontrou, nem pessoalmente nem por telefone, angustiou-se muitíssimo; acreditou que tudo era culpa sua, que não tinha conseguido reconhecê-lo e o perdera. O rapaz voltou arrependido e envergonhado a La Térmica, onde recebeu uma reprimenda à altura de Susana Lezaún e Axel Hotcher, organizadores do ciclo de conferências. Eles também começaram a telefonar insistentemente para Hernando, sem nenhuma resposta, e depois para a secretária de Hernando e para o escritório, mas ninguém atendeu, já deviam ter encerrado o expediente. O relógio tiquetaqueava, o evento estava programado para as oito e meia da noite e o conferencista não aparecia, de modo que, em desespero, puseram-se a telefonar para o amigo do amigo, o conhecido do conhecido e até para o bispo, sem que esse frenesi todo lhes servisse de alguma coisa. Por conseguinte, às dez para as nove Susana Lezaún e Axel Hotcher se viram na amarga posição de ter que aparecer ante um salão lotado por trezentas pessoas impacientes, que em seguida se converteram em energúmenos ao receber as decepcionantes e nebulosas notícias. O pessoal protestou bastante e Susana Lezaún e Axel Hotcher juraram nunca mais ter relações com esse furão irresponsável. Depois, um pouco mais calmos, enquanto compartilham um jantar tardio e uma garrafa de vinho bom para remediar o desgosto, Axel e Susana comentam que a ausência de Hernando foi muito estranha, talvez algo de ruim tenha lhe acontecido. Para dizer a verdade, esperam que ele tenha morrido. Qualquer outra desculpa mais leve parece completamente inaceitável.

É na manhã seguinte, quando telefonam ao escritório para repreendê-lo, que acionam o sinal de alarme. Não se pode dizer que seus colegas de trabalho tenham ficado surpresos com o ocorrido. Bem, um pouco, sim, nunca cometera uma gafe tão grande, mas ultimamente tem desmarcado as reuniões na última hora e deixado clientes plantados, esquecendo o compromisso agendado. Esquecer um compromisso, justo Pablo Hernando, que vive para sua profissão! Ainda que, levando tudo isso em conta, a ausência até pareça lógica. O pobre homem deve estar passando muito mal. Claro que os colegas de Hernando nada comentam sobre o assunto. Pelo contrário, fingem e tentam fazer com que Lezaún e Hotcher o desculpem.

Como a secretária tem as chaves da casa de Hernando, os colegas do escritório vão até lá, incomodados e inquietos. Tememos encontrá-lo estendido no chão do banheiro ou na cama, já rijo, um infarto, um ataque, afinal essas coisas acontecem, ainda mais com alguém que, mesmo bem conservado, já tem, segundo a biografia disponível na internet, cinquenta e quatro anos. Para alívio deles, encontram o apartamento vazio. A xícara do café da manhã está lavada e posta no escorredor, a cozinha, imaculada; o quarto, arrumado; os armários, ordenados com a habitual meticulosidade. É um obsessivo. Na mesa da entrada, um bilhete para a faxineira: "Pepa, por favor, busque na tinturaria o terno cinza, deixei dinheiro na caixa, obrigado". Tudo normal, enfim. Continua sem atender o celular nem responder os e-mails. Pensam se seria conveniente contatar os amigos dele, mas logo se lembram de que ele não tem amigos. Ao menos que eles saibam. Convocam então uma reunião de urgência no escritório: quarenta e duas pessoas entre o pessoal administrativo, colegas contratados, sócios e estagiários.

— A primeira coisa a fazer é telefonar para todos os hospitais — diz Mariví, sua secretária, muito agitada.

A sugestão soa abominável, mas telefonam. Nada. Depois desse surto de atividade, ficam sem saber o que mais fazer. São oito e meia da noite da terça-feira, ou seja, faz vinte e quatro horas que Pablo furou com o pessoal de Málaga. O começo oficial do desaparecimento.

— Alguém sabe se ele chegou a pegar o trem? — pergunta Germán.

É uma boa ideia verificar; seu carro está na garagem do escritório, mas normalmente ele pega um táxi quando vai viajar. Ligam para a Renfe* para perguntar se ele usou o serviço. A resposta é que não estão autorizados a fornecer essa informação sem uma ordem judicial.

— Então, o que vamos fazer? Ir à polícia? — pergunta Regina, pondo o dedo na ferida.

Ninguém se atreve.

— E se ele sumiu porque quis, se foi a um hotel, se decidiu encher a cara, ou ir para Paris, ou sair com putas, algo assim? — grunhe Matías.

Murmúrios de censura, sobretudo das mulheres: o Matías é assim. O fato é que ninguém quer ser o responsável por semelhante decisão; é difícil imaginar as razões do comportamento de alguém que jamais compartilha sua intimidade. Assim, decidem esperar um pouco para ver se as coisas se ajeitam por si mesmas.

A quarta-feira transcorre sem notícias, e também toda a quinta. E assim, com o escritório paralisado e a equipe cada vez mais inquieta e indiscreta, chegamos à sexta-feira. À primeira hora da manhã, Germán dá um soco na mesa:

— Vamos à polícia.

---

* Sigla de Red Nacional de Ferrocarriles Españoles, empresa estatal de transporte ferroviário. [N.T.]

Como é natural, os quatro sócios decidem ir juntos, Germán, Regina, Lourdes e Lola. E o fazem com um peso na consciência, pensando que talvez a esta altura Pablo já esteja morto por não terem tomado as devidas providências com a agilidade necessária. Agora que decidiram, parece incompreensível tamanha demora em reagir. Sobretudo pelas suspeitas que despertam nos policiais:

— Sumiu na segunda e vocês não fizeram nada até hoje? Ainda mais tendo em conta as circunstâncias pessoais dele...

— Bem, ligamos para os hospitais e essas coisas... — diz Germán com pouca convicção.

— Veja, é que Pablo Hernando impõe certos cuidados, sabe... Não apenas é o principal sócio, o fundador da empresa, um profissional de prestígio e conhecido, mas também um homem muito... como dizer?, muito reservado. E com tudo o que passou foi se fechando ainda mais. Também tínhamos medo de que a notícia fosse explorada pela imprensa. Ele não nos perdoaria — Regina tenta se desculpar.

Voltam ao escritório com a sensação de terem sido reprovados em um exame. Tão abatidos que nem sequer se atrevem a comentar o papel pouco lúcido que parecem ter desempenhado. Estacionam taciturnos na garagem, beliscam alguma coisa apressadamente no bar da esquina enquanto mexem nos celulares e evitam se olhar nos olhos, e logo cada um se fecha em sua sala, ruminando sua preocupação e sua culpa.

Três horas depois toca o telefone de Regina, que acaba de enfiar na boca uma barra de chocolate: quando está angustiada, sempre se enche de doce. Com o sobressalto, engole o chocolate inteiro. Tosse um pouco e atende. Como ela havia intuído ao ver que se tratava de um número privado, é o inspetor com quem conversaram pela manhã.

— Embarcou no trem em Madri, mas o mais provável é que tenha descido antes de chegar ao destino. Na segunda-feira mesmo fez uma transferência de quarenta e dois mil euros para um tal Benito Gutiérrez em uma conta de uma agência bancária de Pozonegro. Esse nome te soa familiar? — pergunta o homem.

— Benito Gutiérrez? Não. Não faço ideia de quem seja — responde Regina, espantada.

— Bem, pois parece que o sócio de vocês comprou um apartamento. Pelo menos é o que dizia a descrição da transferência bancária: pagamento compra apartamento Resurrección 2. Em Pozonegro há uma rua chamada Resurrección, e o trem no qual o desaparecido supostamente viajava parava nesse povoado. Vamos designar um agente policial para investigar por ali.

— Perdão, um momento... Os senhores podem quebrar o sigilo bancário das pessoas desse modo? Faz apenas três horas que comunicamos o desaparecimento do nosso colega...

Breve silêncio do outro lado da linha.

— Eu achava que iria nos parabenizar pela rapidez na investigação. Mas não, claro que não. A senhora pode ficar tranquila. Por precaução, desde a fuga de Soto, passamos a controlar as contas do sr. Hernando. Tudo com a necessária autorização judicial, obviamente, coisa que sem dúvida uma cidadã exemplar como a senhora ficará contente de saber. Boa tarde e de nada — diz, sarcástico.

E desliga.

Regina fica por uns segundos com o telefone mudo colado à orelha, perplexa. Ela pisca, deposita o celular sobre a mesa, fica de pé e caminha, sonâmbula, até a porta da sua sala. Abre a porta, aparece para todos:

— Alguém sabe onde cacete fica Pozonegro? — indaga ao vasto mundo.

Ninguém responde.

Nossa Senhora, ele é lindíssimo. Tem uma coisa… Não sei como definir. Cavalheiresca. É um cavalheiro. Parece educado. Se percebe que é outro tipo de pessoa. Sensível. Com essas mãos de pianista, como não seria sensível? E se o meu palpite estiver certo e ele for pianista? Ou seja, músico. Ou artista, falando de modo geral. Tenho esse pressentimento. À primeira vista, nós, artistas, nos reconhecemos. Duas unhas dele estão pretas. Pobrezinho, onde terá metido os dedos? Parece um pouco seco, mas isso é timidez, tenho certeza. Me pegou esfregando o cesto de lixo. Que azar, não estava nada sexy. Isso porque eu tinha até me maquiado. Não muito, minha sombrinha verde, um pouco de blush. E o cabelo limpo, bem penteado. Para o caso de nos encontrarmos. Ele entrou com umas sacolas plásticas, acho que do mercado da Antonia, que me disse que ele faz as compras lá. Me pegou com a cara enfiada no maldito balde. É mais bonito do que a Antonia disse! Cabelo bonito, todo grisalho e liso. E tão alto! E bem-vestido. Dizem que pagou sessenta mil euros à vista, me parece muito caro sessenta mil por esta merda de casa, mas enfim… Por isso dizem que é muito rico, mas para mim tanto faz. Quem com grana viria morar nesse buraco? É tudo muito misterioso… Ainda que nós, artistas, já se sabe, sejamos muito misteriosos. E boêmios. Então ele entrou e ficou um pouco sem graça ao me encontrar, e eu também, eu mais ainda, por causa do bonitão e do maldito cesto de lixo. Eu disse olá, e ele me respondeu, olá, você é a zeladora?, e eu um pouco brava respondi que nãããão, não, não, não, expliquei que não temos zelador nem nada, mas que eu limpava a lixeira de tempos em tempos porque me deprimia que o prédio cheirasse mal. Ele piscou e disse, ah, ótimo. Acho que quis dizer que ótima a minha iniciativa, como se me agradecesse, do jeito dele, com a timidez dele. Então me atrapalhei e disse, é que sou artista. Sou pintora. Ou seja, como se eu dissesse: por isso sou tão sensível, tanto que não gosto que a portaria cheire a merda, mas me atrapalhei, não expliquei direito, acho que fui ridícula. Porque ele também ficou um pouco surpreso. Então acrescentei: também trabalho no caixa do Goliat, se você for comprar algo lá, vou te tratar muito bem. Outra bobagem, como se não tratasse todo mundo bem! O que eu queria dizer com essa história de tratar bem? Soava um pouco, sei lá, oferecida. Ahhhh, comecei a ficar muito puta comigo mesma. Ele disse, ah, sim, obrigado, e começou a subir as escadas. Meu nome é Raluca, eu disse, sim, eu sei que é um nome estranho. E ele disse outra vez obrigado, continuando a subir como se eu não tivesse dito nada. Então eu perguntei, e você? É o novo morador do segundo andar, não é? E ele quase grunhiu: sim, do segundo. E depois de um instante: Pablo. Meu nome é Pablo. Nem sequer se virou para dizer isso. Um tremendo tímido.

Dormiu a primeira noite vestido e acordou estirado no chão, a bochecha colada às lajotas sujas, fora do quadrado que havia limpado. Levantou-se, esfregou esse lado da cara com a água do lavabo até quase arrancar a pele. Vestiu a muda de roupa que trouxera na maleta e, sem nem tomar banho, foi até o cartório, que ficava em Puertollano, por isso teve de pegar um ônibus. De volta a Pozonegro, inspecionou o bairro: não longe do seu apartamento (nada ficava longe ali), havia uma pequena loja que vendia de tudo, igual a esses mercadinhos chineses, mas administrada por uma senhora local atarracada. Comprou pão, frutas, latas, embutidos, água. E mais lenços umedecidos na farmácia. Enfiou-se em seu apartamento sem móveis. E ali passou dois dias fechado, sem fazer nada.

Talvez estivesse pensando.

Pensar era trabalhoso.

Contava trens. Passavam dezessete por dia, das quinze para as oito da manhã até vinte para a meia-noite, horário do último trem, que viu na primeira noite.

No terceiro dia teve que sair novamente: a comida tinha acabado. Isso foi na quinta-feira, quer dizer, ontem. O chuveiro era elétrico e felizmente funcionava. Secou-se com a camisa mais suja das duas que trouxera, e se barbeou. O fogão da cozinha era a gás, mas havia também um forninho elétrico. Pensou em comprar café, ainda que fosse solúvel. Pensou vagamente em comprar para si uma vida. Um colchão, uma toalha.

Uma panela, uma colher. Um garfo, sem dúvida: comer enlatados com o dedo era nojento. Algumas roupas. Não queria usar os cartões de crédito para não ser localizado. Tinha somente quatrocentos e setenta e seis euros e, por sorte, novecentas e quarenta libras da última viagem a Londres, que tinha esquecido de guardar e ainda estavam na maleta. Foi à lojinha chinesa da não chinesa; incrivelmente, conseguiu comprar ali uma panela, uma faca, um garfo, uma colher. E sabonete, do qual se lembrou na última hora.

— O colchão e as roupas o senhor vai encontrar no Goliat, na entrada do povoado — disse a mulher, cujo cabelo ralo e tingido deixava entrever o crânio esbranquiçado.

Ao entrar no prédio encontrou uma garota. A vizinha do primeiro andar, ela se apresentou. Muito falante. Quase saiu correndo pelas escadas para fugir dela. Já em casa, a primeira coisa que fez foi preparar um café. Tinha esquecido de comprar açúcar. Em seguida, cozinhou três ovos na única panela disponível. Estranhou continuar sentindo fome, quando tudo o mais parecia ter acabado. Depois lavou na pia, com o sabonete líquido que acabara de comprar, uma de suas camisas e sua muda de cueca e meias. Desistiu de estender as peças nas grades da janela ou da sacada (estavam muito sujas e enferrujadas), decidiu pendurar tudo no instável cano do chuveiro. Sentiu que havia se entregado a um autêntico paroxismo de atividade e, com um cansaço que mais parecia uma doença, voltou a deslizar pela parede até cair sentado no chão do quartinho de frente. O ser humano imediatamente cria hábitos: Pablo já tinha feito sua toca nesse quarto, no fragmento de chão, agora já de dois metros por um e meio, que havia limpado com os lenços umedecidos. Ali passava as horas, hipnotizado pelo brilho apagado dos trens; ali dormia, primeiro sentado, tal como estava, ainda que mais tarde, ao despertar, se descobrisse encolhido e com dor, deitado de lado e em posição fetal sobre o piso. Do teto pendia um fio descascado com uma lâmpada na extremidade. Na parede da esquerda, onde a sombra do crucifixo se destacava sobre a sujeira, uma fileira de formigas se esfalfava, indo e vindo de certos buracos. Raspou com a unha o rejunte negro das lajotas no chão: saía uma porcaria viscosa, peguenta. Que nojo! Apressou-se em buscar o cortador de unhas em sua nécessaire e cortou a borda manchada. Pelas janelas viam-se os trilhos, a plataforma escura, um murinho meio derruído, cheio de grafites, com uma pilha de lixo velho. Tudo possuía essa feiura tão absoluta que quase equivalia à cegueira. Vou colocar o colchão aqui, pensou. Animal de costumes.

Recém-saído do banho, barbeado, vestido com uma camisa limpa mais ou menos aceitável (o tecido, italiano, com um desses acabamentos modernos que o tornam resistente aos amassados sem perder o aspecto elegante; são as camisas que usa em viagens) e com o paletó mais sujo e engruvinhado do planeta, Pablo sai de casa e se dirige primeiro ao único Iberobank de Pozonegro, com o objetivo de trocar as libras. Chega pouco antes de fecharem: vive como num tempo desarticulado e as horas escapam entre seus dedos. Para seu fastio, vê-se obrigado a se identificar e comprovar que tem uma conta no banco, mas no fim consegue o dinheiro (maldito Brexit, a conversão rende mil e onze euros). Depois vai caminhando até o Goliat, menos de quinze minutos, e já está fora da cidade. Quantos habitantes tem Pozonegro?, perguntou no banco. Mil e trezentos.

Mil e trezentos, e Pablo acaba de cruzar com a esquisita do povoado, uma adolescente rechonchuda com o cabelo tingido, preto-corvo, roupa rasgada de punk antiquada e a cara cheia de piercings. A garota olha para ele com uma expressão de furiosa antipatia, que deve ter cultivado por horas diante do espelho. Ou talvez não, talvez seja assim que ela se sinta de verdade. Com toda essa raiva e essa dor. Deve ser muito duro ser a esquisitona dos piercings em Pozonegro, pensa Pablo. Quem serão seus pais, o que terá acontecido a essa garota para acabar desse jeito. De repente, o coração desse homem dispara no peito. As vísceras se espatifando contra o cárcere das costelas.

Um golpe de angústia física, uma tontura, a sensação de estar a ponto de desmaiar. Pablo se apoia na parede, respira lentamente. As batidas se normalizam e o mundo volta a adquirir definição. Ficou com a testa encharcada de suor frio. Mas faz calor. Calor demais, talvez seja isso. Tira o paletó amassado. Abre um pouco mais o colarinho da camisa, arregaça as mangas. Melhor assim, sem paletó. Além do mais, desse modo fica menos evidente que ele dormiu com a mesma roupa. Quer dizer, parece menos mendigo.

Retoma o caminho. Não há um vaso sequer nas janelas, nada de cor nessas ruas. Os mil e trezentos vizinhos devem estar dentro de casa; os poucos com que cruza são tão feios, descoloridos e apagados como o entorno. Quase todas as lojas têm cartazes amarelados de "passa-se o ponto". Há pequenas casas derruídas, terrenos estreitos cheios de entulho; as ruas parecem bocas desdentadas e as ruínas são tão velhas que o mato cresceu sobre o lixo. Pozonegro está morto e não sabe.

As grandes portas do Goliat se abrem com um silvo, e Pablo penetra no alegre paraíso do consumo. Daria para dizer que o lugar está recém-pintado, inclusive recém-inaugurado; o ambiente é luminoso, as cores, brilhantes, a trilha musical ameniza a manhã com um repertório de canções da moda. Então é aqui que as pessoas estavam, Pablo fica surpreso: realmente tem muita gente. Além disso, aqui todos parecem mais contentes, até mais arrumados que na rua, menos cinzentos, menos feios. Parado junto à entrada, Pablo fica olhando com um pouco de apreensão o vasto local. Sempre detestara os grandes centros comerciais, em especial os supermercados, mas hoje experimenta emoções contraditórias: por um lado, a claustrofobia habitual, por outro, uma paradoxal sensação de alívio. Faz um esforço de concentração e elabora mentalmente uma lista do que precisa comprar. Tudo barato, muito barato. Não quer usar os cartões nem mexer mais nas contas bancárias, para passar despercebido tanto quanto possível, e tem apenas mil quatrocentos e oitenta e sete euros. E quando acabarem, como vai ser?

— Pablo! Pablo! Pablo!

Está tão desligado de seu nome e de si próprio que demora um bom tempo para perceber que o estão chamando. Sim, é com ele. Uma das meninas no caixa. Incrível.

— Pablo! Sou sua vizinha! Não lembra? Conversamos ontem, no saguão do prédio.

Claro. Era a garota que não parava de falar. Não prestou atenção nela e jamais a teria reconhecido. A mulher termina de cobrar um cliente e logo coloca sobre a sua esteira um prisma de acrílico onde se lê "fechado".

— Vou pro intervalo! — ela grita para alguém virando a cabeça sobre o ombro e, depois de sair de seu posto com toda pressa, se aproxima dele dando pulinhos.

— O que você faz por aqui? Posso te ajudar? Tenho meia hora — diz de supetão, sem esperar respostas.

Pablo dá um passo para trás, intimidado com tanta vitalidade e simpatia. A mulher o assusta. Conhece pessoas assim. São invasivas, vêm para ficar e exigir carinho.

— Sou amiga de todo mundo aqui e, o que é melhor, posso até conseguir algum desconto com o patrão. Não prometo, ele é sovina, mas não custa tentar... — ela prossegue.

Como se chamava?

— Meu nome é Raluca, você lembra? Duvido. Ninguém lembra de primeira, é um nome tão incomum! É romeno, por isso também que algumas pessoas me chamam de Romena, mas sou espanhola. Ou seja, nasci aqui e me adotaram criança. Bem, não me adotaram, mas essa é uma outra história. Vou te contar um dia — explica ela. Depois, como se tivesse lido o pensamento de Pablo, pergunta: — Então, me diga, o que você quer comprar?

— Bem, não sei... Várias coisas. Mas não sei se posso pagar, quase não tenho dinheiro... — responde ele, impelido pela energia da garota.

— Ah, mas isso não é problema. O que com certeza posso conseguir para você é o pagamento parcelado, já que somos vizinhos. Em até seis vezes sem juros. Além disso, temos um montão de ofertas. Do que você precisa?

— Bem, de um colchão.

— Ah, isso é fácil! Temos ótimas ofertas de colchão. E o encarregado do setor de móveis sempre me paquera. Casado e com filhos, mas você sabe como é... Você não é um tipo desses, é? Anda, vem comigo.

Raluca agarra seu braço e o arrasta. É uma garota alta e forte, e o puxa com firmeza; o cotovelo de Pablo roça o flanco da moça. O homem sente seu calor e seu cheiro: um perfume cítrico barato e o aroma almiscarado de sua pele. A menina cheira bem, isso que Pablo tem uma pituitária exasperante de tão sensível. Cabelo ondulado e escuro, rosto muito pálido, grandes olhos de uma cor inesperada e inusual: mel escuro com chispas de ouro, percebe Pablo, prestando atenção nela pela primeira vez. Dentes fortes e brancos, mas tortos e um pouco apinhados uns sobre os outros: nestes tempos de ortodoxia ortodôntica, esse sorriso é exótico. E ela não é mais tão jovem: seus olhos e lábios já sofrem o paciente assédio das rugas.

— Temos aqui esta oferta que é ótima — diz o atendente, um homem calvo e suarento que observa a moça como se a lambesse com os olhos. — Um colchão Visco Smart de noventa por duzentos centímetros. Viscoelástico, vinte e um centímetros de espessura, dois anos de garantia. Custa duzentos e sessenta e nove euros, mas está saindo por oitenta e sete euros, com sessenta e oito por cento de desconto. O que você acha, Raluca?

E põe a pata sobre os ombros da moça, que se esquiva com um puxão.

— Manolo, não seja abusado... Este colchão me parece muito estreito. Quer que esse senhor durma numa caminha de adolescente? Mostre algo um pouco mais confortável, por favor...

Pablo deixa que Raluca conduza a negociação; se sente meio abobado, fora do mundo. As luzes ofuscantes do local o aturdem. Um pouco mais adiante, na praça de alimentação, está a esquisitona do lugar, toda de preto com suas roupas góticas, no meio das prateleiras multicoloridas. Permanece concentrada na leitura do rótulo de uma lata de conservas enquanto gira, ensimesmada, a bola que perfura sua sobrancelha direita. Ela também parece menos desesperada, mais contente. O hipermercado como uma epifania de serenidade, plenitude e gozo.

— Pronto, Pablo, vem aqui, você tem que assinar a papelada.

Vai levar um Visco Smart de cento e trinta e cinco por duzentos centímetros, dois anos de garantia, pelo imbatível preço total de cento e quinze euros, dos quais paga agora quarenta de entrada e mais cinco parcelas de quinze euros, mais quinze euros de frete.

— Custava trezentos e setenta e nove, ou seja, você comprou com setenta por cento de desconto — alardeia o vendedor, que tenta aproveitar o feliz desfecho da transação apalpando Raluca novamente.

— Sai pra lá, seu chato — diz ela, se esquivando.

E volta a segurar o braço de Pablo, com quem caminha daqui para lá por toda a loja. Em pouco mais de meia hora (Raluca volta a seu posto com certo atraso) compram de tudo: lençóis, um cobertor, um travesseiro, toalhas, roupa íntima, jeans, camisetas, camisas, uma frigideira, uma caçarola, pratos, copos, xícaras, talheres, papel higiênico, sacos de lixo, detergente, um par de tênis. Pablo sozinho não saberia nem por onde começar. Enjoado e com o carrinho lotado, passa pelo caixa de Raluca e, apesar do parcelamento, depois de pagar a fatura seu capital se reduziu à metade.

— Puxa, estou ficando sem dinheiro — murmura, contando as notas.

— Você precisa de trabalho? — pergunta a moça. — Não se preocupe, Pablo. Vou ajudar você.

E sorri, luminosa, mostrando uma fileira desbaratada de dentes tortos.

Claro que já estão nos chamando de Urraca pela cidade. Claro. Sou um idiota. Devia ter pedido muito mais dinheiro pro cara. Não discutiu o valor nem quis olhar o apartamento. Coisa de gente rica. Quem compra um apartamento à vista sem dar nem uma olhada? Alguém muito rico. Mas muuuuuito rico. Só pode ser. E precisando muito fechar logo o negócio, bem depressa. Devia ter pedido cinquenta mil; ele pagaria, com certeza. Zás, aqui estão os cinquenta, como fez com os quarenta e dois. De uma vez, sem pestanejar. Esse homem foge de algo, estou te dizendo. Ou tem algo a esconder. Não é trigo limpo. A quem ele quer enganar, com esse ar grã-fino de filhinho de papai? As calças mais amassadas que uma sanfona, mas olhando tudo de cima. Já deve ter nascido rico, é o que mais me fode. Uns com tanto e outros com tão pouco. Como o pau mole do Leocadio. O que a gente ria dele no colégio... Ele era o mariquinha da turma! Mas aí está ele, depois de herdar o cartório do pai. Ele também gostaria de olhar tudo de cima, mas como é um cuzão abobado, não consegue. É mais atarracado que eu! Mas o lance é que eu fiz uma cagada. Abestalhado, tinha que ter pedido bem mais! Não viu a pressa que o homem tinha? Não viu que ele estava louco para comprar? Como fui burro, meu sangue chega a ferver de tanta raiva. Nada me dói mais que um mau negócio. Acho que estou ficando retardado... Um Urraca deixando-se enganar. Que vergonha! Mas isso não vai ficar assim. Quem ri por último, ri melhor. Esse sujeito esconde algo, e os que escondem, se comprometem. Estão em uma situação frágil, essa é a questão. O que você tem que fazer, besta, é vigiar e investigar até descobrir o que ele está escondendo. Espioná-lo, como os espiões dos filmes. Descobrir os hábitos dele, o que ele faz. Por exemplo: parece que quase nunca sai do apartamento. O que aquele doido fica fazendo metido lá, se naquela casa não tem nada de nada? Ou chegaram móveis no meio da noite? Duvido. Neste povoado não tem quem solte um peido sem ficar todo mundo sabendo. De qualquer forma, tenho que vigiar melhor o sujeito e fingir que nos encontramos por acaso. Agora mesmo, por exemplo, não sei se ele está em casa ou se saiu. As persianas estão exatamente como deixei. Claro que estão quebradas, ou seja... Olha só! Falando do diabo, aparece o rabo! E vem carregado de pacotes como Baltazar... Estou te dizendo: ele tem dinheiro sobrando. Agora vou me aproximar como se estivesse passando aqui por acaso. Como vai, como estão as coisas? É um ótimo apartamento, vou dizer pra ele. Te dou uma mão pra subir com os pacotes. Assim aproveito para bisbilhotar um pouco... Ehhhhh... Cuidado, cuidado, cuidado... Quieto, parado... Quem é esse policial saindo do carro? Um policial de uniforme e um carro de civil. Ou melhor, um policial disfarçado, que não me enganam. Como não percebi antes que esse carro estacionado tinha gente dentro? Será que alguém me viu? Acho que não. Além disso, o que ele pode ter visto? Um sujeito fumando tranquilo nas escadas da estação. Poderia apenas estar sossegado esperando o trem. O mauricinho já se assustou. O policial está falando com ele muito educadamente. Esses tiras são muito educados até que te enchem de porrada e pontapé e te prendem. O tal Pablo Hernando está tremendo como um pudim. É a prova definitiva, ele esconde algo sujo. Que saco não entender o que eles estão dizendo... Não dá para escutar mais do que um murmúrio. O sujeito entrega a carteira de identidade.

O tira pega o telefone. Mais murmúrios entre eles. O policial devolve o documento, diz tchau e vai embora. Ficou com os olhos faiscando, o filhinho de papai. Estou te dizendo, ficou pálido, o sangue já não chega ao corpo. Está abrindo o portão, a mão treme. Probleminhas com a polícia, é, seu corno? Te peguei. Agora só tenho que achar o seu ponto fraco e depois te explorar. Como naquele negócio com a puta da Irina. Tiramos uma bela grana. Pena que depois o cafetão dela tenha pulado fora. Mas desta vez vou extorquir sozinho. Sessenta mil. Tinha que ter pedido sessenta mil. Ele ia me pagar sem chiar. Estou te dizendo.

Regina foi para a cama com Pablo Hernando. Mais de uma vez, de fato. Um bom punhado de vezes. Daria para dizer inclusive que eles têm uma relação. Sim, daria até para dizer, mas Regina sabe que não é verdade. É por isso que não quer que fiquem sabendo desse relacionamento no escritório. A verdade é que não teriam motivo para se esconder, os dois estão livres, mas Regina fica mortificada com o fato de que os outros sejam tão conscientes quanto ela do espaço pequeno que ocupa não somente na vida de Pablo, mas em sua cabeça e em seu coração. Desde que ele enviuvou, sete anos atrás, sua personalidade mudou. Antes já era um tipo silencioso e reservado, mas a partir de então ele se emparedou. Dois anos depois da morte de Clara, terminaram metidos na cama em Xangai, durante uma viagem de trabalho, depois de alguns drinques a mais para celebrar um bom contrato. Embora a noite não tivesse sido de soltar foguetes, Regina, que sempre sentira atração por Pablo, ficou com o coração incendiado. Encantada por ele, ela estupidamente se iludiu, quando o tempo das ilusões já tinha passado. Mas logo percebeu que a coisa não seria um conto de fadas. Depois de Xangai (que exótico, que maravilhoso teria sido Xangai como o começo de uma história de amor, que besta é a vida), Pablo continuou a tratá-la exatamente da mesma forma, com a mesma confiança distante e amável, com sua habitual e educada magnanimidade de estrela internacional e de fundador do escritório. Levaram alguns meses até que voltassem a passar a noite juntos, também foi depois de um encontro quase casual (que Regina teve muitíssimo trabalho para organizar). Agora ela sente vergonha em reconhecer que, durante o primeiro ano, e como se ela fosse uma adolescente idiota em vez de uma profissional madura e de prestígio, durante os primeiros tempos, enfim, acalentou a pueril, a patética esperança de que Pablo mudasse. Isto é, de que ela fosse capaz de mudá-lo com seu amor. Mas não, não era. Ninguém muda ninguém. No fim, teve de reconhecer que não existia nada além daquilo. Um encontro erótico de quando em quando, mais ou menos uma vez a cada dois meses, com eles sempre se separando depois, nunca dormindo juntos. Ela fica com a moral abalada por se sentir um objeto sexual, o remédio para uma necessidade cega da carne, mas conseguiu se adaptar. No fim das contas, Pablo também tinha essa função para ela. Regina tem cinquenta e dois anos, trabalha muito, é uma mulher com dinheiro, poder e sucesso, coisas que dificultam muito sua vida amorosa. Se olharmos bem, é um acordo bastante conveniente para ambos.

Dito isso, é preciso reconhecer que Regina sente, apesar de tudo, que ter passado a noite com Pablo três dezenas de vezes, mais ou menos, lhe dá autorização para acreditar que eles têm um relacionamento especial. Para se sentir um pouco viúva, por assim dizer, por seu desaparecimento ou fuga. Sua maldita, inexplicável fuga, a julgar pelo que relatou o inspetor da polícia. Porque, como além de viúva *in pectore*, Regina é a sócia mais antiga, foi ela quem chamou o inspetor.

— Ele está mesmo em Pozonegro. O policial que enviamos falou pessoalmente com ele. Comprou um apartamento e disse que ficará algum tempo por lá. O agente lhe disse que os senhores denunciaram o desaparecimento, pelo visto ele não achou graça. Disse que está bem e que deseja que o deixem em paz. Que, quando quiser entrar em contato com os senhores, ele o fará. E que não precisam dele para nada. Assim demos o caso por encerrado.

Pozonegro. Província de Ciudad Real. Em Castilla-La Mancha. Mil duzentos e oitenta e cinco habitantes em 2018. Povoado criado no fim do século XIX em torno de uma enorme mina de carvão chamada La Titana, a maior jazida de todo o vale carbonífero de Puertollano. Quando a mineração entrou em crise, em meados do século XX, Puertollano sobreviveu graças ao complexo petroquímico, inaugurado em 1966. Mas Pozonegro ficou sem nada. La Titana foi fechada em 1965. Em meio século, a população baixou de nove mil e seiscentos habitantes para a cifra atual.

Regina fez a lição de casa. Agora sabe onde fica Pozonegro. No cu da vida e da história. Por que diabos Pablo foi morar lá? Ela ligou para ele inumeráveis vezes. Todos os dias é a primeira coisa que faz ao se levantar e a última antes de dormir. O celular de Pablo sempre está desligado ou fora da área de cobertura. Também mandou um monte de e-mails para ele. Nunca recebeu resposta.

Regina considera mais uma vez a possibilidade de pegar sua BMW azul-metálica e dirigir até a maldita rua Resurrección, número 2, segundo andar. Pozonegro, Cu do Mundo. E mais uma vez, com enorme esforço, se contém. Não pode ir. Não deve. Ele foi muito claro. O que ele quer é que o deixem em paz.

E depois, além disso, há o espantoso caso de Marcos. Que ela saiba, ele continua foragido. Regina espera que a polícia saiba o que faz, que tenham certeza de que Marcos não sequestrou Pablo ou algo assim.

Para falar a verdade, essa parte lhe dá bastante medo.

O inspetor-chefe Andueza sempre foi um homem lacônico e de mente ruminante, mas, nos últimos tempos, suas pausas começam a parecer ausências. Todos pioramos com a idade e acabamos por cristalizar nossas manias, pensa Jiménez, que sabe do que fala: falta muito pouco para que os dois se aposentem. Começaram quase ao mesmo tempo, quando ocorreram as primeiras promoções do período democrático, ainda que para Andueza, claro, as coisas tenham sido muito melhores. Mas agora ambos estão igualmente ferrados; na Brigada Provincial de Informação todo mundo sabe que Andueza não agrada à nova ministra; sua destituição é coisa de dias. Talvez por isso esteja especialmente meditabundo e sério hoje. Jiménez está há três minutos diante dele, em seu escritório, sem que o inspetor tenha dito uma só palavra. Limita-se a contemplar o horizonte, quer dizer, uma parede a quatro metros de distância, enquanto mordisca o falso bocal de um cigarro de plástico. Jiménez suspira e tenta não perder a paciência.

— Jiménez... — grunhe Andueza.

— Sim...

O inspetor-chefe morde furiosamente o bocal. Deve estar fazendo isso há um certo tempo, pois o plástico está roído e rachado.

— Você não acha estranho que o tal Pablo Hernando tenha decidido viver de repente nesse, nesse... povoado de merda?

— Pozonegro. Acho, sim.

— ... que ele tenha resolvido ir para esse povoado de merda, abandonando tudo, justamente quando Marcos Soto acaba de fugir? Não acha estranho?

— É esquisito — confirma mansamente Jiménez, que sabe como o inspetor gosta quando lhe fazem coro.

— Esquisitíssimo... — repete Andueza com pensativa e genuína gravidade, como se estivesse se referindo não apenas a esse caso, mas a este mundo, esta sociedade, este país, esta vida e, especificamente, a esta profissão, esta ministra e estas leis que nem sequer permitem que você fume no seu próprio escritório.

Com os anos, pensa Jiménez, a realidade vai ficando cada vez mais incompreensível.

Nova pausa dramática.

— Fico contente que estejamos de acordo, porque vou encarregar você de vigiá-lo. Já sabe, o procedimento habitual. Fale com o Parrondo. Aja com cuidado, ele não deve notar vocês, pois está claro que Hernando não quer colaborar — diz por fim o inspetor.

Depois afunda a cabeça nos papéis da mesa, como se de repente estivesse muito ocupado.

— Está certo — responde Jiménez, já a caminho da porta.

Mas Andueza ainda não disse a última palavra. Volta a levantar o rosto; seu olhar é melancólico e algo errático. Outra pequena pausa. E por fim:

— Boa sorte — ele diz. — E adeus.

Ele está se despedindo, compreende Jiménez. E sente na própria carne o desalento da idade. Que merda de caso, e que merda ter que educar um novo chefe no curto ano que lhe resta antes de se aposentar.

Pablo foi acordado pelos gritos furiosos de uma mulher, uma agitação de golpes e rangidos como se alguém arrastasse móveis, o choro de uma criança. A capacidade de adaptação do ser humano é tal que, em apenas uma semana, ele já se acostumou a suportar impassível o fragor do trem; mas os gritos e o choro ainda o arrancam do sono, talvez porque, por sorte, não sejam tão habituais e rotineiros. Dá uma olhada no relógio: 22h23 da noite. Que tarde! Mas... tarde para quê? A verdade é que não tem nada para fazer. Que tique tão estúpido. Rotinas de uma vida esquecida. Descobre-se afastando o lençol com um pontapé: apesar de dormir totalmente nu, o calor é sufocante até nesse horário. Gira a cabeça. Como o colchão está no chão, seu olhar corre paralelo e quase colado às lajotas. Dessa perspectiva, e com o reflexo da janela, distingue bem a capa de pó e sujeira que as recobre, salpicada aqui e ali pelas pegadas de seus pés descalços. Eca. Essa permissividade com a sujeira é o indicativo mais claro do seu grau de degradação. Prossegue a peleja no apartamento de cima. Mais gritos, mais golpes, mais choro. Não é a primeira vez: outras brigas ocorreram. Uma mãe exasperada. Um filho briguento. Pablo aperta as mandíbulas até os dentes rangerem.

De repente, o silêncio.

O homem descobre a tensão nele próprio, aguçando as orelhas, com o pescoço rígido. Nada. Não dá para ouvir nada. É um alívio.

Ou não? Sente uma espécie de mal-estar, como quando esperamos com toda a certeza a chegada de uma má notícia. Senta-se sobre o colchão com as costas apoiadas na parede, no mesmo lugar do primeiro dia, que é onde pôs a cama. Esses chapiscos da pintura que lhe arranham a pele praticamente já se converteram em uma lembrança doméstica. Levanta a vista em direção ao teto encardido. Em direção ao silêncio.

A família Turpin. Tinha lido a notícia na imprensa. Em 14 de janeiro de 2018, em um bairro residencial tranquilo em Perris, Califórnia, uma menina de dezessete anos, Jordan, chamou a polícia. Eram seis da manhã. Ela contou que seus pais mantinham seus doze irmãos acorrentados. Que eles morriam de fome. Que apanhavam. E que ela tinha acabado de escapar por uma janela. Nem sequer soube dizer o endereço de sua casa: nunca estivera fora do cárcere familiar. Pablo a imagina ainda de noite, no meio desse mundo escuro, vasto e alheio, sem referência alguma, sem amigos. Absolutamente indefesa. Solidão de cosmonauta em um mundo alienígena. Tinha fugido com outra irmã, que, aterrorizada, não aguentou e voltou ao seu confinamento. Planejaram a fuga por dois anos. Que coragem indescritível, a de Jordan. Chegou até a polícia e encontraram a casa. Uma masmorra cruel e fedorenta. Doze filhos, com idade entre vinte e nove e dois anos, sete deles adultos. Cobertos de sujeira, salvo naquelas partes em que o atrito com as correntes raspava a pele: só podiam tomar banho uma vez por ano. Extremamente desnutridos: o diâmetro do pulso de Julissa, de onze anos, equivalia ao de um bebê de quatro meses e meio. Aos dezessete, a intrépida Jordan aparentava dez. A filha mais velha, de vinte e nove anos, pesava trinta e sete quilos. A escassez de alimentos havia afetado o desenvolvimento dos músculos e o funcionamento do cérebro das vítimas (e, ainda assim, Jordan foi grande, audaz, destemida). Além disso, eram castigados com muita frequência; as punições podiam ser meses ou anos de acorrentamento, a proibição de usar o banheiro (essa humilhação, tão conhecida por torturadores, de deixar as vítimas sujas dos próprios dejetos), surras, estrangulamentos. Os pais, David (cinquenta e sete) e Louise Turpin (quarenta e nove), eram cristãos radicais, muito religiosos, indivíduos convencidos de que deveriam ter uma vasta descendência para honrar a Deus. Foram acusados de sequestro, tortura, abuso infantil, abuso de adulto dependente e atos lascivos, e provavelmente passarão o resto de suas vidas na prisão. A família vivia de noite; deitavam-se às seis da manhã, levantavam-se às três da tarde. Talvez isso tenha contribuído para que esse lento e prolongado horror fosse perpetrado impunemente, sem que nenhum vizinho desconfiasse.

Os monstros ocultam-se no sombrio ventre do silêncio doméstico.

Pablo resfolega. O mal-estar aumenta. É como se estivesse roçando uma ferida com o dedo. Não quer pensar. Pensar lhe faz mal. Fecha os olhos e se concentra em esvaziar sua cabeça da agitação. Apagar a memória com uma esponja. Alcançar o ruído branco. 10h52. Como o tempo passa rápido quando não fazemos nada. Não ser é um alívio.

Finalmente, após uma manifestação heroica de força de vontade, decide se levantar, tomar um café e voltar a se sentar no colchão suado para ver os trens e a vida passarem. Mas enquanto se põe de pé, uma campainha estridente o faz ter um sobressalto. A princípio, não sabe o que é. Talvez um som vindo da estação? Mas torna a soar, desagradável e atrevida. Então compreende que é a campainha da porta. Alguém está tocando! Não pode ser.

Aproxima-se da porta cauteloso, sem saber bem como agir. Espia pelo olho mágico e vê a vizinha entusiasmada, a do Goliat. Espiar foi um erro: a mulher percebeu seu olho do outro lado e agora fala com ele:

— Pablo! Pablo! Sou eu, Raluca! Abra! Tenho notícias para você.

A última coisa que Pablo deseja é receber qualquer notícia, mas essa mulher, ele conhece o tipo, é tão difícil de controlar como um incêndio. Abre recatadamente e enfia apenas metade do rosto pela fresta da porta:

— Que dia é hoje? — pergunta mal-humorado.

— Terça! — diz ela, com um sorriso tão festivo como se fosse seu aniversário.

— Por que você não está trabalhando?

— Entro no turno de tarde. Me deixa entrar, trago ótimas notícias! — diz, muito excitada. E em seguida, juntando as mãos: — Arrumei um emprego para você!

Um emprego. Pablo abre a boca. E logo fecha, sem dizer nada. Passa um trem, tudo vibra, os dois ficam calados enquanto o estrondo amaina. O homem sente que a velocidade dos vagões o absorve, ele é uma folha que o vento varre.

— Espere. Tenho que me vestir.

Fecha a porta, veste os jeans que comprou no supermercado, uma camiseta. Torna a abrir. Raluca continua com as mãos unidas na altura do queixo e a mesma expressão radiante.

— É um emprego temporário, mas é ótimo, porque é dificílimo encontrar trabalho em Pozonegro! É até setembro, e talvez depois, quem sabe? — diz, entrando no apartamento como um tufão.

Ela se detém, alta e forte, as pernas abertas dentro da calça preta apertada de malha, e do corredor dá uma olhada na sala. Pablo não voltou a entrar ali desde a primeira noite, deixando-a vazia e imunda.

— Mas que horror! Tudo está muito sujo. E você não tem nada! — ela se espanta.

— É que eu vivo no outro cômodo... — ele se desculpa.

Raluca seguiu pelo corredor e agora está entrando, com Pablo atrás, no outro quarto.

— Minha nossa...

Num segundo ele passa a ver o lugar com os olhos dela: o colchão no chão, o bolo de lençóis encharcados de suor, a roupa amontoada em um canto, a maleta com a boca aberta no outro canto e, o pior, uma cueca jogada no meio das lajotas rachadas (o que o lembra de que está sem cueca). Como ele pôde cair em tal desordem? O monstro do caos por fim o devora.

A mulher se volta para ele muito decidida, braços cruzados, mãos nos quadris, a viva imagem da disposição.

— Bem, vamos por partes. Primeiro, o trabalho. É no Goliat. De repositor. Você sabe o que é, não? — diz, ao ver a cara de interrogação.

— Não sei, suponho que...

— Você vai se sair bem, não se preocupe. Vai ter que desembalar as mercadorias, colocá-las nas gôndolas, deixando na frente os alimentos com a validade já perto de vencer, e repondo durante o dia o que for acabando. Por isso a função é de repositor, entende? É bem fácil. Quarenta horas semanais. Os turnos são um pouco bagunçados, pois é preciso trabalhar aos sábados e tal, mas pagam novecentos euros por mês. É uma grana, não é? Uma garota está de licença-maternidade e outro rapaz está afastado por ter caído da moto e quebrado a perna, e o patrão queria que dividíssemos o trabalho entre os caixas sem ganhar nada mais, vê se pode. Uma cara de pau incrível do safado para economizar alguns euros. Mas batemos o pé e dissemos que não. Assim surgiu a vaga. Não é uma boa oportunidade? Você vai aceitar, não vai?

Pablo a contempla espantado, incapaz de dizer qualquer coisa e ainda menos de agir. Decidir qualquer coisa é impossível para ele.

Raluca franze um pouco o cenho, gira a cabeça para olhá-lo, como um pássaro. Ela tem algo estranho nos olhos, pensa Pablo, concentrando-se de maneira absurda no estudo dos traços da mulher, como se isso fosse prioridade nesse momento. Os olhos são peculiares não apenas pela cor, uma galáxia de faíscas na escuridão, mas também por serem desiguais em certos momentos, como se, de quando em quando, um deles parecesse menor ou mais lento. Olhos bonitos, sem dúvida, mas estranhos. Raluca pigarreia:

— Olha, não sei o que está acontecendo com você. O que aconteceu. E nem quero saber. Ou seja, se você não quer dizer nada, tudo bem. E se um dia quiser contar algo, maravilha. Mas eu também passei por isso, cara. Enfiada como um verme entre os lençóis. E vou te dizer uma coisa: se não fizer nada pela sua vida, cara, a vida não fará nada por você.

O bote de Yiannis. Pablo havia tido um professor em Harvard, o grego Yiannis Katsaros, que um dia contou para os alunos, não lembra agora o motivo, esta história clássica que acaba de lhe vir à cabeça. Era um tempo em que houve grandes inundações. Chovia e chovia de forma torrencial, e o nível da água subia sem parar. Havia uma igreja ortodoxa cujo sacerdote tinha fama de homem santo em toda a comarca. As águas já quase lambiam a porta da igreja, quando um bote salva-vidas se aproximou: "Padre, venha conosco, a chuva vai continuar e a igreja será inundada". Mas o sacerdote respondeu: "Não se preocupem comigo, não há perigo algum, confio plenamente em Deus, Nosso Senhor, e sei que Ele me salvará". Passaram-se doze horas, a tormenta cresceu e a enchente invadiu o edifício. Apareceu um novo bote, que entrou a remo dentro da igreja. O sacerdote estava sentado sobre o lustre ritual pendente do teto, que agora estava apenas alguns metros acima de suas cabeças. "Padre, venha conosco, o senhor corre perigo." "Não temam, irmãos", respondeu o homem santo: "Confio plenamente em Deus, Nosso Senhor, e sei que Ele me salvará." A equipe de socorro foi embora, resmungando, e o dilúvio continuou a cair. Doze horas mais tarde, o edifício havia sido totalmente coberto pelas águas, salvo a parte mais alta do telhado, onde se encontrava escarranchado o religioso. Apareceu um terceiro bote: "Padre, apelamos para sua sensatez, venha conosco, leve em conta que esta é a última oportunidade, não tornaremos a voltar!". Mas o sacerdote continuou apostando em sua fé: "Não há com o que se preocupar. Confio plenamente em Deus, Nosso Senhor, e sei que Ele me salvará". Doze horas mais tarde, a tumultuosa enchente submergiu por completo a igreja, e o sacerdote se afogou. Sua alma subiu aos céus bastante contrafeita. Às portas do Paraíso encontrou são Pedro e reclamou: "Estou muito decepcionado. Tentei viver uma vida de plena santidade e acreditava ter um acordo com Deus, e que Ele me protegeria, mas deixou que me afogasse na enchente sem nada fazer". São Pedro franziu o cenho: "Que estranho! Deixe-me ver…", respondeu, e se pôs a revisar os registros de um gigantesco livro com pesadas capas de prata trabalhada. "Ah, não!", exclamou por fim. "Consta aqui, com muita clareza, que lhe enviamos três botes." Para sua própria surpresa, Pablo deixa escapar um sorriso. Raluca olha-o com curiosidade e sorri.

— Então, você aceita o trabalho?

O vendaval de energia da mulher o contagia.

— Sim. Sim. Sim. Obrigado.

— Você começa amanhã às nove. E agora outra coisa: isto aqui está uma pocilga. Agora mesmo vou trazer a vassoura e o rodo lá de casa e vamos limpar tudo nós dois, entendeu? Nós dois. E assim eu já te ensino. Que estou farta de limpar a sujeira dos homens.

Um arquiteto fodido. Isso que esse filhinho de papai com um montão de páginas na internet é. Páginas e mais páginas sobre ele. Além de vários prêmios e essas coisas. Não é que é só rico, ele é podre de grana, o filho da puta. E você vendendo o apartamento por uma merreca. Benito, você é uma besta. Sessenta mil? Ele teria pagado cem, cento e vinte mil euros! Estou te dizendo, essa gente não sabe o valor do dinheiro. Isso tudo faz meu sangue ferver. Um arquiteto fodido, tem fotos até com o Obama! Com o presidente dos Estados Unidos, só isso! Não sou capaz nem de imaginar a grana que ele tem. Uns com tanto, outros com tão pouco. Que injustiça. E se um arquiteto fodido, que fez casas, e hotéis, e palácios por todo o mundo, vem até Pozonegro para comprar uma merda de apartamento é porque ele tem uma necessidade do caralho de esconder algo! Aí está o ponto fraco dele, que eu vou descobrir. Pois o safado não foi trabalhar no Goliat? É para se mijar de rir. Um multimilionário repondo iogurte na geladeira tem lá sua graça. Você esconde algo, seu sacana, algo enorme e muito terrível, mas você não me engana. Tenho de arrumar um modo de topar com ele em todos os lugares. Se não conseguir, vou tentar com a vadia da Raluca. Parece que os dois estão ficando amigos. O cara é viúvo e até a Raluca, que se considera muito esperta, acha que pode enganá-lo. Pois que não se atreva a atrapalhar o meu negócio, dou cabo dela. O filhinho de papai é todo meu. Ainda não sei qual é o seu ponto fraco, safado, mas vou comer seu fígado.

Pablo Hernando Berrocal, cinquenta e quatro anos. O arquiteto da intensidade, como um jornalista o batizou em uma frase que se tornou famosa. Ganhador de inumeráveis prêmios internacionais, entre outros, a prestigiosa medalha de ouro do Royal Institute of British Architects (RIBA), sendo o segundo espanhol a obtê-la, depois de Rafael Moneo. Tem obras nos cinco continentes e é tão exigente em relação ao que faz, tão perfeccionista e controlador no que se refere ao seu trabalho, que prefere construir menos e manter um escritório relativamente pequeno. A arquitetura como ourivesaria. Seu estilo é único, depurado, no meio do caminho entre a vanguarda e o classicismo, com influências nórdicas e um toque sempre surpreendente, comovente, inquietante. Como a nova sede do Parlamento de Camberra, um imenso cubo de cristal que oferece uma primeira e enganosa impressão de peso e solidez, mas que logo enche o espectador de incerteza, pois o edifício dança, as linhas retas não são totalmente retas, as quinas não são perfeitamente paralelas, a geometria se retorce sutilmente. De modo que a construção de vidro luminoso parece estremecer e girar, como se estivesse a ponto de alçar voo. É uma maravilha. Regina está certa de que, mais cedo ou mais tarde, concederão a Pablo o Pritzker, o equivalente ao Nobel na arquitetura.

E esse homem esteticamente exigente e sofisticado, que recusou trabalhos pela simples razão de que não apreciava a localização do empreendimento, comprou um apartamento assustador no lugar mais horrendo do mundo e foi morar lá, Regina repete para si mesma, estupefata enquanto contempla no Google Maps a maldita rua Resurrección, o maldito edifício número 2, o segundo andar com sua varandinha de nada, enfim, a absoluta feiura do Cu do Mundo. Por outro lado, não é incrível que o Google Maps tenha a imagem desse lugar perdido? Nem mesmo o Cu do Mundo é *Terra Incognita*? Entre admirada e espantada, Regina move com os dedos as flechas direcionais e percorre novamente a mísera rua. Mas como é possível, e por quê? Para Pablo, viver ali deve ser como estar no inferno.

Ser outro é um alívio. Escapar da própria vida. Destruir o feito. O malfeito. Se pudesse ao menos formatar sua memória e recomeçar do zero...

Para evitar que o matem em um combate de espadas, é preciso ir de encontro ao golpe com os braços colados ao corpo, contradizendo seu instinto, que o impele a retroceder. No entanto, quanto mais você se aproximar do inimigo, menor será a força da estocada. Da mesma maneira, não estenda os braços, pois com isso diminuirá a potência do seu contra-ataque. Mova a sua espada erguendo-a paralela ao solo; bloqueie o golpe com o centro da arma, não com a ponta. E sempre se aproxime do seu oponente, mesmo que você não esteja atacando, mas se defendendo.

Ele, pelo contrário, está fugindo.

Claro que não é um combate de espadas.

Pablo gosta de ser repositor. De abrir as caixas de mercadorias com o estilete, de dobrar meticulosamente os papelões, de levá-los ao depósito de recicláveis, convertendo-os em um bloco compacto retangular. Os plásticos são piores, mais rebeldes, mais intratáveis; mas Pablo arrumou um jeito de amassá-los e amarrá-los com lacres. E tem a parte de colocar os produtos nas gôndolas. Existe um certo prazer nisso, em harmonizar as cores dos produtos, enfileirá-los de modo que fiquem bem visíveis, em pilhas estáveis e equidistantes. No primeiro dia, teve a ideia de empilhar as latas pondo uma delas em pé na frente de cada pilha, para que se veja bem o produto, mas os clientes sempre levavam a lata de amostra, razão pela qual se resignou a adotar uma disposição mais convencional. É seu terceiro dia de trabalho. Ele olha os corredores do supermercado, recém-abastecidos, e experimenta, como sempre, o consolo da ordem. Como as manias são persistentes: uma vez ele leu a notícia de um homem encontrado com uma pancada na cabeça e amnésia total, mas que, embora não tivesse a menor ideia de quem fosse, todo dia bebia um copo de água morna em jejum e, na hora de comer, punha todos os talheres do lado direito do prato em uma determinada disposição. Um maníaco da ordem, como ele. E, no entanto, ele fora capaz de viver mais de uma semana numa pocilga, com as roupas e os lençóis e as toalhas espalhados e amarrotados, a maleta toda revirada. Lembra-se desses dias com uma imprecisão brumosa, como quem recorda uma doença, uma febre muito alta.

Agora já não é assim. Depois de limpar o apartamento, voltou a organizar com primor seus poucos pertences: os mantimentos empilhados na cozinha; os papéis na maleta; a roupa bem dobrada sobre o chão e sobre uma cadeira emprestada por Raluca. A vizinha é uma mulher generosa e estranha. Não parece pedir muito em troca, e é justamente isso que lhe dá medo. Medo de se sentir em dívida. Não quer dever nada a ninguém. No primeiro dia, no trabalho, ela o apresentou a todo mundo; depois, a caminho de casa, contou sobre os outros vizinhos.

— No quarto andar mora o Felipe, um encanto de pessoa. Foi minerador em La Titana, a maior mina desta região, sabe? Entrou com catorze anos. Trabalhou lá bastante tempo, até fecharem a mina. Agora tem oitenta e cinco e os pulmões destruídos, anda com um cilindro de oxigênio. Não sei se foi por causa da mina, ele não disse nada. De vez em quando faço as compras para ele. É divertido conversar com o Felipe, vocês vão gostar um do outro, ele é um homem muito culto, como você.

— Por que você me acha culto? — perguntou ele com assombro, julgando que não tinha dito praticamente nada.

Raluca deu de ombros:

— Ah, porque sim. Tenho certeza. Mas tanto faz, você vai gostar dele, vou te apresentar. No terceiro andar mora a Ana Belén. Ela me dá um pouco de pena, mesmo sendo tão antipática. Quando consegue, ela faz faxina, mas aqui é muito difícil arrumar trabalho. Antes ela tinha um companheiro, que um dia desapareceu. Tentei ajudá-la, mas não aguento mais sua energia negativa. Tem uma filha pequena, pobrezinha.

— Pobrezinha por quê?

— O que você acha? Uma mãe sem dinheiro, sem emprego e tão antipática. Mesmo que talvez seja uma boa mãe. Mas sei lá como são as mães. Eu não tive mãe.

Pablo não lhe falou das surras nem do choro. Bem se vê que Raluca não os escuta, e não quis criar mais intimidade com aquela mulher. Por isso também ignorou como um patinador olímpico o comentário dela sobre não ter tido mãe.

— E no meu apartamento? Quem morava nele?

— A mãe do homem que vendeu o apartamento para você. Eustáquia. Tinha sido abandonada pelo filho, que não ligava a mínima para a mãe. Mas ela também não era gente boa. São da família Urraca. Na outra ponta do povoado mora outra irmã, bem mais velha. As Urraca são muito religiosas e tal, e muito miseráveis, sabe? Maledicentes, interesseiras e miseráveis. O filho é um caso perdido. Além de bruto, é um bêbado e um encostado. Ficou um tempo na prisão. Por trapaça ou algo pior. Chega, não gosto de falar disso.

Hoje o horário dele no Goliat não coincidiu com o de Raluca, que ficou no segundo turno. Melhor. O mercado abre das nove da manhã às dez da noite. Acabam de fechar, mas já avisaram que ela sairá às dez e meia ou mais tarde; depois de recolher tudo e deixar as coisas em ordem. Ela está fazendo isso agora, enquanto as meninas fecham os caixas. Homens não ocupam essa função. É estranho.

— Terminou, flor? — pergunta Carmencita, com seu pequeno cofre metálico embaixo do braço.

Carmencita deve ter cinquenta e tantos anos, é uma dessas mulheres um pouco galináceas, que engordam da cintura para baixo. Ela trabalha no caixa e desde a primeira vez que o viu o chama de "flor". Isso também é estranho.

— Sim, acho que sim. Espero que esteja tudo certo.

Carmencita dá uma olhada na loja.

— Está tudo perfeito. Descanse, flor. Até amanhã.

Pablo vai ao vestiário, despe o avental, dobra-o com cuidado e o deixa em seu armário. Depois vai embora pela saída de serviço. Ele não precisa apagar as luzes, nem desligar o ar-condicionado, nem fechar as portas. Dá um suspiro de alívio.

A uma hora dessas, Pozonegro honra seu nome. É a primeira vez que Pablo vê o povoado de noite, fora o dia em que chegou, quando comprou o apartamento. Mas não se lembra bem daquela noite. Fazem parte do incêndio e da febre. Pablo caminha a passos largos por ruas escuras e vazias; são só onze da noite, mas parece bem mais tarde. Ele vê semáforos quebrados a pedradas e, além disso, a iluminação pública é muito pobre: mais que iluminar, as fracas lâmpadas mancham as sombras. Durante o dia, Pozonegro é feio, arruinado e deprimente. À noite é sinistro. Um cemitério urbano cheio de imóveis mortos: as lojas fechadas, as portas muradas, os terrenos devastados. Os passos do homem ressoam no silêncio, como nos filmes de terror. Ainda que, usando os tênis que comprou em promoção no Goliat, não dê para escutar os passos, mas o ruído enfadonho que a borracha faz contra o chão. Nhac, nhac, nhac.

Então, um alerta. Um calafrio na espinha. Uma súbita descarga elétrica na nuca. Sente que está sendo seguido. Ele para e se vira: sombras, desolação, vazio. Parece que não tem ninguém, mas... Por que de repente ficou tão nervoso, em alerta? Retoma o caminho, apertando o passo. O corpo tem ferramentas que desconhecemos. Ele se lembra daquela vez, na praia de Copacabana. Com Clara. Banhistas deitados não muito longe, gente passando perto, o sol deslumbrante no alto do céu devorando as sombras. Era uma manhã segura e feliz em um mundo perfeito. E, de repente, essa mesma sensação. A tensão. O perigo. Ergueu então os olhos e viu dois rapazes que os observavam a apenas alguns metros. Ou, para sermos exatos, que os rondavam, como dois jovens tubarões. De um salto ficou de pé, plantou-se entre Clara e eles e ficou a olhá-los, desafiador. Pablo odeia violência física, mas naquele dia nem teve tempo de pensar: uma explosão de testosterona e adrenalina decidiu por ele. Que estranho é esse impulso masculino para o combate. Quase uma obrigação, por assim dizer. Enfim, sua altura sempre impõe respeito, na época era mais jovem e mais forte. Os meninos, que mal chegavam à altura de seu peito, disfarçaram e foram embora. Dois dias depois ele e Clara souberam que eles tinham sido presos. Aproximavam-se dos banhistas, encostavam a faca no pescoço, obrigando-os a entregar tudo. Levavam a mulher como refém até chegar aonde estava estacionada a moto na qual fugiam. Pablo os farejou, ele tem certeza disso. Farejou a excitação e o medo deles.

Agora também sabe: alguém está nas sombras. Alguém que o observa. Ele continua a caminhar, cada vez mais depressa, virando a cabeça de quando em quando. Pode ser um ladrão. Tomara que seja. Nhac, nhac, nhac. Está quase correndo. Sente o perseguidor. Sente o predador. Um hálito hostil, músculos acelerados atrás dele. Por sorte, já está perto de casa; já vê a estação de trem, a esquina da rua. Seus pulmões começam a suspirar aliviados.

De repente, uma sombra se destaca do muro mais próximo, um movimento brusco, a dois metros apenas. Pablo pensa: Marcos. E um grito sobe por sua garganta. Outro grito ressoa ao mesmo tempo, como um eco: é a esquisita do povoado, que quase tromba com ele e agora o olha perturbada, compartilhando seu susto.

— Desculpe — balbucia Pablo.

A menina esquiva-se sem dizer nada, submerge seu negror na noite negra.

Pablo atravessa apressado os últimos metros até sua casa, abre o portão com o pulso acelerado, chega a seu apartamento. Tira o iPhone da maleta, conecta-o ao carregador, espera o aparelho ligar. Abre o WhatsApp e escreve uma mensagem para Regina: "Por favor, mantenham meu endereço absolutamente em segredo. É essencial que ninguém o conheça".

Depois desliga o celular, o desconecta e guarda. Deita no colchão de barriga para cima e cobre o rosto com as mãos.

Que noite maravilhosa. Uma das mais bonitas de minha vida. Hoje me escalaram para o fechamento, então voltamos juntos do Goliat sem falar muito, porque ele é calado, eu já sei, e deixo que ele seja assim, ainda que isso me custe. Chegamos em casa e estávamos subindo as escadas, e quando íamos nos despedir, diante da minha porta, pedi que por favor ele entrasse para me ajudar a pendurar um quadro, sozinha não consigo. O que era verdade verdadeira. Mesmo que o quadro estivesse há quatro meses encostado na parede e eu, muito tranquila. Então ele não teve remédio senão aceitar, entrou e eu mostrei as minhas obras. Ele ficou tão impressionado! Fez uma cara de assombro que me emocionou. Eu tinha contado que pintava, mas, claro, não é o mesmo que ver, ainda mais tantos quadros. Trabalho muito. Contei para ele que vendi dois no mercado. Trinta euros cada um. Me ajuda a pagar os materiais, que são caros. Você deveria vender mais, ele disse. Vá aos mercados de Puertollano. Não é lindo, pensar em mim dessa maneira? Ou seja, pensar em uma forma de me ajudar. E eu disse a ele, que bom que você gostou das minhas telas, porque você é um artista, tenho certeza. E ele: não sei por que diz isso, você não sabe nada de mim. E eu: não sei nada porque você não me conta nada, mas tudo bem, eu te respeito. E ficou calado, num desses momentos esquisitos. Muito incômodo. Então eu disse: vamos pendurar o quadro. Peguei o martelo e os pregos e ficamos pensando um pouco onde ele ficaria melhor, pois quase não restava parede vazia, e zás zás zás, em um minuto resolvemos. Ficou um pouco torto. Olhamos e medimos tanto, parece que somos um desastre, e o riso apareceu. Inclusive nele. Um risinho, como se ele sentisse fisgadas na boca. Então propus esquentar um frango assado que eu tinha na geladeira para jantarmos juntos, e vi que ele hesitou, mas peguei o frango e os pratos e coloquei a mesa muito rapidamente sem lhe dar tempo para pensar, de modo que ele não teve como recusar. Ele se sentou. Ofereci a garrafa de vinho tinto que sempre tenho para quando acontece algo bom, mas ele não quis que a abrisse. Jantamos então com refrigerante e falamos do Goliat e dos outros empregados. Durante o jantar eu olhava para ele a todo instante e pensava: como não notar que você é culto e que é um artista, com essas mãos de pianista, essa maneira de se mover e de dizer o pouco que você diz. E com esses olhos. Olhos de homem sábio. Como não vou notar, se você usa uns jeans de supermercado que te deixam com os tornozelos à mostra e uma camiseta preta barata, e mesmo assim você parece um príncipe. Com a mesma roupa, Moka pareceria um cafajeste, o que de fato ele é. Mesmo sendo tão bonito. Então teve um momento do jantar, ou seja, depois do jantar, quando dei para ele uns gomos da única laranja que me restava, tenho que comprar mais porque dá para perceber que ele gosta; e ali teve outro instante de silêncio e Pablo disse, sou arquiteto, bem, já não sou, eu era. E tornou a se calar. Aguardei pra ver se ele voltava a falar, mas como não disse nada, perguntei, o que aconteceu? Ele me disse, e me arrepio só de lembrar, fiz uma loucura com a minha vida. Eu... virei um bêbado. Bebia e bebia. Um dia estava no carro e... sofri um acidente. E matei meu filho. Ele tinha doze anos e o matei. Ele contou a história tal e qual, toda entrecortada. Gelei. Meu Deus, o que é isso que você está me contando?, acho que respondi, sinto muito. Então ele se levantou, preciso ir, muito obrigado pelo jantar e por tudo. E saiu correndo. Cá estou repassando os detalhes mentalmente, cada palavra e cada gesto dessa noite preciosa. Agora dá para entender tudo: por que parece tão esquisito, causa tanta pena. Matei meu filho. Que horror. Pobre menino, pobre Pablo. E pobre mãe. O que terá acontecido com ela? Certeza que o abandonou. Certeza que Pablo perdeu o trabalho e a família por causa da bebida. Por isso anda sem dinheiro. E o pior: quase perdeu a vontade de viver. Dá para entender que tenha deixado tudo para recomeçar o mais longe possível de sua vida anterior. Eu teria feito o mesmo. Primeiro por causa das lembranças, também porque, se você quer se manter limpo, a primeira coisa a fazer, já se sabe, é sair de cena e se afastar dos outros bêbados ou drogados. Que pena não poder contar tudo isso para a Carmencita, que não faz mais que me encher dizendo que o Pablo é um homem muito mais velho e um tipo suspeito e que não é o homem certo para mim. Se eu contasse tudo isso, ela entenderia. Ou melhor, ela diria: Viu? É um maldito bêbado. O outro era um drogado, agora um pinguço. Bem, de todo modo, não posso contar nada para ela, não devo. Seria trair a confiança de Pablo. Que está finalmente se abrindo. Entrou na minha casa, viu meus quadros, jantou comigo. E me falou de seu segredo mais doloroso e importante. E disse: muito obrigado pelo jantar e por tudo. Por tudo! Acho que ele gosta de mim.

Que imbecil. Que cretino. "Por favor, mantenham meu endereço absolutamente em segredo. É essencial que ninguém o conheça." Liga o celular pela primeira vez em quase quinze dias, me escreve uma mensagem pelo WhatsApp só para me mandar esse comentário tão idiota. Nem um oi. Nada mais pessoal. Pior ainda, ele usou o verbo no plural: "Mantenham". Está usando Regina como uma simples transmissora de informação. Como se ela fosse uma secretária. Uma estranha. Que inferno, ficaram cinco anos dormindo juntos. Pelo menos três dezenas de vezes. Que homem tão... Tão, tão... Não encontra a palavra exata para ofendê-lo. Deve estar morto de medo. Morto de medo de sentir algo. Regina bufa, abre a gaveta esquerda da sua mesa de trabalho, corta dois quadradinhos da barra de chocolate aberta e enfia na boca. Não sabe bem por quê, mas a mensagem lacônica, estúpida, a tirou do sério. Aguentou o sumiço absurdo de Pablo, a preocupação, o desgosto, o medo, o receio dos clientes, o escritório caminhando mais devagar, o projeto do museu parado. Mas tolices, nenhuma. Regina não tem mais idade para aguentar tolices. Será que ele imagina que é o único a sofrer por causa de um filho? Torna a abrir a gaveta, a partir o chocolate e comer outro pedaço. Ainda por cima vou engordar, ela se desespera, enfiando o chocolate na boca. Ahhh, não pode ser, Regina, ela se repreende em um instante de lucidez ou talvez de simples falta de autoestima: você ainda tinha alguma esperança em relação ao Pablo? Achava que ele poderia te amar? Ele não sabe amar ninguém. Esse covarde.

Silêncio. Agora também dentro de sua cabeça. Sempre foi um homem muito calado. Um costume defensivo aprendido na infância, imagina. Quando a gente cresce sem mãe e com um pai alcoólatra, prefere não fazer barulho. Ficar invisível. Que ele não se lembre de você. Que não te veja. De modo que, salvo durante os rompantes de violência paterna, o silêncio sempre o cercou. Silêncio e dissimulação ante os demais: desde muito cedo aprendeu a fingir que tinha uma vida normal. Ainda que em casa todas as cadeiras estivessem quebradas, e a única inteira, usada por seu pai, tivesse um buraco no assento, coberto por uma almofada dura. Calar sobre a ausência frequente de alimentos. Mais por falta de cuidado que de dinheiro, ainda que não tivessem muito dinheiro. Ocultar no colégio que na noite anterior você precisou arrastar seu pai até em casa, esse homenzarrão desabado sobre o ombro de um menino de dez anos. Acontecia toda vez que Florián telefonava para que você fosse buscá-lo. Você bem se lembra desse caminho, o trecho entre o bar Florián e a Virgen del Puerto, 12. Pouco mais de cem metros, mas insuportáveis. Avançar aos tropeços, com medo de cair ou derrubar o pai. E esses faróis deprimentes, essa luz miserável e amarela, o cheiro do lixo no verão. Pozonegro, de noite, lhe recorda a Madri angustiante de sua infância. É como afundar em um pântano.

Conselhos para sair da areia movediça: ao passar por uma região pantanosa, leve sempre um bastão ou um taco. Se começar a afundar, coloque o taco na superfície da areia, depois apoie as costas nele e não se mexa. Em um ou dois minutos você deixará de afundar. Então, com movimentos suaves, mude o taco de posição, deixe-o na horizontal sob o quadril. Lentamente puxe uma perna até a superfície, depois a outra. Agora você vai boiar sobre a areia, basta nadar de costas bem suavemente até a borda. As areias movediças são mais densas que a água, flutuar nelas é mais fácil que em uma piscina.

Quando a inquietação espreita, Pablo se acalma repassando mentalmente algum de seus conhecimentos de sobrevivência em condições extremas. Desde muito pequeno, foi colecionando truques para se salvar dos perigos mais extraordinários. Do contrário não conseguiria escapar de sua penosa e solitária infância, do bafo de bêbado e das duras mãos de seu pai. Porém, se por acaso deparasse algum dia um urso faminto ou uma cascavel; ou se se visse em meio a um tsunami, ou numa avalanche, ou preso dentro de uma câmara frigorífica, ou num rio com crocodilos, ou tendo de saltar de um trem em movimento, ou de um helicóptero, ou precisando desviar de uma estocada, ou se tivesse que se aguentar dentro de um submarino submerso, por exemplo, ele seria o único que saberia o que fazer, o único a se salvar. O mais importante, diz para si mesmo esse menino que agora é esse homem, é manter sempre o controle.

Que é justamente o que agora lhe escapa.

Raluca, a inocente, o considera um homem seguro de si, culto e artista, e o considera um cavalheiro, que modo eloquente de expressão. E não é só ela que acha isso, o que é chocante. Mais de uma vez, Pablo notou que as pessoas o consideram um mimado com pedigree, um velho rico. Inclusive descendentes das famílias de posses logo pensam que ele pertence ao mesmo meio. Depois, enquanto começam com seu estúpido ritual de arrolar nomes, conhece Fulano? Você não é filho ou sobrinho de Beltrano?, e percebem que ele não é parente nem afilhado de ninguém importante, de imediato o reconduzem mentalmente ao seu lugar. Mas Pablo não deixa de se surpreender com o equívoco da primeira avaliação. Será porque sempre soube se camuflar muito bem, pelas mesmas razões defensivas pelas quais se cala? Ou talvez simplesmente por ser alto, magro e bastante atraente ou por ter sido quando jovem? Pablo acha ridículo o valor supremo que nossa sociedade dá ao aspecto físico. Isso já foi estudado por neuropsicólogos: os altos, magros e de rosto simétrico são considerados mais inteligentes, mais sensíveis, mais capazes e até melhores pessoas. Que arbitrariedade. Seus ossos elegantes, Clara dizia. Mas ela, sim, o amava. Mesmo que Pablo não soubesse como amá-la.

Ele, pelo contrário, gosta de certa imperfeição. A atração vibrante do inesperado. O desassossego do que não respeita a simetria... sempre e quando esse desassossego resulta belo. Isto é, não estamos falando do caos besta e sujo de uma lata de atum rangendo entre as de ervilhas, mas da refinada arte de atribuir beleza ao fiasco. Pablo acredita que, sem essa pequena janela para o infinito, sem esse resquício de ar, sua própria obsessão o mataria. O amor pela imperfeição é seu ponto de fuga, seu resgate. Eis o segredo de seu êxito como arquiteto: conseguir uma impressão de classicismo com algo que transgrida todas as leis da beleza clássica. E, apesar disso, conseguir chegar à harmonia. Como a Torre Gaia, de Shenzhen. Essa torre helicoidal, espécie de pescoço arqueado do dinossauro diplódoco, cujas linhas se curvam graciosamente, um ondulante tubo central de concreto recoberto por uma pele de cristal límpido e diáfano, de maneira que são dois edifícios, um dentro do outro, com vinte metros de ar a separá-los. Um ar que se vê, uma pele que voa. E que tornou o edifício, além de inconfundível, semitransparente e bonito, um dos arranha-céus mais ecologicamente sustentáveis do mundo. A Torre Gaia pairou por meses em sua cabeça quando a concebeu. Isso acontecia com todas as suas obras: no mais profundo de seu cérebro, os volumes dançavam, as superfícies cantavam, os edifícios ganhavam vida com a maravilhosa música das esferas. Ali não havia silêncio. Mas agora tudo isso desapareceu. Agora seu crânio é um deserto, uma tumba. Não ressoa nem um eco no sepulcro de sua criatividade. O baile acabou. "Sou arquiteto, quer dizer, era", ele disse a Raluca na outra noite. E é a verdade.

Raluca é imperfeita. Gloriosamente imperfeita. Sem esses dentes encavalados e sem esse olho preguiçoso que às vezes parece se encolher ou adormecer, seria uma mulher exageradamente bonita. Pablo admira o *kintsugi*, a arte japonesa de reparar cerâmicas quebradas com resina misturada a pó de ouro ou prata, de modo que a fenda fique bem à vista, brilhante, destacada, enobrecida pelo metal. Os japoneses pensam que essas cicatrizes, essa história, essa falha, são a beleza do objeto. Pablo lembra agora da delicada tigela do século XVII que comprou em Kyoto, a nervura dourada de sua antiga ferida bem visível. Que estranho: é capaz de rememorar e apreciar a beleza da peça, mas não a sente como sua. Não sente falta dela. A tigela está em casa, pensa ele. E parece estar falando um idioma incompreensível e estrangeiro. O que quer dizer com sua casa? Qual é a sua casa? O passado não existe.

Sua casa é este apartamento triste, vazio e feio. Três adjetivos que o definem. Ontem entrou no apartamento de Raluca e jantou com ela. Não devia ter feito isso, mas era o mais fácil. Essa mulher torna tudo fácil. Eis o perigo: resvalar até ela, se acostumar. Tem que aprender a se proteger. Raluca pinta, o que já sabia. E mostrou seus quadros para ele. Teve de se esforçar para que ela não percebesse nada em sua expressão. Toda a casa está cheia de quadros de cavalos musculosos, espantosas pinturas equestres de um realismo de figurinhas infantis, com as crinas ao vento, os cascos empinados, os membros fora de proporção, cavalos cabeçudos ou de pescoços compridíssimos, com patas impossíveis e perspectivas disformes, mais e mais cavalos com olhos enlouquecidos. O que você acha?, ela perguntou; e ele, que não sabia o que dizer, respondeu: só cavalos? Sim, porque é um animal belo e rápido, forte, alegre e muito livre, é o que eu quero ser na minha vida, e às vezes consigo, disse ela. Atrás desses cavalos monstruosos, uns fundos igualmente cafonas contra os quais recortam-se os animais: sóis ardentes, luas prateadas, arco-íris, entardeceres rubros e... um céu verde? Raluca notou que ele olhava esse quadro e riu: meus amigos dizem que o céu nunca é verde, muito menos este verde fosforescente, tão brilhante. Eu não me importo com o que dizem, porque vi este quadro na minha cabeça, sabe? É como se as imagens dançassem na minha cabeça antes de pintá-las. E eu vi aqui dentro um céu verde, ela disse, tocando a própria fronte. Os maus artistas ardem com a mesma paixão que os bons e se abrasam do mesmo modo na chama da beleza, pensou Pablo. E por um instante teve inveja dos horrendos cavalos dela.

— O que você quer? — perguntou Raluca, com seca desconfiança, quando topou com Benito ao sair de casa.

— Nada, mulher, não fique assim. Até parece que eu te assustei.

— Muito poucas coisas me assustam — ela grunhe. — O que você quer? Estou com pressa.

E é verdade. Vai fazer compras para Felipe, o vizinho. Além disso, quer deixar comida pronta para ele e em uma hora começa seu turno no Goliat.

— Venho trazer lembranças do Moka.

— Duvido.

— Acha que ele não se lembra de você? Pois se lembra, e com muito carinho.

— Olha, não acredito em você, e tanto faz. Se é verdade que vocês conversam, pode dizer para ele nem perder tempo vindo buscar as coisas dele. Joguei tudo fora — diz, e sai andando.

— Espera um pouco...

Benito agarra um braço dela. Raluca se vira e o observa com olhos de faca. O homem solta-a de imediato.

— Está bem, mulher, que mau humor. Na verdade, eu tinha vindo falar com o seu vizinho, meu comprador. Há um detalhe pendente, uma papelada... — improvisa. — Sabe se ele está em casa?

— Não faço ideia. Suba pra ver.

— Mas vocês não trabalham juntos?

— Sim. Mas não conheço a vida de meus colegas de trabalho.
— Pode me passar o telefone dele?
— Ele não tem telefone. Vou embora.

Raluca dá dois passos em direção à venda de Antonia quando o Urraca diz, levantando um pouco a voz:

— Que cara de pau a do seu vizinho trabalhando como repositor. Sabia que ele é muito rico?

A mulher para, contrariada, e gira metade do corpo na direção dele.

— Que bobagem.
— Bobagem nada. Está montado na grana. É riquíssimo e famosíssimo. Ele está se divertindo às suas custas — ele arrisca, com o faro agudo que os perversos têm para causar estragos. — Para o seu governo, ele é arquiteto!

Raluca sente o coração se expandir. Alívio, segurança, alegria.

— Eu sei, seu babaca. Você que não sabe nada. Sai fora, Benito — diz ela, como quem profere uma sentença.

E sai correndo rua acima.

Ela pensa e repensa no que ouviu de Benito, mas ao fim não consegue evitar. Na hora do almoço, Raluca corre para a área dos banheiros, se fecha numa cabine, conecta seu celular barato, coreano, ao wi-fi do Goliat e digita o nome dele. Pablo Hernando, arquiteto. Ela pisca, espantada. O Urraca tem razão, ele é famosíssimo. Mas isso não quer dizer nada, todo o resto pode continuar sendo verdade. É até muito normal que tenha problemas de dinheiro. Ela imagina que, por causa do acidente, ele teve de pagar indenizações e essas coisas. Como aconteceu com ela. Pena é que, com Raluca, o canalha se declarou falido. A mulher olha com curiosidade as fotos dos edifícios de Pablo. Ela não entende nada de arquitetura, mas parecem encantadores. Ele viu os quadros dela e agora ela conhece a obra dele. Sente-se orgulhosa do sucesso de Pablo, como se fosse de alguma maneira um pouco seu.

Sai do banheiro, percebendo que, de todo modo, está um pouco inquieta. É essa imaginação que tem, essa hipersensibilidade, como dizia o médico. Tranquila. Até parece. Só restam quinze minutos de almoço, corre para pegar a marmita em seu armário. Na copa está Carmencita, comendo depressa algo que parece frango com arroz.

— Arre, até que enfim você apareceu! Não sabia onde tinha se enfiado.

— Estava no banheiro.

— Tanto tempo? Está passando mal?

Raluca nega com a cabeça, destampa sua salada e se senta junto dela.

— Será que você não está grávida? — insiste Carmencita com gesto inquisidor.

— Nãããão, por Deus! — se escandaliza Raluca. — Você diz cada uma!

— Não sei por que a surpresa. Você não me disse que queria ter um filho?

Raluca suspira:

— Tenho trinta e nove anos. Já quase não me resta tempo, mulher. Sim, gostaria de engravidar, mas neste momento não tenho com quem.

— Por isso você está de olho no flor...

— Não... Ou melhor, não sei. Ai, eu queria muito, Carmencita. Acho que estou me apaixonando por ele.

— Novidade. Você se apaixona por todos.

— Não é verdade.

— Por todos, quero dizer, desde que sejam bonitos. Menina, você tem um coração de manteiga.

— Mas o Pablo é... diferente. Ele é doce, cuidadoso, sensível, educado, é um artista, arquiteto!

— Arquiteto? Dos que fazem casas? E que porra ele está fazendo aqui, trabalhando como repositor, pode me explicar? Ai, Raluquinha, você se engana. Olha que eu já achava esse sujeito esquisito... O flor esconde alguma coisa, tenho certeza. E tudo o que você fala dele é imaginação, você é boba. Você inventa como se estivesse num filme de amor. Do Moka, no começo, você também dizia maravilhas, e olha no que deu. Pelo menos ele foi preso.

Não posso contar a ela o que sei, pensa Raluca, porque seria trair Pablo. Mas se Carmencita o conhecesse como ela, também o amaria.

— Você não o conhece, Carmencita.

— A frase do século. "Você não o conhece" — repete a outra em falsete, ridicularizando. — Quantas coitadas devem ter dito isso? Só posso imaginar...

Tensos minutos de silêncio. Está quase na hora de voltar ao trabalho, mas Raluca sente um desassossego cada vez maior, um bolo de palavras que engrossa em seu peito.

— Mas eu acredito... Acredito que este é o meu momento, Carmencita, tenho a sensação de que tudo vai correr muito bem daqui pra frente. Desta vez vai.

Ela se imagina com Pablo, ela pintando cavalos, ele fazendo novamente suas casas, recomeçando pouco a pouco, e com um menino brincando sob a mesa. Melhor, uma menina.

— Não conheci minha mãe, você sabe...
— Como não? Ela não era bailarina?
— Bem, sim, acabei sabendo quem ela era, mas nunca a conheci pessoalmente... Ela me mandou uma carta quando eu tinha catorze anos. Uma carta em romeno, que precisei mandar a diretora do orfanato traduzir. Na carta ela explicava que tinha feito uma turnê pela Espanha com o Balé da Ópera Nacional de Bucareste. E que tinha me dado à luz em segredo, em Ciudad Real. Tinha apenas quinze anos, meu pai era outro bailarino jovenzinho, não podiam ficar comigo, teriam perdido tudo, eram muito pobres e muito desgraçados... Por isso me abandonou. Eu entendo e perdoo.

— Está bem, está bem.
— Mas nunca a conheci, não soube o que era ter mãe, então eu gostaria de ser. Viver o outro lado, sabe? Acho que eu seria uma mãe muito boa.

— Nossa, criatura, que obsessão em engravidar! Se eu não tivesse filhos, teria me separado há anos do estrupício do Ángel. Se não tivesse filhos, você não me veria aqui...

A romena franze o cenho. Está farta de ouvir essa chata e além disso ela sabe que é mentira; os filhos são uma dessas desculpas esfarrapadas às quais Carmencita se agarra. Ela nunca seria capaz de se separar do marido, com ou sem filhos.

— Além disso, Raluca, você não está um pouco perturbada? Isso não é hereditário? E se você tiver um filho e ele for um pouco tantã? — prossegue a mulher.

Raluca se contorce: costuma se arrepender de falar demais. Por que contou a Carmencita? Nada disso estaria acontecendo.

— Não estou perturbada. Foi uma coisa dos nervos. Você sabe que sou bastante nervosa. E tive isso aos dezenove, faz vinte anos.

— Tá. Pois também sou nervosa e não me metem no manicômio. Ande, vá para o caixa, menina, que você tem a cabeça um pouco estropiada. Casar com o flor. Nossa Senhora!

Ela foi abandonada em um dos velhos bancos de azulejos do parque Gasset, em Ciudad Real. Era fevereiro, fazia frio. Um homem a encontrou e avisou a polícia. Não tinha nenhum tipo de documentação: só uma folha de papel presa com um alfinete onde estava escrito com caneta esferográfica numa letra ruim: "Me chamo Raluca, 15/4/80". Exatamente assim. Como "Raluca" é um nome romeno, deduziram que ela também fosse, sobretudo pela ortografia precária. Estava bem cuidada, até gordinha, maior que a média das crianças de dez meses, que acabava de completar. Sempre teve sorte, pensa ela. Com três anos foi adotada por um casal espanhol. E devolvida dois anos depois, quando a mulher, que se julgava estéril, engravidou. Isso também foi sorte, pensa Raluca: eles eram más pessoas. Depois não teve outros pais adotivos; mas morou em casas de acolhida, em geral nos fins de semana, e em diversos centros de menores. No dia em que completou dezoito anos, foi colocada na rua. Que solidão imensa a daquele dia. Sempre tinha vivido sob tutela. Como não iria ficar nervosa? Normal. Um ano mais tarde estava internada em um hospital psiquiátrico.

Domingo. Domingo de um dia escaldante de julho, estão na piscina municipal de Pozonegro. Passar um domingo de pleno verão na piscina municipal de um povoado é o que o antigo Pablo consideraria uma visita ao inferno. Agora está tão fora de sua vida (ou de qualquer vida) que não sabe o que sente a respeito. Para falar a verdade, geralmente sente muito pouco. Vir aqui foi, como não?, ideia dela. Ele respondeu: não tenho roupa de banho. E ela chegou com uma do Goliat, escolhido com olho tão exato que ficou sob medida. É um calção estilo *boxer*. Melhor. A piscina está cheia de tipos barrigudos com sunga e mulheres com uma capa grossa de protetor solar sobre os grandes peitos.

— Não vão entrar na água? — pergunta Raluca.

— Não, obrigado — ambos respondem.

Estão com Felipe, o vizinho. É a segunda vez que se veem. Muito magro, miúdo, com o cabelo branco e cacheado, já bastante escasso, penteado para trás, e os olhos aguados pela idade. Os dois estão num dos cantos da piscina, protegidos sob uma cobertura de vime que oferece uma sombra precária, rajada e asfixiante. Felipe, de bermuda e com uma camisa cinza, tem a seu lado o cilindro de oxigênio e traz o fino tubo transparente enganchado no nariz.

— Mas você pode entrar na piscina? — pergunta Pablo, indicando, com um movimento de cabeça, o pequeno cilindro.

Felipe sorri. Seu rosto é bronzeado e muito enrugado. Já o corpo mostra uma brancura fantasmagórica, as finíssimas pernas aqui e ali manchadas de azul por veias enredadas.

— Raluca é capaz de tornar possível o impossível. E eu posso sair do oxigênio alguns instantes. Se recebo ajuda. Já entrei na piscina. Ou melhor, ela me fez entrar. É forte como um demônio, essa moça. Ela te coloca e te tira da piscina como se não fosse nada.

O velho se vira para Pablo e o olha fixamente nos olhos. De repente, fica muito sério:

— Forte como um demônio, mas é um anjo. A melhor pessoa que conheci em toda a minha vida.

Pablo tem a desagradável sensação de estar recebendo uma indireta, um aviso, até mesmo uma ameaça, embora o conteúdo não seja muito claro.

— Sim, acredito que sim — responde sem jeito.

Felipe o examina alguns instantes, carrancudo.

— Olha, na minha idade cheguei à convicção de que as pessoas não se dividem entre ricos e pobres, negros e brancos, direitistas e esquerdistas, homens e mulheres, velhos e jovens, mouros e cristãos — diz enfim. — Não. A humanidade se divide de verdade é entre gente boa e gente ruim. Entre as pessoas que são capazes de se pôr no lugar dos outros e sofrer com eles, e de se alegrar também, e os filhos da puta que só agem em benefício próprio, que só sabem olhar o próprio umbigo. Esses que são capazes de vender a mãe, você me entende? Depois, entre os bons, alguns são ótimos, e entre os ruins, alguns são péssimos. Raluca é ótima. Acho que eu sou razoavelmente bom. E você? O que você é? Gente boa ou ruim?

Pablo franze o cenho e olha para a vizinha, que saiu da piscina e vem até eles pingando água. Um corpo escultural, poderoso.

— Não sei — responde.

Raluca se aproxima deles, brinca de molhá-los com algumas gotas d'água, escorre os cabelos para um lado e para o outro, sacode a toalha e torna a estendê-la, e depois de cumprir, enfim, todos os rituais do bom banhista, deita-se de bruços. Mas em seguida se apoia sobre o cotovelo:

— Vocês viram? Ana Belén está aqui.

— Quem?

— Ah, é verdade, vocês não se conhecem. Ana Belén, a vizinha do terceiro andar, que mora no apartamento que fica em cima do seu.

Ela aponta uma mulher jovem, franzina, com o cabelo queimado pelas tinturas, um rosto anódino e pálido. Não há nada memorável nela, exceto os peitos muito grandes, que Pablo julga artificiais. Está sentada na borda da piscina, os pés dentro da água, falando com um sujeito vermelho como um camarão.

— E ali está a filha dela…

Pablo olha para onde Raluca aponta e vê uma criança muito magra, de cinco, seis anos, com maiô listrado, cabelo preto e liso. Está a certa distância da mãe, sentada no chão, encostada na parede, em um pedacinho da sombra projetada pela marquise dos vestiários, que ficam bem ao lado. Abraça as pernas com os dois braços e apoia o queixo sobre os joelhos. Pablo a contempla por mais de um minuto e a menina não se mexe. O céu é uma bola de calor branco, uma esfera incandescente que a todos esmaga. Vida lenta e vazia.

— Bem! E então, o que você, que é arquiteto, achou da nossa piscina? — pergunta Raluca alegremente.

— Nunca construí piscinas.

— Você me entende.

O homem lança um olhar desapaixonado ao redor. Uma piscina grande, retangular, outra quadrada para crianças, cimento implacável por todas as partes, um muro caiado circundando o recinto, duas casinhas baixas, alargadas e também caiadas, para os vestiários e a cafeteria, algumas pérgolas revestidas com vime. Nem um pouco de verde, nem a menor compaixão estética.

— Bem, não sei... Poderiam ter posto um pouco de grama. E isso, o que é?

Agora Pablo percebe que, junto deles, há uma arvorezinha seca de uns dois metros de altura, o cadáver de uma planta jovem. Nos ramos da copa pequena e desfolhada, alguém prendeu meia dúzia de flores de plástico, uma em cada raminho, numa simulação tosca de que a árvore está viva. As flores são brancas, mesmo que pareçam cinzentas, de tão empoeiradas que estão. Devem estar ali há algum tempo. Felipe parece achar graça.

— Eis uma das genialidades da nossa Raluca.

A mulher abre um sorriso radiante.

— Jura? — Pablo pergunta. — Foi você quem prendeu essas flores de mentira?

— Sim. Quando inauguraram a piscina puseram aqui um pé de camélia. Veja que estupidez, plantar aqui uma flor tão delicada. Com tanto sol e, depois, durante o inverno, com um frio de matar, ela acabou morrendo. Fiquei com dó e um dia trouxe essas flores.

Ela parece tão orgulhosa e satisfeita que Pablo começa a suspeitar de que talvez ela os tenha trazido até a piscina, e feito eles estenderem as toalhas justo naquele canto, para que apreciassem a arvorezinha.

— Esse é o tipo de coisa que nós artistas fazemos às vezes, sabe? — segue explicando Raluca, feliz e loquaz. — Os pintores são assim. Vi na televisão um documentário sério, do tipo que eu gosto. Você já deve saber, se chama intervenção, fazer uma intervenção, que consiste em fazer alguma mudança nas coisas, na rua, na cidade, para que fiquem mais bonitas... Você sabe do que estou falando?

— Acho que sim. Uma intervenção artística, sim.

— Isso! Há artistas que fazem coisas superincríveis, tem um que se chama Christo. Ele embrulha pontes, pontes de verdade! Depois tem uma outra coisa parecida que se chama *preformace*. Aí é o próprio artista que faz as coisas, mas disso já não gostei, porque eles se cobrem de vermes, cortam a cara, achei muito horrível. Acho que é por isso que se chama *preformace*, algo como chegar a um estágio antes da forma, ou se deformar, não? Certeza que *preformace* vem de "forma" e de "pré", que significa antes, como na pré-história, que quer dizer um tempo antes da história, ainda me lembro bem de quando aprendi isso no colégio. Sempre tirei boas notas, sabe? Queria ter continuado os estudos, mas não deu.

Raluca produz um pequeno ruído, algo entre um suspiro e um grunhido, deita-se de bruços sobre a toalha e solta o fecho do biquíni para se bronzear nas costas. Pablo a contempla por segundos enquanto saboreia a palavra *preformace* como um doce. Depois olha a menina, filha de sua vizinha. Continua exatamente igual, como se não tivesse se movido. Quanto à mãe, o tipo com queimaduras grau camarão sumiu, e agora a mulher está sozinha. Continua na borda da piscina e adotou, por acaso, sem dúvida, pois se encontra de costas para a filha, exatamente a mesma postura da menina, pernas abraçadas, a cabeça apoiada nos joelhos. As duas de canto, pálidas e apagadas, as duas ausentes. As duas tristes.

Fiz bem em passar pelo Goliat e comprovar que o mauricinho está trabalhando no segundo turno. Como você é esperto, Benito. Ninguém nem imagina o que você pensa. Até às dez da noite, no mínimo, não passa vivalma aqui. Coragem! Ninguém por aqui nem por ali. Coragem, já estou dentro do prédio. Subo as escadas devagarinho... Eu seria um ladrão de primeira, hehe. Agora vem o momento mais complicado... Mmmmm... Esta merda de fechadura faz um pouco de barulho, mas já entrei no apartamento. Que boa ideia ter guardado um jogo de chaves. Nisso também fui esperto. Você é um gênio, Benito. Bem, vamos ver o que eu consigo. Que cara esquisito esse mauricinho, pois não é que o safado ainda tem a casa vazia, como se fosse um pobre passando necessidade? Mas não me engana, bancando o favelado. Pois se nem piscou quando eu disse: quarenta e dois mil. Dinheiro que você tinha na conta, seu desgraçado. Agora aqui você não tem mais do que uma merda de colchão no chão e uma maldita cadeira toda retorcida. A cama está feita, pelo menos isso. Que tipinho! A roupa dividida entre a cadeira, a maleta e o chão, mas bem dobrada. Como se fosse um soldado. Ou um mariquinha organizado, isso combina mais com esse desgraçado. Esse sujeito é uma dona de casa. Vamos ver o que tem por aqui... Tem que ter alguma coisa que me diga o que você esconde. Do que você foge. Porque se ele não for doido, só pode ser isso. Está fugindo, se escondendo. Vamos ver se encontro quem está atrás dele, para poder vender a informação do seu paradeiro. Um negócio muito fácil: ei, cara, você é o fulano de tal? Pois eu sei onde a galinha está escondida. Que galinha? A sua, idiota, a que você está procurando. Mas se você quer que eu te passe o endereço, tem que me pagar. Simples assim. Você será a minha galinha dos ovos de ouro, miserável... Vamos ver o que você esconde na maleta... Um iPhone. Claro que ele tem celular, Raluca, sua idiota. Acho que não deve usar muito, a bateria está descarregada. Aqui está o carregador. O cara tem um iPhone X, estou te dizendo. Esse aparelho custa pelo menos mil contos. O favelado ferrou com a gente. E isso? Recortes de jornal... Papéis escritos... "Arquitetura verde: cidades sustentáveis"... Droga! Isso aqui não é nada, nem isso. Uns óculos... Dois bilhetes vencidos para o trem-bala... O voucher de um hotel em Málaga... Canetas esferográficas e isso... Nada. Vamos ver o notebook. Também sem bateria. Outra lata-velha baratinha, estou te dizendo. Um Apple do caralho, e certeza que não comprou usado. Vou botar para carregar também, mas não acho que vou conseguir entrar. Aqui está. Ligado... e com senha. Bah. E o iPhone? Mesma coisa. Merda e mais merda. Benito, pense um pouco... Vamos ver nos bolsos do paletó... Tem uma coisa aqui: um caderninho de anotações. Mmmmm. "La Térmica, Construir o Futuro, Susana Lezaún, Axel Hotcher, 20h30, Avenida de Los Guindos, 48." Só isso. Nada mais nesse cacete de caderno? Nada mais? Só por garantia vou tirar uma foto e pesquisar que porra é La Térmica, mas me cheira mal. Ah, espera um segundo, que aqui tem uma outra coisa. "Marcos", escrito bem grande. E ao lado, ah, veja que curioso... Talvez isso seja importante... é o desenho de uma suástica, não?

Só alguém com mania de organização poderia distinguir as minúsculas mudanças na disposição dos objetos provocadas por Benito. Mas Pablo tem essa mania, além disso tem o dom de recordar de maneira fotográfica as linhas, a proporção, o volume das coisas. Mesmo sem que ela tenha a intenção, a geometria do mundo fica arquivada em sua cabeça e aí permanece, uma imagem precisa e duradoura. Então agora, recém-chegado do turno da noite no Goliat (sempre é escalado para o fechamento), está observando fixamente a maleta, sua cama e sua roupa, tão rígido e quieto como uma cobra aguardando a saída de um rato, ainda que o que ele esteja aguardando seja que o cérebro processe a sensação visual de que algo está diferente e a converta em dados concretos. O fato é que depois de alguns segundos os dados começam a chegar: as camisetas dobradas e colocadas sobre a cadeira não deixavam ver esse centímetro da parte de trás do assento, estavam rentes ao encosto. A aba do bolso direito do paletó não estava para dentro. O pequeno maço de folhas e fotocópias guardado na maleta estava perfeitamente alinhado, mas agora o vértice de certos papéis aparece nas bordas. Sente náuseas. Alguém esteve aqui. Alguém manuseou suas coisas. Uma súbita palpitação o impele a pegar o iPhone e a ligá-lo. O celular se ilumina; não deveria ligar, ficou semanas sem ser carregado, a bateria tinha que estar arriada. Alguém ligou na tomada. Conseguiram entrar nele, ler seus dados, seus arquivos? Amedrontado, digita a senha e ativa o sistema. Em seguida vai para a tela do tempo de uso e comprova que marca zero. Não foi utilizado. Suspira com certo alívio: parece que não foi hackeado.

De repente o celular começa a tocar: está recebendo uma chamada. Seu sobressalto é tal que o telefone cai de suas mãos e quica no chão, guinchando como um bicho. Ele o apanha com dedos cautelosos. A chamada vem de um número privado. Hesita enquanto seu coração dispara. O aparelho continua tocando. Atende.

— Alô?

Um silêncio oco do outro lado da linha, o profundo, tenebroso silêncio de alguém que se cala.

— Alô? Quem é? Quem está aí? — insiste.

Longos segundos de insuportável vazio.

— Marcos? — arrisca com voz titubeante.

Agora quase parece escutar uma respiração. A chamada se interrompe. Desligaram.

Pablo está de pé, ainda com o celular colado à orelha, paralisado. A lâmpada desnuda que pende do teto espalha uma luz fria, desagradável e mortuária no quarto vazio. É um ambiente de uma feiura avassaladora que de repente Pablo não reconhece. O que faz aqui, onde está, o que está acontecendo com ele? Sem aviso prévio, o quarto parece se afastar rapidamente dele, como se o olhasse através de um tubo negro. Bem longe, do outro lado do tubo, encontra-se este quarto aterrador do qual ele agora nem se sente parte, o que deixa tudo ainda mais aterrador. Sua nuca fica empapada de suor frio, e o coração se lança contra suas costelas de forma tão violenta que Pablo tem certeza de que o órgão tenta se suicidar.

Com uma força de vontade agônica, consegue mover os rígidos músculos de seu peito e respira fundo. É um ataque de pânico, pensa, um ataque de pânico. E é o efeito túnel dos ataques de pânico. Não é a primeira vez. Sempre é possível voltar dali. Você sempre conseguiu. Como sobreviver a um terremoto? O mais importante, nem tente sair do edifício até que o tremor acabe; ponha-se embaixo de uma mesa ou da ombreira da porta e evite as chaminés e as cozinhas.

Pablo continua penosamente concentrado em respirar e pouco a pouco vai voltando ao quarto. À realidade. Ainda que o mundo siga guardando um ar de estranheza, como se as coisas não se encaixassem completamente, assim como na "volta" das duas viagens de ácido que fez na juventude. O ar fica denso como gelatina e as sombras se negam a permanecer em seu lugar. Mas o coração já está doendo um pouco menos.

Aproxima-se, ou melhor, arrasta-se até a janela. A paisagem de sempre: a pequena estação vazia e espectralmente iluminada e, aos pés da sacada, a rua escura. Já viu cem vezes essa paisagem, mas agora ela parece encerrar uma ameaça. Olha com mais atenção para a esquina, onde fica a escadaria para subir até a estação, e parece que as sombras palpitam. Ali algo se agacha, algo se move. Há alguém a vigiá-lo nesse coágulo de sombra. Uns olhos cravados nos seus, mesmo que ele não possa vê-los.

É o golpe final que o retira de sua paralisia. Já não suporta mais, enfrentar o medo é melhor que se render ao pânico. Abandona o andar tão depressa que até esquece a porta aberta às suas costas; desce os degraus de três em três, ganha a rua feito um louco, os punhos cerrados, a boca ansiosa e seca. Corre até as escadas da estação, mas não encontra ninguém. Ninguém. Sobe até a plataforma, ofegando por causa da velocidade e da tensão. Nem uma só pessoa à vista. Tudo parece vazio e quase tranquilo, não fosse esse tremor, esse tipo de pequena vibração de irrealidade que as coisas guardam. Como você foi estúpido! Achava de verdade que poderia deixar sua vida anterior?, ele se pergunta. O chão vibra sob seus pés, em sua espinha o fragor se acumula. Vem chegando o último trem do dia. Ele vira e o enxerga, suas luzes na noite, um raio que se aproxima, todo força e metal. O animal de ferro entra na estação e passa sem parar, reduziu um pouco a velocidade, mas sua baforada de ar quente e retumbante atinge Pablo. Um vagão desliza a seu lado, e outro, e outro. No último, junto a uma das janelas, acredita ter visto a cara angulosa e pálida de Marcos.

Ai, que boba, que boba. O que será que Pablo pensou de mim? Tudo estava indo tão bem! Eu vi a cara dele de surpresa e encanto quando contei sobre a minha intervenção artística e das pontes embrulhadas pelo Christo. Até aí, maravilha. E logo em seguida vou lá e, zás, resolvo falar da *preformace*. Que burrice, Nossa Senhora! Quando falei já tinha minhas dúvidas, fiquei três dias com um comichão sem ter coragem de olhar na internet, até agora… Aiaiai, você não podia ter ficado quietinha? Falei tudo errado, é *performace*! Ou não: espere, cretina, pesquise, observe bem e decore para aprender o certo. É *per-for--man-ce*. Que palavra idiota! E eu explicando o "pré", que não existe, como equivalente ao de "pré-história" e tal. Caramba, que cagada, que jeito de passar vergonha. E o coitado do Pablo sem dizer nada! Para não me envergonhar, claro, certeza que ele sabe tudo sobre o assunto. Bem feito!, quem mandou bancar a sabichona? Você até queria manjar desses assuntos, mas não manja. Pois tire disso uma lição, Raluca: se quiser conquistar o Pablo, vai ter que ser você mesma. Não tente se passar por quem você não é. Acha que ele já não conhece, que não sabe um montão sobre as malditas *per-for-man-ces*? Mas talvez não saiba de outras coisas. Da vida. Porque olha só o Pablo: um puta arquiteto e tal, mas aí está, tão parado e aturdido que às vezes parece meio bobo, como se não soubesse nunca o que falar ou fazer. Nem o que sentir. Como os homens são tontos: os sentimentos são terríveis para eles. Têm medo de parecer frouxos ou algo assim, veja só. Como se sentir fosse ruim. Se bem que nos últimos tempos tenho achado que o Pablo está... não sei, um pouco melhor, não?, mais normal. Um pouquinho mais normal. Como se estivesse derretendo. Talvez eu esteja me acostumando com ele... Por outro lado, acho que sou corajosa. Posso não conhecer bem o lance da maldita *per-for-man--ce*, mas sou corajosa. Com os sentimentos e com tudo. Ou como teria conseguido seguir em frente? Imagina o lance do hospital psiquiátrico. Muitas outras seguiriam ali como umas zumbis. Mas você saiu. Deve se orgulhar. Me deixavam amarrada e drogada. E só porque joguei no chão algumas coisas no caixa de um supermercado. Quem diria que depois eu iria trabalhar justamente como caixa? Putz, me internaram por um pouco de barulho que fiz... Bem, também agarrei o funcionário do supermercado, pelo visto. Agarrei o cara e sacudi, disseram, mas acho que exageraram muito. Além disso, o idiota estava tratando mal uma pobre velha a quem faltavam uns trocados. Isso não é pior que jogar uns chicletes no chão? É de foder. Mas quem foi mandada para o manicômio fui eu. Bem, vale dizer que, antes do episódio no supermercado, eu já vinha nervosa há semanas. Esse é meu ponto fraco, os malditos nervos. Mas agora já aprendi a me controlar. Desde então não tive mais nenhuma crise, e isso já faz vinte anos. E se aconteceu foi porque estava me sentindo muito mal naqueles tempos. Até dormi na rua uma vez, não me esqueço. Como não ia ficar nervosa? Fui amarrada e medicada, tida como esquizofrênica, bipolar, paranoica e não sei mais o quê. Pelo menos consegui convencer o psiquiatra de que eu não era louca coisa nenhuma, não era nada disso, só me sentia angustiada e um pouco deprê, essas coisas que todo mundo sente, que de resto estava tudo normal. Sem a ajuda desse cara você ainda ia estar lá, Raluca, naquele lugar horrível onde depositam as pessoas para depois esquecê-las... Era um sujeito esperto aquele sabe-tudo... Aprendi um montão graças a ele, durante o tempo em que tive de visitá-lo depois de receber alta, duas vezes por semana, falava um monte na cabeça dele. Um dia, ele me disse: você é uma cuidadora, mas, para cuidar dos outros, precisa cuidar primeiro de você mesma. Que homem, que frase. Primeiro precisa cuidar de você mesma. Pena que depois ele quis meter a mão em mim, mas na época eu já estava tão curada que com tranquilidade mandei ele à merda, não voltei mais e não se falou mais nisso. Na verdade, pensando bem, foi uma sorte ele tentar me paquerar. Uma sorte muito boa. Porque naquele maldito manicômio, se alguém te rotulasse como louco, nem Deus se lembraria de você; e aquele cara prestou atenção em mim, me escutou e me tirou do hospital porque estava interessado em mim, ou seja... Bem está o que bem acaba, como diria aquela assistente social tão antipática.

Golpes outra vez. Correrias, berros e golpes. Pablo crava os olhos no teto com desassossego. Cada vez suporta menos esse barulho angustiante. Lembra-se de suas vizinhas, a mãe e a menina, tão pálidas as duas, tão pouca coisa, quase inanimadas naquela tarde de piscina. Como é possível que depois demonstrem semelhante fúria? Continua olhando o teto como se pudesse transpassá-lo e espiar o que acontece acima. Agora ficam alguns segundos em silêncio. Pablo eleva uma súplica calada ao Deus no qual não acredita para que os golpes não recomecem. De nada adianta. Que diabos, os golpes recomeçaram e, além deles, agora Pablo tem certeza de que escuta um som de choro. Deveria subir, bater à porta, perguntar o que está acontecendo? Que bobagem. Essas coisas não se fazem, ao menos ele não age assim. Seria uma tremenda intromissão. O que ele sabe da vida dos outros para poder julgar? E também não quer saber mais.

    O barulho cessou novamente. Passam minutos sem que nada ocorra: daria para dizer que agora o espetáculo terminou. Ainda que nos últimos dias as brigas pareçam ter aumentado; talvez seja um efeito a mais desse mormaço insuportável. Agosto chegou como um incêndio, e o sol derrama seu fogo sobre o mundo até as nove e meia da noite, que é quando anoitece. Agora são quase dez, e Pablo abriu todas as janelas do apartamento tentando criar alguma corrente, mas o ar é uma massa quieta e pegajosa. O calor parece quase sólido, pesa sobre o corpo, oprime, enlouquece. Pablo também sente vontade de socar as paredes. Há duas noites socou, quando descobriu que alguém tinha entrado em seu apartamento e depois achou que tivesse visto Marcos no trem. Agora compreende que era impossível, ou ao menos muito improvável, que Marcos estivesse naquele vagão; foi apenas mais uma ilusão de sua cabeça. Mas naquela noite enterrou o punho na parede e se machucou no chapisco. Ainda dá para ver a mancha de sangue ao lado do interruptor. Os nós dos dedos estão feridos e arroxeados. A dor o consola. Talvez devesse se machucar com mais frequência.

Na adolescência fez isso. Nunca brigou com nenhum outro garoto, mas era um grande demolidor de paredes. Ainda que as marretas fossem suas mãos, é claro. Para justificar os machucados no colégio, inventou que estava aprendendo a lutar boxe e que tentava endurecer os punhos praticando em um saco. Certeza que não acreditaram nele, mas também não se importavam com ele o bastante para perguntar mais. E sim, a dor o consolava. Da fúria, da humilhação, da frustração de não poder matar seu pai. Esse pai que, depois de castigá-lo com a cinta sem motivo algum (e por acaso existe algum motivo para fustigar as costas de um menino de dez anos com uma cinta?), abraçava seu pescoço e pedia perdão. Filho, me perdoe, perdão, o que estou fazendo, não mereço um filho como você, não mereço filho algum.

Pablo percebe que seus olhos se encheram de lágrimas, coisa que o exaspera. Será possível? Como pode estar tão desavorado, como pode ser tão fraco e tão ridículo a ponto de chorar? Isso tem acontecido muitas vezes nos últimos dias. A ruína o espreita. Está degelando, o que o converte em um charco de água suja, como as poças de neve barrenta que enfeiaram a bela São Petersburgo naquela primavera que Pablo passou lá. Faz tantos anos.

Funga o nariz energicamente e engole a saliva algumas vezes para desatar o nó de lágrimas de sua garganta. Esteve com

Clara em São Petersburgo e se desentenderam. Brigaram quase todo o tempo, como costumavam fazer. Não foi boa ideia trabalharem no mesmo escritório, na mesma equipe. Competiam por tudo, na profissão, nas conversas, na casa. Só na carne encontravam um respiro. Pele contra pele, se amavam. Também nas férias: quando iam sozinhos, quando se dedicavam a subir montanhas, quando não havia ninguém diante de quem brigar. Nenhum juiz e nenhuma testemunha. Mas foram para São Petersburgo a trabalho. No projeto das Escolas Tolstói. Pablo se amargura, fica obcecado por não ter sido capaz de amá-la direito. Amá-la à altura do tanto que ele realmente a amava.

Lágrimas de novo. Aspiração raivosa de catarro. Precisa aprender o tagalo.* Pablo está convencido de que é necessário aprender a amar na infância, como se aprende a caminhar ou falar. E assim como existem os famosos meninos selvagens que foram criados por animais e que, se resgatados depois dos seis ou sete anos, já não conseguem aprender a falar, também existem, segundo Pablo, os selvagens do amor, que jamais viram em sua infância um casal que se amasse. Eles são incapazes de entender o alfabeto amoroso, que lhes soa tão estranho como se as pessoas estivessem falando em tagalo. Para resumir: Pablo não sabe tagalo. E não se julga capaz de aprender.

Pablo se lembra de um amigo do colégio. Seu pai era porteiro na rua Hermosilla, quase esquina com a Conde Peñalver. Viviam em uma espécie de sótão diminuto e sem luz, dois quartos com duas janelinhas estreitas no alto da parede, que davam para a rua, isto é, as janelas ficavam ao rés do chão, e por isso só enxergavam os pés dos caminhantes, cortados mais ou menos na altura dos tornozelos. O amigo tinha três irmãos, no total eram seis pessoas morando nesses dois quartos, que além disso estavam abarrotados de camas dobráveis,

---

* Língua falada pela principal etnia indígena das Filipinas. [N.T.]

mesas e móveis feios e velhos. Mas também tinham um sofá barato, e sobre os braços desse sofá barato havia duas capas rendadas, feitas de plástico, apoiadas e alisadas com primor. Como Pablo achava essas capas bonitas; como invejou seu amigo por ter um lar em que havia tanto desejo de agradar e querer bem uns aos outros a ponto de colocar umas capas rendadas feitas de plástico nos braços do sofá. É preciso afeto para construir um ninho. Esse sótão irradiava cumplicidade e esperança. Crescer sem nenhum amor é uma experiência extraterrestre, alienígena.

Pablo está inquieto. Desde que entraram no seu apartamento, mal tem conseguido dormir. Já trocou a fechadura, claro, mas a apreensão que sente, por estar assustado, não se resolve com uma fechadura nova. Tem a intuição, quase a certeza, de que algo perigoso o espreita, de que o Mal se aproxima pé ante pé, e esse pensamento revira seu estômago. Sem falar do novo ataque de pânico que sofreu há dois dias, nem do medo de ter medo, que sempre perdura certo tempo depois de experimentar algo assim. É o temor de cair novamente no buraco. Pablo pensa agora no efeito túnel e parece que a casa começa a vibrar, que a realidade começa a ficar escorregadia. Sacode a cabeça: precisa afastar esses pensamentos.

— Vou visitar o velho — exclama, quase grita, buscando o consolo de escutar a própria voz em meio ao silêncio.

Olha a geladeira, pega presunto e queijo e um engradado de seis latas de cerveja; apalpa o pão que guarda na gaveta e comprova que, mesmo amanhecido, ainda está mastigável. E com tudo isso e as novas chaves da nova fechadura, sai de seu apartamento em direção ao de Felipe. No terceiro andar, diante da porta de sua vizinha, detém-se um instante e escuta com atenção. Nada. Com pressa continua a subir as escadas, teme que o tenham ouvido parar. Quando chega ao andar de Felipe já distingue o ruído da máquina de oxigênio: repetitivo,

irritante, uma espécie de ruído de pistão, seguido de uma sucção. É a máquina grande, à qual está sempre conectado, não o cilindro móvel, que é silencioso. A máquina grande produz um barulho de mil demônios. Pablo toca a campainha mais longamente do que a educação aconselha, por medo de que Felipe não escute.
— Quem é?
— Pablo, seu vizinho — grita.
— Espere.
Arrastar de passos, fechaduras. A porta se abre e Felipe aparece ofegante. Está usando uma calça amassada de um pijama azul-escuro com patinhos amarelos e uma regata branca molhada de suor.
— Entre e feche a porta — pede Felipe enquanto arrasta os chinelos até a poltrona de couro sintético marrom.
Deixa-se cair no assento e cobre o nariz com o bocal do tubo de oxigênio. Resfolega um pouco.
— Espero não incomodar...
— Esses malditos pulmões — corta o outro, concentrado em recuperar o fôlego. A máquina cicia e estala estrondosamente.
— Espero não incomodar, mas... Não sei, trago algo para beliscar. Pensei que talvez pudéssemos jantar juntos.
Felipe inclina a cabeça e o olha, curioso.
— Já jantei. Nós, velhos, jantamos cedo e pouco. Mas tudo bem, eu te acompanho. Olhe, na cozinha há uma bandeja, vai ser mais fácil se você usá-la. Pegue também um pedaço do rolo de papel do banheiro, não tenho guardanapos.
Pablo vai e vem seguindo as indicações, enquanto Felipe o contempla pensativo, porque intui que está acontecendo algo, algo preocupante, com o novo vizinho. O velho que, como ele mesmo disse, é boa pessoa, se sente naturalmente inclinado a manifestar afeto em relação a ele, a fazer-lhe companhia e se compadecer dele. Mas ainda não conseguiu se livrar da

desconfiança. Há escuridão demais em torno desse homem, e Raluca é um anjo indefeso. Então, quando o arquiteto retorna e se senta a seu lado, Felipe apenas o olha e se cala.

— Tem certeza de que você não quer nada? — pergunta Pablo, mostrando as escassas provisões.

Felipe nega com a cabeça.

— Nem uma cerveja?

Torna a negar.

Parcimonioso, Pablo abre uma lata, dá um gole, pega um bocado de queijo e mordisca sem nenhum entusiasmo um dos pães amanhecidos. Está totalmente sem fome. O buraco que sente no estômago não se acalma comendo.

— Desculpe vir incomodá-lo. Você deve estar estranhando a minha visita, não? — diz por fim.

Felipe encolhe os ombros, cauteloso.

— Bem... somos vizinhos.

— Mas quase não nos conhecemos. Além disso, tenho a impressão de que você não vai com a minha cara.

— Não. Não é isso. É que não entendo o que você, um arquiteto famoso, faz por aqui. Um arquiteto que de repente aparece em Pozonegro. E que trabalha de repositor no Goliat. Não entendo nada, e não gosto das coisas que não entendo.

Pablo olha o velho, impressionado com sua franqueza. Ele vem de um mundo onde as coisas nunca são ditas desse modo, frente a frente e às claras.

— Sim... Sim, claro. Eu compreendo. Você tem toda a razão.

Brinca distraído colocando as fatias de queijo umas sobre as outras para fazer uma torre. Fazia o mesmo com seu filho, quando era pequeno, usando blocos de madeira. Ao se dar conta da associação mental, se sobressalta. Com um piparote, desmancha a torre informe e pegajosa.

— Para ser sincero, também não me entendo. Se estiver incomodando, vou embora.

— Não. Não precisa.

Silêncio. Ou melhor, haveria silêncio não fosse a máquina de oxigênio, que destroça toda esperança de tranquilidade com seu ruído exasperante.

— Mas gostaria que me respondesse. Queria saber por que você está aqui — insiste Felipe.

— Aconteceram algumas coisas... ruins comigo — murmura Pablo. — Tenho feito coisas ruins já há bastante tempo. Sem querer fazê-las, sem ter consciência disso, o que não me exime de responsabilidade. Bem... como explicar? Eu tinha um pequeno veleiro. Não o usava muito. Bem, isso não importa. E... um dia saí para velejar com meu filho, que tinha doze anos. Saímos só nós dois. Porque coloquei na cabeça, porque fiquei obcecado. Vinha uma tempestade e o porto estava fechado. Mas sempre fiz o que queria, sem pensar em ninguém...

Fica calado. Um longo minuto, dois. Felipe continua bem quieto. Respeita o mutismo de Pablo e intui que o menor gesto de sua parte pode romper o tênue fio da confidência.

— O vento nos arrastou. As ondas eram como paredes de água. Quis voltar, mas o barco virou. Nadei até meu filho e consegui agarrá-lo. Estávamos ali, sob um céu muito negro, em um mar gelado. Eu levava meu filho puxando-o pelo pescoço; tentei nadar, mas não avançávamos. O frio estava nos matando. Quando não aguentei mais, soltei-o. Soltei meu filho para me salvar, pois não estava aguentando. Soltei-o para me salvar, e ele se afogou.

Felipe olha para ele, impressionado.

— Sinto muito... muitíssimo. É terrível, Pablo... Mas vocês não tinham coletes salva-vidas?

Arrepende-se da pergunta tão logo a formula. De novo há um silêncio, ou uma tentativa de silêncio perturbada pelo barulho da máquina.

— Se você não o soltasse, os dois morreriam. Você não podia fazer nada, não teve culpa — diz por fim o velho.

Pablo suspira, recolhe os restos de comida, ergue-se.

— Tive, sim, e não foi apenas nesse dia. Sou culpado desde sempre pelo que aconteceu com o meu filho. Obrigado por me acolher. E por me escutar.

Ele sai do apartamento, fecha a porta com delicadeza, desce lentamente as escadas. Para outra vez no terceiro andar. Apoia-se na porta e cola o ouvido na madeira. Só identifica um redemoinho de vazio do outro lado. São onze da noite, talvez estejam dormindo. Imagina a criança, um pequeno vulto sob o lençol, na penumbra do quarto. Essas crianças que dormem enrodilhadas, como num casulo de seda, com os punhozinhos junto da cara, os joelhos unidos, a respiração leve e sossegada. Assim dormia seu filho pequeno quando o espiava da porta do quarto, um fio de luz caindo sobre seu corpo diminuto, pura magia, esse vulto sobre a cama. Talvez Pablo também dormisse assim na infância, e talvez sua mãe o tenha olhado desse mesmo modo para se despedir, recortada em negro contra a luz do corredor, na noite em que os abandonou. Pablo compreende que devia ser muito duro viver com seu pai. Com certeza batia nela. Com certeza a maltratava. Pablo entende perfeitamente que ela tenha partido, mas não que o largasse, com cinco anos, nas mãos daquele animal.

Que o soltasse no meio da tormenta para se salvar.

Isso lhe parece imperdoável.

Não dá para confiar nem mesmo nas mães.

Regina está há duas horas metida no seu Lexus híbrido LC esporte de cor cereja, pelo qual pagou cento e trinta e sete mil euros à vista faz quinze dias. Embora tenha estacionado na sombra, o maldito sol caminha e caminha, e a esta altura metade do veículo, a metade do lado do motorista, está sendo calcinada pela bola ardente. A mulher se moveu para o outro assento, de onde observa com apreensão como avança a linha de fogo. São seis da tarde, mas a temperatura ainda deve ser de mais de quarenta graus. O motor está ligado, o ar-condicionado bebe gasolina com a avidez de um bêbado. Regina volta a considerar a possibilidade de sair do carro e procurar algum bar para tomar algo, pois desde o café da manhã só comeu uma barra de chocolate meio derretida que estava no porta-luvas. Mas tem certeza de que, se deixar o Lexus híbrido LC esporte de cor cereja nesse lugar de vagabundos, deprimente e horrível, não o encontrará na volta. Não restará sequer um ossinho metálico de seu cadáver. Claro que ela também pode ser assaltada neste instante, mesmo estando dentro do carro. A rua está vazia, o que não é de estranhar com esse sol a pino, mas, apesar disso, Regina tem a desagradável sensação de que está sendo observada, vigiada. Não resta a menor dúvida de que alguém a espia. Ela se arrepia, talvez por medo ou talvez por causa do ar-condicionado. Vai acabar pegando um resfriado. Volta a verificar que as portas do carro estão travadas. Em que maldito momento teve a estúpida ideia de vir ao Cu do Mundo com um Lexus híbrido LC esporte cor de cereja? Por que resolveu vir a esta rua aterradora, a este povoadozinho cujo nome, Pozonegro, apenas o nome, já define seu caráter? E falando sobre o assunto, em que instante de loucura decidiu comprar um Lexus híbrido LC etc.? Sempre gostou de carros, mas fazer esse gasto, cometer tamanho excesso... Ela fez o mesmo que esses velhotes endinheirados patéticos que adquirem um conversível para paquerar. Ainda que, para falar a verdade, ela tenha comprado o carro não para paquerar, mas para se sentir um pouco menos por baixo do que realmente se sente. Os carros dão poder, disso bem sabem os velhotes.

Inclinou-se o mais que pôde para a direita, quase se fundindo à porta do copiloto, mas ainda assim a abrasadora linha de sol começou a lamber suas pernas. Volta a olhar para a entrada do prédio de Pablo. Quando chegou, apertou o interfone longamente, escutando ressoar a campainha no apartamento sobre sua cabeça. Mas ninguém abriu. Supôs que ele não estivesse, ainda que esse desgraçado seja bem capaz de estar em casa e não atender, só para não vê-la. Regina telefonou para ele repetidas vezes, mas o celular estava sempre desligado. Chegou até a mandar três telegramas! Por tudo que é mais sagrado, telegramas a esta altura do século XXI! E ele não respondeu. Que mais poderia fazer? Enviar mensagens por pombo-correio?

Ela é, portanto, esse pombo. Hoje, ao sair do escritório, sentiu-se tão indignada pela irresponsabilidade de Pablo que, sem parar para pensar, pegou a estrada e em duas horas estava em Pozonegro. Veio pisando fundo, ultrapassando todos os limites de velocidade. Agora, além do mais, foi multada, ou, se tiver ultrapassado demais o limite, pode até perder a habilitação por alguns meses. Com uma premonição taciturna, Regina se convence de que isso vai acontecer. Perderá a habilitação, e o Lexus híbrido LC esporte de cor cereja vai se encher de pó, trancado na garagem. Ultimamente tem tido tanto azar que só pode acontecer o pior.

E o pior do pior é o que Regina está vendo agora. Tensa, inclina-se para a frente até quase roçar o para-brisa. Sim, aquele cara de jeans, meio escondido atrás de um grande pacote embrulhado em papel pardo, é ele. Aí vem Pablo, está a ponto de dobrar a esquina que conduz à sua rua. E não está sozinho. É óbvio, claro, é óbvio. Como foi estúpida. Uma garota alta, vistosa, jovem e bonita. Que coisa tão lugar-comum, tão elementar. Por isso ele sumiu? Deixou tudo por essa mulher?

Sai do carro como tanta fúria que nem desliga o motor.

— Pablo!

O casal (o casal!) se detém. Ele olha Regina e se agacha de modo quase imperceptível atrás do pacote que carrega, como um coelho surpreendido por seu predador. A arquiteta atravessa a rua em duas passadas e se aproxima deles.

— Você não liga o telefone, não faz contato. Te mandei três telegramas, não me respondeu. Quem diabos você pensa que é?

Regina pergunta gritando e chegando bem perto do homem. Raluca tira o pacote de papel pardo das mãos de Pablo.

— Preciso ir. Obrigada pela ajuda — murmura e logo sai caminhando bem depressa para a entrada.

— Fique calma, Regina — diz Pablo.

Depois de ficar sem seu escudo, o homem se retesa em toda sua altura, um réu pesaroso e resignado a receber seu castigo.

— Ficar calma? Calma? O escritório está um caos, os trabalhos, paralisados, você causou um prejuízo absurdo para a empresa, perdemos o projeto de Toronto! Passaram para o Gensler! O que você acha? Era nosso, nosso!

— Sinto muito.

— Você sente? — pergunta Regina no tom mais sarcástico que é capaz de adotar, como quem esculpe as palavras.

Em seguida tenta pensar em algo venenoso para acrescentar. Porém, para sua surpresa e total consternação, começa a chorar.

— Ah, Regina, sinto muito, meu Deus...

— Não me toque! — ruge ela, dando um salto para trás a fim de se afastar das mãos de Pablo.

Os dois se calam, rígidos e incomodados, enquanto a mulher tenta se recompor e conter as lágrimas. O sol martela suas cabeças.

— Regina, está um calor horrível. Vamos subir e conversar? Te ofereço um copo d'água ou um café ou...

— Não pretendo entrar nessa pocilga.

— Por que você acha que é uma pocilga?

— Não é?

Pablo reflete, suspira.

— É.

— Não vou com você a lugar algum — diz Regina, mais tranquila, mais triste.

— Está bem.

Novo silêncio, o sol a lhes queimar a pele.

— Trouxe alguns documentos para você assinar. Estão no carro.

— Está bem.

— Então, você não vai mais voltar?

Pablo transfere o peso de uma perna para outra, bufa.

— Não sei como explicar. É que não sei nem se tenho algum lugar para onde voltar. Estou muito perdido, Regina.

— Pois você não parece nada perdido. Muito pelo contrário, eu diria que você se achou — afirma ela, sem disfarçar o ressentimento.

— O que você quer dizer?

— Essa mulher com quem você está.

— Raluca? — Pablo se assusta. — Do que você está falando, não estou com ninguém, Raluca é minha vizinha, uma boa moça a quem eu estava ajudando a carregar algumas telas, porque nas horas livres ela pinta e...

— Ah, além de ser bonita e jovem, ela ainda é artista.

— Bem, não é tão jovem... bem, é mais jovem que eu, claro. Mas a verdade é que não existe nada entre nós, absolutamente nada, não sei por que você insiste nisso...

Uma pequena ideia atravessa como um relâmpago a mente de Pablo: Regina está enciumada, pensa, e o pensamento corre veloz até sua boca. Para a sorte de ambos, consegue retê-lo na jaula dos dentes e não o diz.

— Não posso acreditar que você esteja armando todo esse escândalo, causando dor e angústia em tanta gente só porque se enrabichou por essa menina. Não podia ter levado a garota para Madri, ou, sei lá, buscar outra vizinha mais perto do escritório? — Regina, em contrapartida, não consegue controlar seu sarcasmo.

— Repito: não me enrabichei por ninguém. Não foi por isso que desci do trem. Não tenho absolutamente nenhuma relação sentimental com a Raluca.

— Ainda não, ainda não — diz ela com amargura. — Eu vi vocês. Vi quando caminhavam sem ter noção que estavam sendo observados. Os dois riam. Havia uma cumplicidade, uma intimidade tão... pareciam realmente um casal. Vocês estavam juntos. Quer dizer, estão juntos, embora você ainda não saiba. Você sempre teve dificuldade para entender as emoções. As suas e as dos outros.

— Sinto muito.

— Sente pelo quê? Por que isso agora?

Pablo sacode a cabeça.

— Não sei. Sinto muito por tudo. Acho que minha vida inteira foi um erro.

— Você enlouqueceu, Pablo. Você está mal. Se não foi por essa garota, por que diabos se enfiou neste cu de mundo?

O arquiteto a olha, titubeia, reflete realmente sobre a pergunta. Enfim, diz:

— Talvez você esteja certa. Talvez eu esteja louco.

Regina suspira e observa seu Lexus, que ronrona ao sol com a porta aberta, como um animal doméstico. Agora subirá nessa caríssima lata superaquecida e voltará para Madri sem parar e sem comer e sem olhar para trás. Claro que se transasse mais não teria gastado essa barbaridade em um maldito carro.

Tomo ou não tomo? Ora, Raluca, deixe de história, não é tão grave. Pois é, meio Lorazepam de nada. É o que as pessoas normais tomam para dormir. Por isso o médico do posto te receitou quando você disse para ele que não pregava o olho. Você não pode passar as noites sem dormir, disse o filho da mãe, você mais do que ninguém. Como se dissesse: você que é perturbada. É uma maldita piada o prontuário médico. Uma maldita piada. Seu prontuário chega sempre antes de você, como o fedor de chulé ou de sovaco, pior, como uma peste que sai de dentro de você. É assim que você se sente, empesteada. Não há quem tire de você o rótulo do manicômio. É uma pedra que pende do seu pescoço.

Tomo ou não tomo? Tenho um montão de Lorazepam, porque não fiz nada além de experimentar quando me mandaram os comprimidos. Posso ficar bem orgulhosa disso. Arre!, para que todos esses médicos saibam que eu me viro sozinha. Agora que preciso deles, os comprimidos estão vencidos... Deixa ver... Não, ainda valem por uns meses. Por um triz. Pois sim, me viro sozinha e sem me entupir de porcarias, como as que me deram no manicômio. Essa Clorpromazina asquerosa. Por tudo que é mais sagrado, eu parecia uma idiota. Arrastando os pés com cara de zumbi. A cabeça toda cheia de algodão. Pensar era tão difícil. E a boca seca, a língua tão inchada que eu a mordia. Uma angústia fria. A Clorpromazina é um remédio para eles, ou seja, te dão para que eles se sintam bem, pois você fica meio abobada e não dá trabalho. Mas, por dentro, esses remédios não te ajudam em nada. Por dentro é só medo e algodão sujo.

Por isso não quero tomar comprimidos, nem mesmo este Lorazepam pequenino e manso.

Mas estou nervosa, essa é a verdade. Está muito calor, e eu não gosto de calor. Às vezes sinto que o sol é uma prisão, uma espécie de jaula de fogo que me aperta. E além disso tem o problema da supervisora, que me acha descontrolada... Essa senhora tão educada, com seu blazer e sua cabeça branca, que sempre parece recém-saída da cabeleireira... Cheia de sorrisinhos, mas muito esnobe. Tenho certeza de que ela mente. Aposto meu pescoço: ela esconde algo da gente. Foi enviada pela central para nos ajudar a melhorar nosso desempenho, disse o patrão quando a apresentou à equipe. E ela assentindo com a cabeça e sorrindo. Uma víbora má, é o que ela é. Veio para nos demitir, tenho certeza. O que vou fazer se me mandarem embora? Trabalho no Goliat há seis anos e tenho sido muito feliz.

Pois é, tenho dormido mal e estou nervosa. Devia pintar. Quando meu ânimo se perturba, meus cavalos sempre me ajudam. É como acariciar um cão com o dorso eriçado até acalmá-lo; pincelada a pincelada vou relaxando as costas e me livrando dos medos e dos espinhos. É assim desde os doze anos, que foi quando aquela professora do centro de menores me contou em qual banco do parque Gasset me abandonaram. Bem, ela disse "encontraram". Às vezes digo "encontraram", outras, "abandonaram", dependendo do tanto que estou nervosa. E já se vê, Raluquinha, que agora você não está muito bem. Ou seja, é melhor começar de novo. Eu tinha doze anos quando a professora me contou em qual banco do parque Gasset me encontraram. Até fomos lá ver num domingo. É um banco muito bonito, com azulejos pintados nos quais se veem dois homens a cavalo. Bem, achei que eram dois homens a cavalo, mas logo me dei conta de que eram dom Quixote e Sancho Pança, e todo mundo sabe que o Sancho monta um burro. Mas me pareceu um cavalinho. É um desenho tão bonito! Com árvores em primeiro plano e ao fundo os moinhos, e o Rocinante é genial. Depois, quando li o *Quixote*, o livro inteiro, outro orgulho enorme, pois quase ninguém lê tudo, alguns trechos são bem enfadonhos, mas, claro, para mim esse livro é algo meu. Bem, depois de ler a cena dos moinhos, me dei conta de que era um tremendo desastre para dom Quixote, mas no desenho do banco não se vê nada disso. Ao contrário, é uma paisagem tão tranquila, tão relaxante. Esse cenário é meu lar, minha casa. Tive sorte de ter sido abandonada e encontrada em um lugar especial.

E aí comecei a desenhar cavalos. Como se chamava essa professora? Ela era ótima, por isso durou pouco lá, sempre acontecia o mesmo, os melhores partiam rápido. Era um nome um pouco estranho… Kátia, é isso! Ela era chilena. Quando fomos ver o banco, ela me disse que, em vez da cegonha, eu tinha sido trazida ao mundo por um cavalo. Era uma brincadeira, eu já era uma menina grande e sabia como nasciam os bebês e até como não nasciam, por ter acompanhado o caso de uma colega de orfanato, dois anos mais velha, que abortou com uma agulha de tricô. Foi levada para o hospital, de onde não voltou. Foi muito instrutivo. A história do cavalo era, sim, uma brincadeira, mas uma brincadeira muito bonita. Então comecei a pintá-los; e como iam ficando melhores, fui me animando mais a cada dia. É uma maravilha fazer bem uma coisa e ser admirada pelas pessoas. Raluca desenha incrivelmente bem, diziam. Virei a pintora do orfanato. Claro que a glória durou pouco: quando viram que eu só pintava cavalos, voltaram a me chamar de Raluquete. Ou seja, algo entre Raluca e maluquete. Muito engraçados. Eles não sabem de nada.

Talvez devesse tomar o maldito Lorazepam, pois a verdade é que agora não tenho cabeça nem para pintar cavalos. Não consigo, mesmo tendo três telas novas estupendas e cinco tubos intactos de tinta a óleo Mir, que são os melhores. Como o Pablo é adorável: me acompanhou na Casa do Artista de Puertollano, no nosso dia de folga. E carregou o pacote de telas, e me deu as tintas de presente. Foi um dia tão bonito...

Até aparecer aquela lá.

Aquela.

Com aqueles gritos de esposa irritada.

Raluca, sua boba, como pôde acreditar que Pablo estivesse livre? Um homenzarrão tão estupendo? Imagine se não andaria cercado de mulheres! Bem, nunca perguntei se ele estava com alguém. A mãe do seu filho morreu, isso ele me contou por cima. E não perguntei mais nada. Mas parecia que ele estava livre. Deve estar de saco cheio de morar aqui há semanas, sempre sozinho, sem celular nem telefone, para falar com ele é preciso atirar uma pedra, por sorte moramos no mesmo prédio e trabalhamos no mesmo lugar... Como não ia pensar que ele estava livre? Aquela mulher gritava: Você não atende ao celular, não liga, quem você pensa que é?

Maldita bruxa! Não percebe que ele não quer mais saber de você?

Ou talvez ele queira, sim.

Parece mais velha que eu, mas é bonita. Bem cuidada. Elegante. E com esse carrão, Nossa Senhora! Uma ricaça. E certamente sabe muito de tudo. Culta, viajada. Talvez até seja arquiteta, como ele. E se... e se na verdade Pablo estiver aqui por causa dela? E se eles se desentenderam e ele foi embora para causar ciúme nela? Ah, não quero nem pensar. Briga de apaixonados, reconciliações quentes. Quanto maior a briga, mais paixão, você bem sabe. Nossa Senhora, Raluca!

E eu que acreditei que desta vez, sim. Que desta vez ia dar certo. Que à noite eu o abraçaria por trás, sabendo que nunca mais estaria só. Amar e ser amada, essa coisa tão bonita e singela que outras pessoas conseguem, mas eu não.

Vai, engole de vez o maldito Lorazepam e apaga a cuca. Dormir e não pensar nem sentir. Quero me enfiar numa caixa preta. Mesmo que ela tenha ido embora. Voltou para o carrão e foi embora: deu para ver de um canto da janela... Vão se encontrar mais tarde? Em outro lugar? Pablo vai embora? Vai voltar para Madri? Pode parar! Pare já! Como dizia o psiquiatra, não continue a se comportar como um hamster! Saia da roda das obsessões. Não fique nervosa, ao menos a bruxa foi embora. Ponha o Lorazepam sob a língua, assim o efeito é mais rápido. Ai, Raluca, a Raluquete... não se desespere. Dom Quixote também era considerado louco, e, você sabe, era dom Quixote.

As noites de agosto têm algo esplêndido. O dia foi uma tortura de calor, mas a noite está uma beleza. Sente-se o ar tépido, ligeiro. Parece que todos poderíamos começar a flutuar a qualquer momento. Elevar-nos lenta e placidamente como balões a caminho desse céu iluminado por uma lua sanguínea maravilhosa. Felipe, Pablo e Raluca estão sentados no único terraço do povoado. Meia dúzia de mesas de fórmica e um punhado de cadeiras metálicas dispostas sobre a estreita calçada por Dante, o argentino, o dono dos dois bares de Pozonegro. Estão no maior, tão feio quanto o outro. Sobre a mesa, copos de cerveja meio vazios e uma garrafa de água para Felipe. Também uma tortilha de batatas borrachuda e uma porção de empanadas portenhas, que exigem do degustador um estômago de ferro.

Os três saíram fugidos de suas casas, armadilhas quentes e asfixiantes. Para Felipe, sobretudo, é um martírio: encontraram o velho ofegando, orvalhado de suor frio, assustado pelo sedoso roçar da morte iminente. Viver com o fim próximo produz essas angústias de vez em quando. Felipe é um tipo moderado, mas sentir falta de ar é muito difícil; quando o fôlego falha, sente que morcegos o rondam. Assim disse Raluca quando foi buscar o arquiteto: venha, Pablo, me ajude a levá-lo ao bar para respirar ar fresco, que ele está muito mal. E os três estão aqui agora.

Não falam muito. Felipe porque ainda não recuperou o ritmo respiratório e ofega muito concentrado. E eles dois porque, desde a irrupção de Regina, não conversaram quase nada. Três dias sem mencionar o incidente, murmurando amenidades quando se encontram no trabalho. Alguma coisa endureceu entre ambos, uma distância incômoda de palavras reprimidas. Agora ninguém vai achar que somos um casal, pensa Pablo, recordando a chocante observação de Regina.

Ou talvez sim. Não são precisamente esses muros invisíveis de coisas silenciadas um dos elementos mais habituais da vida em comum? Com os anos, os casais vão se enchendo de pequenas desilusões, de divergências do projeto amoroso que acreditaram entrever na primeira paixão, de falhas, próprias e alheias, concessões, aceitação transigente de seus egoísmos e de sua covardia. Com os anos, aproximam-se cada vez mais nas rotinas, distanciando-se, porém, no essencial. Até que chegam a se converter, às vezes, em perfeitos estranhos. E os piores são os estranhos bem sincronizados, aqueles que entram e saem juntos, que tiram férias, jantam com os amigos e jamais discutem, mas que depois, quando estão sozinhos, nem se olham nos olhos, astronomicamente separados pela cortina de ferro de tudo o que deixaram de compartilhar e de dizer um ao outro.

Ainda que com Clara não tenha acontecido assim. Discutiu com ela quase até o final. Que pena não ter sido capaz de dizer eu te amo com a mesma paixão com que se opunha a ela.

Há alguns meses, Pablo encontrou um bilhete de Clara. Estava revirando as gavetas de sua mesa, em busca de um pen drive com fotos que a polícia tinha pedido para ele levar, quando topou com um post-it amarelo e envelhecido, de bordas meio amassadas. Com letra pequena, precisa e fina (sempre usava uma caneta Rotring 0'13), Clara havia escrito: "Bom dia. Meu amor, agora estou com pressa, mas vou me dedicar com calma a te fazer feliz. Um beijo".

Não aconteceu. A felicidade não aconteceu, fundamentalmente porque ele não sabe falar tagalo, pensa Pablo agora.

Onde tudo isso se perdeu? A doçura, a ilusão quase cafona e infantil, a boa vontade? A convivência foi se eriçando como uma gata furiosa. Não há nada que envelheça tão depressa quanto o amor mal-amado.

Pablo suspira e tenta relaxar as costas contra o espaldar metálico da incômoda cadeira. Há um indício de brisa no ar, uma promessa de frescor. Pozonegro continua a ser um lugar inóspito e feio, mas a noite, generosa e magnânima, esfuma com sombras bondosas os perfis ásperos da rua, as calçadas gastas, o rebanho de sacos de lixo que há na esquina.

— Opa. Desculpe.

Como se movidos por uma silenciosa ordem mental, ele e Raluca inclinaram-se simultaneamente em direção à mesa para pegar o mesmo copo de cerveja, no qual ainda restam dois dedos de líquido. Seus dedos se tocam, a mão de Pablo roça a da mulher, cálida, eletrizante.

— Desculpe, achei que fosse meu copo.
— É o seu, é o seu, eu que me enganei.
— Não, não, é o seu, pegue.
— Não, me desculpe, o copo é seu.

Calam-se e se olham, rígidos, com um pedaço da preciosa noite estendida entre eles. Pablo sente uma vontade repentina de rir, um borbulhar que lhe sobe à boca como os espirros sobem ao nariz. Solta uma gargalhada.

— Que bobagem, vamos pedir outra rodada. Felipe, você quer mais água, café ou outra coisa?
— Sim. Um descafeinado com gelo — diz o velho, já mais tranquilo.
— Essa é por minha conta! — diz Raluca, pondo-se de pé num salto. — É minha vez.

Pablo a contempla enquanto se afasta. Ela usa bermudas puídas de brim, camiseta regata branca e chinelo de dedo. Com uma roupa tão sem graça não poderia estar mais bonita.

Desde que falou com Regina, Pablo olha Raluca de outra forma. Agora não entende como não se deu conta do tanto que se sentia atraído pela vizinha. Estava cego e agora vê até demais: esse corpo atlético, essa maneira de se mover, sedosa e animal. Quando a romena volta, seus pelos se arrepiam, por isso não é capaz de se comportar de maneira natural. Não é mais que necessidade sexual, Pablo se autocensura; um simples alvoroço de gônadas e gametas, de testosterona acumulada. Não vou ceder a essa chantagem do meu corpo, a essa demanda tão primária: não posso fazer isso com a Raluca, ele repete para si mesmo. Mas a garota já retorna com as bebidas em equilíbrio precário: as cervejas e o copo com gelo contra o peito, o café fumegante na mão esquerda. Pablo se levanta para ajudá-la, as mãos famintas se movem sem que ele possa evitar, roça um pouco o braço dela, inclusive o decote. Corpo ditador, noite embriagadora. Permanecem bem perto um do outro enquanto dançam uma lenta dança desajeitada, impossível manejar pior o transporte dos copos, quase derrubam as bebidas no chão algumas vezes. Enfim conseguem depositar tudo a salvo sobre a mesa e, depois de se organizar, olham-se nos olhos um instante. Raluca tem cheiro de bala de leite.

Sentam-se. Sorriem. Felipe retine a colher, dissolvendo o açúcar em seu café. Um dedo de ar fresco acaricia o pescoço suarento do arquiteto. Que coisa deliciosa! Pablo bebeu somente uma cerveja grande, mas sua cabeça dança como se tivesse bebido mais. Na esquina, aparece a esquisita do povoado, a adolescente gótica, mais lúgubre que nunca na incongruência das roupas de luto em plena onda de calor. Avança rua abaixo em cima dos seus grossos coturnos, oscilando para a frente de modo estranho, como se estivesse prestes a cair. Não olha ninguém, não dá sinais de ter percebido a presença de pessoas no terraço. Apenas caminha e caminha, a vista cravada no chão, com a mesma determinação teimosa com a qual os cães vadios parecem sempre dirigir-se para algum lugar. Passa diante deles e depois se perde na escuridão. Pablo suspira. Bendita noite amiga: é a primeira vez em muitos dias que não sente que alguém o observa e persegue. A primeira vez que não está com medo.

— E aquela mulher... — diz Raluca, e se cala.

Pablo fica na defensiva. Ele sabe do que ela está falando.

— Que mulher?

— A do outro dia. A que estava tão furiosa. O que você fez para ela?

— É Regina, arquiteta, uma das minhas sócias no escritório. Eu sumi, botei todos em uma situação difícil. Ela tem motivos para se enfurecer.

— Todos eles? — pergunta Raluca, com tanta expectativa como se sua vida dependesse da resposta.

O olho da mulher, esse de pálpebra cansada ou adormecida, parece mais fechado do que nunca. Pablo notou que, quando Raluca está nervosa, a diferença entre os olhos se acentua.

— Sim. Tenho outros três sócios além da Regina.

— Então é um assunto de trabalho?

— Sim.

A vizinha sorri, e a miscelânea desordenada de seus dentes brancos lhe dá um ar infantil. Pablo estremece. Daria para dizer que nas noites quietas e eternas de agosto qualquer coisa pode acontecer. Mas apenas coisas belas, claro.

— E por que você continua aqui? — pergunta Felipe.

Um soco no estômago, e na boca uma confusão indizível. O arquiteto encolhe os ombros:

— É complicado... São muitas coisas. Agora mesmo não me sinto capaz de te dar uma resposta.

Raluca fecha um pouco mais o olho e mordisca o lábio inferior.

— Você vai embora? — pergunta por fim.

Pablo não sabe, desconhece tudo. Mas sua cabeça responde por ele e se move de um lado para outro, num claro gesto de negação. O bálsamo do ar, o resplendor perolado e róseo dessa lua de fogo. Apenas coisas belas. As noites de agosto têm algo de esplêndido.

O medo é como uma pedra que você carrega dentro do estômago. Dia após dia você vai engolindo o emaranhado de temores como os gatos engolem seus pelos, até que acabam por formar uma bola na barriga, tão densa que dá vontade de vomitar e o obriga a caminhar um pouco encurvado, como quem espera um golpe. O medo é um parasita, um invasor. Um vampiro que suga seus pensamentos, porque você não consegue tirá-lo da cabeça. E até se, em um raro momento de trégua, você consegue esquecer o medo por um instante, sempre resta algo pesando sobre você, uma vaga premonição de risco e de desgraça. Não há modo de se livrar dele por completo.

Ter sido colocado definitivamente no horário de fechamento no Goliat também não ajuda. Pablo acha ridículo se sentir tão assustado. É uma vergonha que um homem como ele, ainda forte apesar da idade, receie voltar à noite para casa andando por ruas solitárias. Nhac, nhac, nhac, rangem seus tênis sobre a calçada gasta e o asfalto ainda morno por causa do calor. Como lançar seu carro contra um veículo inimigo que bloqueia o seu caminho? Se puder, desative o airbag e coloque o cinto de segurança. Acelere até alcançar uma velocidade entre quarenta e cinquenta quilômetros por hora e atinja a roda traseira do outro carro com a quina do seu, do lado do copiloto, em um ângulo de noventa graus. Nhac, nhac, nhac, falta pouco para chegar, por sorte já se vê a estação, em dois minutos estará dentro do seu prédio. Mas, um momento, agora parece intuir o eco de outros passos. Subitamente se detém e concentra todo o esforço em captar até o mais leve sussurro na escuridão. Quase acredita ouvir o crepitar do lixo apodrecendo, ainda que realmente não escute nada. Nota seu pescoço duro, os punhos apertados, e tenta relaxar. É difícil, pois não consegue evitar a sensação de estar sendo vigiado.

— Que tal a casa?

A voz sai das sombras, áspera e retumbante. Pablo dá um salto e recua para trás e para o lado a fim de encarar a pessoa que falou. É um pulo grotesco de animal acuado.

— Assustei você?

Pablo não responde. Entrevê na penumbra um homem sentado nos degraus da escada que leva à estação. Exatamente no lugar em que dias antes pensou ter visto alguém.

— Como você se assusta facilmente, cara! Qualquer um diria que você está escondendo uma coisa cabeluda.

A voz soa espessa, sarcástica, até mesmo hostil, mas Pablo sente que o coração, que havia parado entre duas batidas, recupera seu ritmo normal. Reconheceu o homem. Essa cara de brucutu ganancioso, o pescoço de touro. Era o idiota que lhe vendeu o apartamento. Seus medos se dissolvem como uma fumaça negra.

— O que o senhor faz por aqui? — pergunta Pablo.

Benito sente a ferroada no tom depreciativo do homem, a repulsa desse "senhor" formal, e se mexe como se tivesse sido picado por um escorpião.

— E por acaso não posso estar aqui ou onde bem quiser? Quem aguenta esses filhinhos de papai que se julgam donos do mundo? — bufa Benito, erguendo-se com dificuldade.

Pablo mede-o de cima a baixo com fria curiosidade.

— Acho que o senhor está bêbado. Faça um favor a si mesmo: volte para casa. Se quiser me dizer algo, me procure sóbrio e durante o dia — diz Pablo.

E, virando as costas, se dirige para a entrada do seu edifício. A condescendência das palavras do arquiteto emudeceu Benito. Ele ofega, se asfixia de ódio e raiva, como se estivesse embriagado, mas só bebeu um pouco. A humilhação é uma brasa em seu peito.

— Eu não acho que estou bêbado, acho, na verdade, que você é um safado e que vai se arrepender! — grita.

A veemência inclina-o para a frente e o faz perder ligeiramente o equilíbrio. Ele cambaleia: talvez tenha se excedido um pouco no álcool, afinal.

Pablo escuta-o vociferar às suas costas como quem ouve o assobio do vento. As ameaças de Benito o deixam impassível: os medos muito grandes protegem dos temores pequenos. Abre a porta de entrada, acende a luz bruxuleante da lâmpada que mal funciona e começa a subir as escadas com cansaço e alívio. Um barulho nervoso de saltos o avisa de que alguém está descendo as escadas: é Ana Belén, a vizinha do terceiro andar, com quem cruza quando chega ao segundo. A mulher passa a seu lado sem o cumprimentar, cabeça inclinada, o cenho apunhalado por uma ruga profunda. Veste uma saia preta e uma blusa prateada, com alças que deixam ver a pele palidíssima, as clavículas proeminentes, o corpo emaciado de anoréxica ou de viciada em heroína. Um rabo de cavalo recolhe seus cabelos e as sandálias baratas, também prateadas, mostram pés tristes de dedos nodosos. Caminha de modo hesitante por conta do salto agulha e avança olhando bem onde pisa. Pablo a observa: são onze e vinte da noite. Aonde irá? Será que combinou com o louco que está lá fora? Um vago sentimento de compaixão atravessa sua mente, mas logo ele também se lembra da pequena. Da filha de Ana Belén. A mãe a terá deixado sozinha? Deve ter apenas cinco ou seis anos. Terá medo da escuridão? Se sentirá abandonada? A luz do corredor se apaga e Pablo torna a tocar o interruptor. A porta de entrada se fechou logo depois da saída de sua vizinha, e o edifício está envolto em silêncio.

Sem saber muito bem por que, Pablo sobe os dois lances de escada que o separam do terceiro andar, onde mora Ana Belén. Como fizera dias atrás, aproxima com cautela a orelha da porta suja de compensado. Nem um só ruído, nem uma chispa de luz no olho mágico, um desesperante nada do outro lado. E, no entanto, a menina tem que estar lá dentro. A luz do corredor volta a se apagar, acende-a novamente. Depois, bate suavemente à porta com o nó dos dedos. Ninguém responde.

— Olá... olá... é o Pablo, o vizinho do segundo andar... Vi a sua mãe saindo... não tenha medo — ele sussurra.

Só se ouve o ruído tênue da lâmpada de tubo, um ligeiro zumbido, como o de um inseto capturado. É um silêncio que lhe parece opressivo, tão carregado de segredos como o da Casa dos Horrores. Por que se lembra disso? Foi em Gloucester, Reino Unido. Nas décadas de 1970 e 1980. Fred West violou e torturou durante anos suas filhas e outras garotas que ele encurralava e sequestrava. Com a ajuda de sua segunda mulher, Rosemary, acabou assassinando ao menos a primeira esposa, mais nove jovens e duas filhas do casal. Fred, que nasceu em 1941, trombou primeiro com a lei aos vinte anos, quando foi processado por violentar sua irmã, de treze. Ele confessou, mas o caso foi arquivado. Os direitos das meninas não valiam muito naqueles tempos, pensa Pablo. E nem agora, talvez. Pouco depois, Fred se casou com Rena, que estava grávida de outro homem. Nasceu uma menina, que chamaram de Charmaine e Fred adotou, e em seguida tiveram uma filha deles, Anne-Marie. Cinco anos depois, em 1969, Fred conheceu Rosemary, uma garota de quinze anos, perversa e brutal, e a desgraça se armou com precisão de relógio. Devem ter reconhecido a semelhança entre suas almas perversas à primeira vista, pois se juntaram de imediato e sua primeira filha, Heather, nasceu em 1970. Então Fred decidiu que a esposa Rena e a menina adotada, Charmaine, que já tinha oito anos, eram um estorvo, e as matou com a ajuda da namorada. Na sequência, Fred e Rose se casaram e foram viver na casa de Cromwell Street, que acabaria por se tornar tetricamente famosa.

Há meses Pablo coleciona essas histórias de horror familiar. Relatos atrozes nos quais busca uma resposta que ainda não encontrou. Ele os lê e relê, decora os casos. Por isso agora recorda que a filha de Rena e Fred, Anne-Marie, tinha oito anos quando começou a ser violentada por seu pai com a ajuda de Rosemary. Enquanto isso o casal ia somando filhos: mais sete após a primogênita, três deles concebidos por Rosemary com outros homens. Todos os filhos eram obrigados a ver pornografia. Viviam sequestrados; não tinham amigos e, como no caso dos Turpin, tinham sido convencidos de que o mundo exterior era um perigo para eles. "Vocês têm sorte de ter um pai como eu", dizia Fred a suas filhas quando as violentava. Esses filhos que só saíam de casa para ir ao supermercado, esse bando de crianças caladas, desastradas e tristíssimas devia ter chamado a atenção dos vizinhos, mas não. Ninguém se importou com elas. Ou talvez sim, mas não se atreveram a dar o passo que mudaria tudo. Talvez houvesse pessoas que, como ele agora, aproximaram-se certa noite da porta dos West. Que encostaram o ouvido na madeira, rumina Pablo, enquanto aperta pela enésima vez o interruptor de luz. Mas de que vale isso se depois você não faz nada? Pois bem, o que pode ser feito? E se você estiver enganado? Em que exato momento passamos de prudentes a medrosos? E de cidadãos responsáveis a intrometidos, fofoqueiros? Pablo entende os vizinhos que ignoraram a situação. E ao mesmo tempo sente nojo deles. Nojo de si mesmo.

Para pagar a hipoteca, os West começaram a colocar quartos baratos para alugar, o que atraiu para a casa deles meninas de vida desestruturada, saídas de lares de acolhida, envolvidas com drogas. Vítimas indefesas e solitárias. Fred e Rose as torturavam, abusavam sexualmente delas, e acabaram matando várias delas. Nove assassinatos foram provados, entre eles o de duas jovens estudantes universitárias sem relação prévia com os West, mas que foram sequestradas por eles quando andavam pela rua.

Em 1987, Fred matou sua primogênita, Heather. A garota tinha dezesseis anos, estava farta dos abusos, tinha uma personalidade forte e independente, talvez tenha ameaçado denunciá-los. Depois de esquartejá-la e enterrá-la no porão como as demais, sempre com a diligente ajuda de Rosemary, o silencioso inferno (amordaçariam as vítimas durante a tortura?) voltou a se fechar sobre si mesmo, inexpugnável. A história oficial é que Heather tinha ido embora com uma namorada. Em agosto de 1992, uma das filhas pequenas de Fred e Rose, que tinha treze anos, contou a uma amiga no colégio que tinha sido violentada pelo pai. A polícia interveio, West foi detido e levaram os cinco filhos, ainda menores, para famílias de acolhimento. Mesmo com a polícia tendo encontrado vídeos pornôs estarrecedores protagonizados por Rosemary em Cromwell Street, um ano mais tarde um juiz decidiu que havia contradições na declaração das crianças e encerrou o caso. Em junho de 1993 Fred saiu da prisão, recuperou seu trabalho e a guarda dos filhos.

Mas uma inspetora veterana, Hazel Savage, entendeu que havia muitos indícios suspeitos e fez o que ninguém se atrevera a fazer em mais de duas décadas de torturas, violações e assassinatos: não deixar passar, não esquecer o assunto, continuar investigando. Durante o tempo em que as crianças West, aterrorizadas, ficaram em casas de acolhimento, tinham comentado, talvez por se sentirem mais seguras, que seus pais às vezes brincavam dizendo que Heather estava no porão. Savage investigou a fundo e importunou todo mundo até conseguir um mandado de busca para a residência dos West. Em 24 de fevereiro de 1994 a polícia entrou com pá e picareta na Cromwell Street. Muito rapidamente desenterraram restos humanos que atribuíram a Heather. Mas, para o horror geral, começaram a surgir muitos outros cadáveres.

Ao menos West morreu, pensa Pablo com alívio moderado: enforcou-se na prisão de Birmingham com uma corda feita com pedaços de lençol. Pena que tenha sido em janeiro de 1995, antes de ser julgado, antes que seus crimes pudessem ser esclarecidos. Rosemary foi condenada à prisão perpétua e continua na cadeia. Tem sessenta e seis anos e o tribunal provou que foi ela quem assassinou a pequena Charmaine. Mas nunca se declarou culpada e almeja ser libertada em breve. Como boa psicopata, é especialista em manipulação, então é capaz que consiga ser solta. O Mal tem recursos que o Bem desconhece.

A lâmpada zumbidora torna a se apagar e Pablo tateia a parede uma vez mais até encontrar o interruptor. O que diabos estou fazendo aqui como um pateta, nesta escuridão intermitente, de pé em um andar que nem é o meu? Volta a encostar o ouvido na porta, mas só percebe o leve rumor do próprio sangue e a pressão do ar em seu ouvido. O pior é a lentidão do horror dos West, essa crueldade dilatada no tempo. Pensa em Charmaine, nos oito anos de tormento que essa menina teve de viver antes de ser morta. Que pequeno destino tão desgraçado: só nasceu para sofrer. Pensa em Heather, em Anne-Marie, nos outros filhos, em todas essas vidas de dor interminável. Na infância, as horas passam tão devagar. Não se sabe bem o que os West fizeram a suas vítimas; Fred não falou, Rose jura ser inocente. Uma das duas jovens universitárias assassinadas era Lucy Partington, de vinte e um anos, prima-irmã do escritor Martin Amis. Depois de desaparecer certa noite, no caminho de volta para casa, a família manteve a louca esperança de que tivesse ido embora, uma hipótese sem fundamento real, pois Lucy era uma garota bastante sensata, que jamais tinha feito algo semelhante. Mas as pessoas buscam os meios mais insuspeitos para tentar aliviar o sofrimento. Duas décadas mais tarde, encontraram os restos de Lucy no dantesco lar dos West. Pablo lera uma autobiografia de Amis, *Experiência*, na qual ele tratava do assunto. O escritor dizia que agora sabiam com certeza o que havia acontecido com Lucy depois de seu assassinato: fora esquartejada e seus restos foram enterrados no porão, junto a um facão, pedaços de corda, fita isolante usada para amordaçar e duas mechas de cabelo arrancado. Certos detalhes mínimos, mas aterradores, que tornavam ainda mais angustiante não saber o que ela tinha passado antes de morrer nem como havia morrido. West teve que ser atendido em um hospital, sete dias depois do sequestro de Lucy, por causa de uma ferida grave na mão. É possível que a tivessem mantido com vida durante vários dias. A imaginação é um tormento que não cessa.

Como conseguem suportar?, pensa Pablo, murmura Pablo, quase exclama Pablo em voz alta, enquanto começa a bater a testa ritmicamente contra a porta da vizinha. Como aguentam esse horror sem respostas, sem limites? Um pesadelo que se impregna em tudo? A luz se apaga. Na escuridão, acredita ter percebido um levíssimo roçar do outro lado do compensado. Acende a luz e, apoiando o rosto na fechadura, sussurra:

— Você está aí? Fique tranquila, sou seu vizinho...

Mas poderia ser um assassino, um monstro, um pedófilo. Endireita-se, espantado. Por tudo que é mais sagrado, o que está fazendo aqui no meio da noite? De repente Pablo se vê de fora e compreende, com uma nitidez ofuscante, que, por estar sozinha em casa, a menina deve estar aterrorizada com sua presença.

— Sinto muito, me desculpe... — exclama. E sai em desabalada carreira escada abaixo.

Sente enjoo, está sufocando, o pânico o rodeia. De onde nasce uma maldade tão profunda e tão sólida? Quem é o responsável por tanta dor? Como conseguem, como consigo suportar tudo isso?

— Olha lá a traidora, como banca a mosca morta, a cadela — sussurra Carmencita, que se aproximou de Raluca com o pretexto de pedir troco. — Abre o olho com ela, cuidado com o que diz, você é muito ingênua.

Depois retorna a seu posto no caixa ao lado, sem deixar de lançar olhares alarmantes à romena.

Três caixas mais adiante, a famosa supervisora está mesmo falando com Puri entre um cliente e outro, aproveitando a hora de pouco movimento no Goliat. Estão muito distantes para entender o que estão dizendo sob o barulho da música ambiente, mas a supervisora ri, sacode a cabeça e parece contente, como se fosse simplesmente uma senhora madura conversando com uma amiga. Puri não parece tão feliz, tampouco passa a impressão de estar sofrendo. Até sorri, agora sorri um pouco. Dão-se as mãos, se despedem. Pronto, agora a espiã vem diretamente na direção dela, pois os caixas intermediários estão fechados. Ai, meu Deus, pensa Raluca.

— Boa tarde.
— Boa tarde...
— Você é a... Raluca García González, certo? — diz a mulher consultando uma folha.
— Sim, bem, meu nome completo é esse, mas me chamam mesmo só de Raluca. Puseram esse sobrenome na minha certidão de nascimento, mas não sei quem são meus pais. Bem, depois fiquei sabendo um pouco sobre minha mãe, uma artista,

uma pintora muito talentosa que ficou doente e antes de morrer teve de me deixar, sabe? Mas nem perguntei seu nome — dispara a romena esporeada pelo nervosismo. — Fui abandonada... quero dizer, me encontraram no banco de um parque. Com um papel escrito "Raluca". Os sobrenomes García González costumam ser dados a crianças como eu, pois são os mais comuns na Espanha, sabia? Tem mais ou menos um milhão e meio de Garcías e quase um milhão de González. Vi na internet. Em orfanatos encontrei muitos outros García González. Ou seja, não sou a única.

Já não sabe o que mais dizer e se cala, inquieta. Sente em sua nuca o olhar fulminante de Carmencita. A supervisora mantém a expressão impenetrável. Sorri levemente, mas que olhos gélidos. Olhos duros, acostumados a indagar.

— Que interessante. Eu não sabia essa história dos sobrenomes, nem que você era órfã.

— Não sou órfã. Fui abandonada.

— Entendo. Percebi que você é muito precisa. Uma boa qualidade para quem trabalha no caixa. Você já trabalha aqui há seis anos, não é?

— Sim, senhora. Seis anos e meio.

— E está contente, gosta do que faz? Sua relação com o trabalho mudou ao longo desse tempo todo? Hoje se sente melhor ou pior do que quando começou? O que é o melhor e o pior do seu trabalho? O que gostaria de mudar?

— São muitas perguntas — diz Raluca, engolindo a saliva, enquanto observa agradecida o velho que começou a colocar as compras na esteira do seu caixa.

A supervisora ri.

— Sim, sim. No momento, quero apenas que você pense um pouco sobre todas essas questões. Hoje à tarde pedi meia hora de descanso para todas vocês. Não será descontada do seu banco de horas, quer dizer, fica por conta da empresa. Quero falar a sós com cada uma de vocês. Com você poderia ser às... quatro e quinze? O que acha?

— Sim, claro.

— Ótimo! Nos vemos no escritório do García, ele me emprestou para as entrevistas... Veja, outro García, um a mais no milhão e meio dos seus irmãos...

Raluca não consegue evitar o sorriso. Uma joia de irmão. O patrão deve estar contente por ter de emprestar o escritório à intrusa.

— Você também é vizinha de um dos repositores, não é? Vizinha de Pablo Hernando.

— Sim... — responde Raluca, cautelosa.

— Parece que foi você quem o indicou para o trabalho.

— Sim.

— E qual sua opinião sobre ele?

Sob os cabelos brancos e ondulados de avó jovem e bonita, o olhar da supervisora é um arpão de caça.

— Não sei... — hesita, e depois diz num fôlego só. — Ele é bastante sério, muito honesto, responsável, trabalha muito bem, um homem em quem se pode confiar.

— Para alguém que começa dizendo não saber, você parece saber um bocado...

— É maneira de falar — diz Raluca, nervosa. — Este senhor está esperando... — acrescenta, apontando o velho, que aguarda paciente, ou melhor, entretido alguns instantes com a conversa entre elas.

— Sim, sim, já estamos terminando... O senhor me desculpe, só mais um instante... Mas você sabe, todos sabem que ele é arquiteto... Um arquiteto conhecido. Você não acha isso estranho?

Raluca sente as costas enrijecerem. Intuição de perigo.

— Não.

— Não? — repete a supervisora com leve ironia.

— Não. Cada um sabe de si.

A mulher a olha, pensativa.

— Muito bem. Nos vemos então às quatro e quinze. Ela é toda sua, amigo.

Enquanto passa as compras do velho, a romena escuta por alto a conversa da supervisora com Carmencita. Mais ou menos igual à sua, mas bem mais curta, pois a vizinha não lhe dá bola. Tampouco a supervisora faz perguntas sobre Pablo. O papo entre elas termina mais ou menos ao mesmo tempo que Raluca entrega o troco ao velho. Ambas contemplam em silêncio, Carmencita com olhos de Górgona, como a supervisora se afasta até desaparecer pela porta dos escritórios.

— Desaparece! E que vá pro inferno, égua maldita — grunhe Carmencita. — Ela não vai parar até demitir todas nós, você vai ver. Uma judas, dedo-duro.

Pode ser, mas Raluca ficou com uma sensação estranha e funesta, com a intuição perturbadora de algo secreto.

— Ai, Carmencita... acho que ela só está interessada mesmo é no Pablo...

Sua amiga solta uma gargalhada:

— Sim, esse cara... A supervisora também perdeu a cabeça por essa flor de homem. Basta colocar os olhos nele e, zás, a gente se apaixona. A supervisora, o vizinho, o cachorro do vizinho, afinal, flor é flor... Raluquinha, minha filha, você não está nada bem, não é? Desta vez a paixão bateu forte, forte, muito forte.

A garota enrubesce. Ela e Carmencita estão passando as compras de duas freguesas conhecidas (todo mundo se conhece em Pozonegro), uma delas bem fofoqueira. Raluca quase sente tremer a cartilagem das orelhas da fofoqueira, ansiosa em não perder uma só palavra.

— Não é disso que estou falando, boba... — sussurra Raluca, irritada. — O que estou dizendo é que...

Que essa mulher está procurando algo que não sabemos o que é, que talvez Pablo seja importante para ela de alguma forma, que na verdade as entrevistas são apenas um disfarce para ocultar um plano sinistro? Raluca reflete um instante sobre tudo isso e reconhece que soa paranoico e totalmente ridículo. Mãe do céu, deve ser coisa dos nervos.

— Nada, deixa pra lá. É uma bobagem, esquece — diz por fim.

— Claro que é uma bobagem — devolve Carmencita, triunfante. — Falando sério, Raluca, você me preocupa. Você não pode ficar assim desorientada por causa de um homem, que, além do mais, pode ir embora qualquer dia desses. Você não entende que o lugar dele não é aqui?

— Carmen, por Deus... — se irrita Raluca, apontando com o queixo a freguesa, que faz hora para guardar as compras na sacola para não perder nada da conversa.

As caixas cruzam os braços ao mesmo tempo, como em uma coreografia. A fofoqueira, que já não acha mais moedas para guardar no moedeiro nem outro pretexto para continuar ali plantada, dá tchau e vai embora. A romena suspira.

— É sério, Raluca, estou preocupada — insiste Carmencita, aproveitando que ambas estão livres. — Sinto que ele vai te dar um baita fora, e você é muito sensível. Banca a durona e tal, mas depois fica muito magoada. Eu não gostaria que nada de mal te acontecesse. Ele vai embora, Raluca, disso tenho certeza. Mais cedo ou mais tarde, mas vai. Então, não seja boba. E principalmente não engravide, não seja burra! Aproveitando, trouxe isso para você — diz, tirando depressa um papel do bolso e atirando-o sobre a esteira da colega, pois uma nova cliente se aproxima.

— O que é isso?

— Olha.

É um recorte de jornal, uma folha dobrada em quatro. Não chega a abrir, pois também está com um cliente (Raluca notou que a clientela costuma chegar aos caixas em ondas: mais uma das muitas coisas incompreensíveis da vida). Assim, passa as compras o mais rápido possível, por sorte o cliente pegou apenas um pão e um engradado de cervejas, e, quando o homem vai embora, pega o papel e o desdobra:

"Jovem detido por esquartejar a mãe e comê-la", diz a manchete. Desconcertada, a romena olha para Carmencita, mas sua amiga não pode lhe dar atenção, o carrinho de sua cliente está repleto. Ela continua a ler depressa, por alto: "A polícia achou nesta quinta-feira uma mulher esquartejada em sua casa no bairro de Salamanca, em Madri. O filho da vítima, de vinte e seis anos, foi preso e admitiu ter retalhado o corpo da mãe, de sessenta e seis, em peças bem pequenas, que ele guardava em vários potes com tampa... A prisão ocorreu depois que uma amiga da falecida denunciou que já estava há um mês sem vê-la e que a mulher vivia com um filho que podia ter problemas psiquiátricos... Com frieza, o jovem confessou aos policiais que havia comido pedaços da falecida, compartilhando a carne com seu cachorro: 'Comemos juntos a minha mãe'... O jovem tem doze antecedentes criminais, a maioria por maus-tratos contra a mãe...".

Raluca estremece. O pai com certeza sumiu quando viu os problemas que o filho tinha, a mãe vivendo ano após ano a dor aguda, desesperada por saber que o filho poderia matá-la. Ela soube de um caso semelhante no hospício. Quantas noites intermináveis de terror absurdo teria passado essa mulher trancada em seu quarto. A romena levanta o rosto do papel, horrorizada.

— Mas o que é isso, Carmen? Por que me trouxe essa notícia?

— Por que seria, sua tonta? Para que você leia e saiba do que acontece por aí!

— Saber do quê?

— Disso que eu dizia outro dia! E se você tiver um filho doido? Veja o que acontece!

O queixo de Raluca cai suavemente, ela abre a boca, nem sequer sabe se para responder, gritar ou gemer. Mas ela não faz nem diz nada. Depois de alguns instantes de completo silêncio, fecha a boca e, recobrando os movimentos, rasga o jornal em pedacinhos. Não vou mais chamá-la de Carmencita, pensa: daqui pra frente vai ser Carmen. Daqui pra frente, acabou a intimidade. Também pensa: existem pessoas boas que às vezes se comportam como se fossem más.

Os iogurtes artesanais à esquerda, uma fila de potes de vidro bojudos que deixam ver o produto, de um branco luminoso quase perfeito. São realmente bonitos, com seu honesto desenho tradicional. Ao lado deles, os iogurtes industrializados, escondidos dentro de lamentáveis potes plásticos. Que também são brancos, claro. Em seguida, os iogurtes gregos: ainda que não dê para ver o iogurte propriamente dito, os designers de embalagem adicionaram um tom mais baunilha ao rótulo, sugerindo subliminarmente uma textura mais espessa. Junto a esses, os iogurtes de fruta, assim ordenados: limão, banana, abacaxi, pêssego, morango e frutas silvestres, em uma gradação de cores, do mais luminoso ao mais saturado. Uma coloração que nem sempre se reflete no exterior das embalagens, mas que Pablo tem perfeitamente clara na cabeça. Consola-o organizar os iogurtes assim, ainda que seguir esse critério às vezes o obrigue a separar produtos distintos de um mesmo fabricante. Não tem importância, ninguém reclamou. Na verdade, Pablo tem a sensação de que, enquanto as prateleiras brilharem, externamente bem organizadas, ninguém vai prestar atenção ao que ele faz, o que é um alívio. Ao final da prateleira de iogurtes, à direita, fechando a seção, Pablo põe papinhas de frutas que também vêm em potes de vidro, equilibrando vidro contra vidro nos extremos da fileira. Dá um passo para trás para ganhar perspectiva e contempla sua obra com razoável satisfação. Agora precisa organizar o sal e o açúcar, o que detesta, pois os pacotes não guardam nenhuma relação entre si, nem em forma nem em tamanho. Há sacos plásticos desesperadores que não param em pé, pacotes de papel que rasgam e amassam, saleiros grandes e pequenos, potes redondos e quadrados, caixas e caixinhas de papelão com sachês e torrões de açúcar... As latas de conservas, por sua vez, são uma maravilha. Ele adora as latas. São como peças de Lego com que se constroem colunas sólidas.

— Não se mexa, safado... — sussurra uma voz rouca, um bafo quente sobre sua orelha direita.

Pablo não só não se move como até deixa de respirar alguns instantes. Algo pressiona suas costas. A ponta de uma faca, supõe, ou de outro objeto pontiagudo. O desconhecido pressiona a arma um pouco mais. Dói.

— Marcos precisa de você... quer dizer, precisa do seu maldito dinheiro para vazar — continua dizendo a voz.

O sangue de Pablo se esconde nas profundezas do corpo ao escutar o nome de Marcos. É claro: não se pode fugir do passado.

— Ele está aqui? — balbucia. As palavras raspam na garganta, que de repente ficou seca.

O homem ri:

— Claro que não! Que pergunta imbecil. Acha que somos idiotas?

Somos? Ele se refere a Marcos ou a mais alguém? Pablo olha disfarçadamente, sem mover a cabeça, para um lado e para outro, e vê, no fim do corredor, a silhueta de um sujeito na contraluz. Um tipo magro, alto, atlético, com a cabeça raspada, provavelmente da idade de Marcos. Mas não, não é ele.

— Além do mais, ele não quer ver você. Não quer nada contigo. A única coisa que ele quer é o seu dinheiro.

— Claro, me diz de quanto precisa. Faço uma transferência agora mesmo.

O tipo volta a rir às suas costas, sem vontade, uma risada oca e teatral.

— Transferência? Não me fode. Se você quiser também desenho um mapa de onde ele está. Você é idiota ou está fingindo ser? Vou dizer o que vamos fazer. Primeiro vamos agora mesmo a um caixa eletrônico e você vai sacar o dinheiro.

— Não posso sair do trabalho assim do nada...

Uma mulher madura que empurra um carrinho vazio contorna a gôndola e entra no corredor onde eles estão. Caminha bem devagar, procurando alguma coisa nas prateleiras. O assaltante finca um pouco mais a arma nas costas de Pablo, que reprime um gemido. Mas em seguida a pressão diminui; o homem se coloca ao lado dele, como se estivesse olhando algo nas prateleiras, e agora o arquiteto percebe que a lâmina lhe roça as costelas.

— Então os de morango são melhores que os de banana? — pergunta o agressor.

A mulher para ao lado deles:

— Não estou encontrando os caldos caseiros — reclama irritada.

— Ah, sim, os caldos... Espere... estão logo ali, no terceiro corredor à direita — responde Pablo, aturdido.

— Todos os dias vocês mudam as coisas de lugar — resmunga a cliente.

— Verdade, penso o mesmo. São uns idiotas — diz o homem, bancando o simpático.

A senhora, baixa e atarracada, veste calças de ginástica cor-de-rosa e uma camiseta preta de manga curta, com propaganda de óleo para motor. Olha o sujeito com cenho carregado e expressão irada de "você não me engana". Depois dá a volta sem dizer nada, retoma seu caminho e desaparece na curva da gôndola. Pablo contempla seu agressor: uns trinta anos, jaqueta de corte militar, botas grossas, as têmporas raspadas deixando no alto da cabeça um tufo central e tatuagens que sobem pelo pescoço como cipós escuros até se enredar na base das orelhas.

É uma dessas pessoas cuja mandíbula é mais larga que a testa. Além do mais, o sujeito tenta piorar a cara de bruto apertando a boca e deformando a expressão. Parece um mau ator bancando o valentão em um filme barato. Pablo não estranha que a mulher não tenha querido nem responder a ele.

— Como é que você não pode sair? Vamos embora agora mesmo. Se vira — ele ruge, tão perto de Pablo e com tanta veemência que o cobre de perdigotos.

— Está bem, está bem — contemporiza o arquiteto.

Eles se dirigem à saída. O homem caminha bem junto de Pablo, que sente de quando em quando a arma roçando-lhe a cintura.

— Com calma. Caminhe com calma, naturalmente, senão te furo um rim como se fosse uma azeitona... — sussurra.

A certa altura, o segundo colega se soma ao grupo sem dizer nada. É muito mais jovem, talvez vinte anos, todo vestido com roupas de couro preto e desbotado que ficam folgadas nele, talvez roupas de motociclista, de segunda mão. Debaixo do casaco dá para ver que ele usa regata branca e que os braços são finos e palidíssimos. Sob o crânio perfeitamente raspado vê-se um rosto fino, delicado. Uma cara inocente, quase amável.

— Por favor, avise o García que tenho de me ausentar meia hora para resolver um assunto particular. Uma coisa urgente... de família. Um imprevisto familiar, caso de saúde — diz Pablo a Puri.

A caixa olha para eles com estranheza e um pouco de inquietação.

— Você está bem?

— Sim, estou. Não se preocupe, volto logo.

Saem do Goliat e o homem do tufo o empurra para dentro de um Nissan Qashqai bastante sujo.

— Tem um caixa ali — diz Pablo, indicando o caixa eletrônico situado à meia distância, entre o Goliat e a estação.

— Bico calado, sobe.

Ele o faz sentar no banco do copiloto; o sujeito se instala atrás dele e, tirando a arma do bolso, encosta-a em seu pescoço. O mais jovem dirige; aciona o motor e sai. Quando para na cancela à saída do estacionamento, olha brevemente para Pablo e lhe sorri com doçura; mas no dorso da mão direita, junto ao polegar, traz a tatuagem de uma pequena suástica e, na primeira falange de cada dedo está escrita, letra a letra, a palavra "ódio". Cruzam Pozonegro; é perto das nove, está escurecendo, as ruas estão vazias e mortas, como quase sempre. Por fim, eles param diante do Iberobank, agora fechado. O caixa eletrônico está na fachada lateral, ainda menos frequentada. Aproximam-se, e o mais jovem tira do bolso uma lata de tinta preta aerossol, agita-a e cobre com uma camada grossa e gotejante a lente da câmera de segurança.

— Venha — ordena o brutamontes mais velho. — Sei que você tem cinco contas. Saque o dinheiro de todas elas.

É isso mesmo. Pablo tem cinco contas. Como o limite diário de saque é de mil euros, ele consegue cinco mil. Entrega as cédulas ao brucutu sem conseguir evitar certa sensação de irrealidade, como se estivessem encenando uma ópera bufa.

— Pro carro — ordena o homem.
— Por quê? Já dei para vocês tudo o que posso sacar.
— Cala a boca.

Entram de novo no Nissan, arrancam. A inquietude de Pablo aumenta quando vê que estão saindo de Pozonegro. Será que vão me levar até o Marcos?, Pablo se pergunta, e esse pensamento, sim, o estarrece. Agora já não se sente dentro de uma ópera bufa, mas de uma tragédia. O carro abandona a estrada e pega um caminho de terra, ladeado por plantações. Vão me matar?, pensa Pablo, atônito, enquanto vão sentindo os solavancos na estrada esburacada. Não é possível, diz a si mesmo com incredulidade. Não é possível. Marcos não seria capaz de chegar a esse ponto. Ou seria?

Minutos depois o veículo para em meio a uma nuvem de pó. Não se vê uma só luz ao redor.

— Você fica aqui. Me dá o celular.

— Não tenho.

— Não?

O homem o faz sair e o revista.

— É isso, não tem mesmo. Me dá o relógio.

Pablo puxa involuntariamente o braço para trás, o relógio não, por favor. O relógio não. Mas o homem já agarrou seu braço. Olha para ele sob a luz dos faróis com uma expressão perplexa:

— Essa merda é mesmo tão cara? Vai se ferrar, parece a bugiganga que meu avô usava...

É um relógio com os números em azul. Com a pulseira de couro gasta e a caixa de ouro branco, que poderia ser aço, tem aspecto modesto. Mas é um belíssimo Lange & Söhne que Clara lhe deu de presente quando ele fez quarenta anos. Deve ter custado por baixo uns quarenta mil euros.

— Enfim, Marcos deve saber o valor disso aqui — diz o valentão guardando o relógio no casaco. — Agora escuta, safado.

O homem sacode o indicador no ar diante dele, como um professor advertindo um menino.

— Ouça bem o que vou dizer, o que queremos que você faça. Amanhã você vai no banco e vai dar um jeito de sacar cem mil euros em dinheiro vivo, sem chamar a atenção. Vamos te dar três dias para fazer isso. Depois desse prazo vamos nos encontrar de novo. Vou aparecer quando você menos esperar. E nem pense em falar com a polícia.

— Nunca fiz isso.

— Espero que continue assim, para o seu bem.

Se enfia no carro e bate a porta.

— Até logo, trouxa. E não faça nenhuma bobagem: ainda que não nos veja, estamos sempre de olho em você — diz antes de partir, aparecendo com a cabeça na janela.

O rapaz jovem, que não disse palavra alguma durante todo o encontro, inclina a cabeça e volta a lhe endereçar um sorriso de aterrorizante doçura. Em seguida arranca, desenhando um amplo semicírculo no solo para mudar de rumo.

Pablo olha o carro se afastando, as luzes vermelhas da lanterna traseira sacolejando nos buracos, o feixe de luz dos faróis turvado pelo redemoinho de pó que sobe. Quando o brilho e o ruído do motor desaparecem, nada resta. Um campo abafado, uma lua minguante, um céu que permite ver poucas estrelas. O relógio de Clara. Parece ter perdido uma parte do braço. Talvez tenha sido melhor assim: não o merecia. Ofega e toma o caminho de volta ao povoado, que brilha lá longe. A arma usada para ameaçá-lo era um canivete retrátil, e no carro, atrás do motorista, havia uma cadeira de bebê, lembra Pablo. São ideias vagas, absurdas, que vêm e vão; é incapaz de firmar o pensamento. Em sua cabeça vazia e latejante retumba o grito das cigarras.

Não me lembro bem, mas sei que o mauricinho se comportou mal. Não me lembro porque quando bebo perco a cabeça, é uma fraqueza minha, uma merda que me acontece; mas quando penso naquela noite me dá azia, tenho certeza de que esse safado aprontou alguma. É isso, eu estava tranquilamente sentado nos degraus da estação, veio então o mauricinho e me insultou. Ou algo assim. Ele me faltou com o respeito, tenho certeza, e comigo ninguém mexe e fica por isso mesmo, é o que eu digo. Ainda mais que vendi o apartamento para ele por uma ninharia! O safado devia me agradecer por essa pechincha. Ele chega no meu povoado, na minha casa, se aproveita de mim e ainda por cima me despreza? Escuta aqui, seu cretino, você vai me pagar. Nem que seja a última coisa que eu faça, mas você não perde por esperar. Tenho que pensar num jeito de te foder. Não quero só o seu dinheiro, quero te ferrar. Não é que trocou a fechadura, o safado? E eu que fiquei a tarde toda esperando o mauricinho sair pra trabalhar... Queria entrar de novo no apartamento pra tramar alguma coisa, pra dar um susto nele, revirar a meia dúzia de coisas que ele tem e jogar tudo no chão sem levar nada, isso não, ou ele iria na polícia, o safado, eu queria deixar tudo de pernas pro ar, pra ver se assim ele ficava com medo e se delatava, já não sei mais o que fazer para descobrir de quem ele está fugindo, porque, isso sim, tenho cada dia mais certeza de que ele está fugindo de alguém, juro pela minha mãe morta. Então pensei nesse plano genial de revirar as coisas dele, me veio essa ideia de repente, sou muito bom de pensar nessas coisas, já me dizia minha mãe, Benito, Benito, se você pusesse a cabeça nas tarefas de casa em vez de fazer presepadas... Eu tinha pensado nesse plano do caralho, mas acontece que, quando cheguei na maldita porta do apartamento, percebi que o sacana trocou a fechadura. Por quê, eu me pergunto. Por que ele fez isso, a não ser para esconder alguma coisa? Logo que a raiva me pegou, comecei a sentir uma coisa por dentro, uma gastura, um desânimo, como se tudo desse sempre errado pra mim, droga!, não mereço esta merda de vida, e estava tão desesperado, sentindo até vontade de morrer, quando, descendo as escadas, tive uma ideia ainda melhor. Então peguei meu canivete, que já me salvou de tantos apuros, o melhor amigo de um homem é seu canivete, e risquei na porta da Raluca uma suástica. Foi um momento de inspiração, porque o mauricinho e a maldita romena estão juntos todo dia, aposto que o mauricinho já está com medo, quando vir essa suástica vai ficar de cabelo em pé, não? Do contrário, por que ele teria uma suástica desenhada no caderno? Será que o mauricinho é nazista ou está fugindo dos nazistas? Seja como for, quando ele vir a suástica, vai ficar atordoado. Benito, você é um gênio. Parece mentira que, com essa cabeça, não esteja montado na grana. Que injustiça!

Demorou três horas para voltar a Pozonegro, pois os assaltantes o deixaram a mais de quinze quilômetros do povoado. Passou primeiro no Goliat, mas estava fechado: terá de pensar em alguma desculpa para dar amanhã. Pablo arrasta os pés por ruas escuras a caminho de casa. Um cansaço infinito que não nasce dos músculos, mas das profundezas, faz suas pernas pesarem, como se estivesse num desses pesadelos noturnos em que você tenta correr diante de um touro ou de um assassino, mas mal consegue se mover. Seu coração sai pela boca e o esforço é tão grande que até dói respirar, mas você só consegue se deslocar alguns centímetros, em câmera lenta, como se atravessasse uma gelatina espessa. Pois bem, agora Pablo se sente exatamente assim: dentro do peito, o medo ruge e galopa, mas ele se encontra paralisado. Preso. Como foi idiota ao imaginar que poderia ser outra pessoa e escapar da própria vida.

Se uma avalanche desaba sobre você, tente se manter na superfície da neve, agitando os braços como se nadasse. Se estiver totalmente sepultado, cave um pequeno buraco na neve e cuspa dentro dele; a saliva descerá ajudando você a se orientar. Cave então para cima o mais rápido que puder.

Um ganido agudo de dor ou pavor atravessa a noite e se crava em suas entranhas como um dardo. É um lamento arrepiante que não cessa. Pablo para, arrepiado, e olha ao redor. Está na pequena praça triangular que fica perto de sua casa. Num lado da praça, o mercadinho de Antonia está fechado;

no outro, fica a horrível igreja de concreto. Não vê ninguém, ainda que, para falar a verdade, seja difícil enxergar qualquer coisa, pois o lugar está mergulhado na penumbra. Um dos postes de iluminação da praça está quebrado, provavelmente a pedradas, não há sequer uma luz nas janelas. O gemido continua, mais espaçado, mas igualmente horrível. Vem do lado da igreja e, enquanto ele olha nessa direção, logo se dá conta de que uma sombra redonda mais escura parece mover-se dentro das sombras. Tem alguém ali.

O sangue parou em suas veias, mas ainda assim Pablo sente necessidade de se aproximar. Um passo em direção à escuridão, depois outro, lentos mas irremediáveis, como os dessas pessoas acometidas pela vertigem que acabam se jogando no precipício. De quando em quando, é possível ouvir esse gemido de insuportável sofrimento. Parece o grito de um bebê. Talvez estejamos geneticamente programados para socorrer as nossas crias, por isso Pablo não pode deixar de responder ao chamado, mesmo que o terror o asfixie. Mas o medo que sente não é dele, mas do que o aguarda, do que teme ver.

Dois metros de distância até a sombra escura, agora apenas um metro. Ele se dá conta de que alguém está ajoelhado, inclinado sobre algo disforme. O que é esse algo disforme? O espanto arrepia seus pelos antes que o olho compreenda o que vê: é uma massa disforme e ensanguentada, uma criatura totalmente transformada em uma imensa ferida. É um cachorro, um grande cão destroçado, e a sombra negra se inclina avidamente sobre ele como um corvo ou um vampiro, um monstro carniceiro saído do inferno. Ele agora notou a presença de Pablo atrás de si e vira o rosto para olhar para ele.

É a esquisita do povoado, a adolescente gótica.

Estalido de horror.

Mas espere, espere. Chocado, Pablo tenta fixar sua atenção nos detalhes. Alguma coisa não bate. A gótica está chorando.

E o cachorro, esse pobre animal massacrado, está sem dúvida morto. Então de onde vem o ganido?

— Eles são maus — sussurra a garota. Sua voz de criança contrasta com seu aspecto tenebroso.

— Quem?

A gótica meneia a cabeça com desesperança:

— Todos.

Ela se levanta e enxuga as lágrimas e o muco com as luvas pretas que, apesar do calor, cobrem suas mãos. Encara Pablo. Nos braços, ela segura um cachorro que choraminga cada vez mais baixinho. Estende o animal para Pablo com tal decisão que ele se vê forçado a pegá-lo. É uma bola quente e agitada.

— Não posso levá-la para casa. Para minha casa. Fique com ela, ou ela vai morrer — ordena.

E, dando meia-volta, começa a se afastar.

— Mas, não, espere, de jeito nenhum, eu não... — protesta Pablo. A gótica se vira:

— Não podemos fazer outra coisa. Não podemos, entende? A cachorrinha está bem. O sangue é da mãe.

O arquiteto olha o animal: é cor de mel, de pelo macio e curto. A barriga, rosada, redonda e com a tensa suavidade de um tambor, tem algumas manchas, mas não parece mesmo haver nenhuma ferida. Com a ponta de sua camiseta preta ele limpa o animal. O sangue seco se desprende convertido em pó, enquanto a cachorrinha choraminga. Quando Pablo volta a erguer a vista, a esquisita do povoado já está longe. Uma sombra entre sombras.

Não parece haver remédio: um cachorro está sob sua responsabilidade.

Não sou capaz nem de cuidar de mim e agora tenho que cuidar desta coisa, pensa, perplexo. E também: amanhã vou pedir ajuda a Raluca e procurar um abrigo onde deixar a cachorra. Na situação em que se encontra, não pode ficar com o animal.

A cachorrinha se enrosca nos seus braços. Já não chora, mas dá suspiros trêmulos. Sem se atrever a dar uma segunda olhada no cadáver da mãe dela, Pablo retoma o caminho de casa. Em cinco minutos chega a seu prédio. Esse leve peso e o cheiro morno são perturbadores. Abre a fechadura tentando não sacudir muito a cachorra, que parece ter dormido, e começa a subir os degraus com cuidado. Que noite, pensa; primeiro os bandidos mandados por Marcos, depois essa cachorra atropelada por algum maníaco. Um manto de maldade recobre o mundo. E então, justamente então, quando se encontra em seu pior momento, seus olhos recaem sobre a suástica que alguém gravou na porta da vizinha.

— Filhos da puta! Isso não, não! — exclama, desesperado.

Um torvelinho de imagens passa por sua cabeça. Imagina o canivete do neonazista que o sequestrou riscando o compensado da porta até desenhar essa suástica de pelo menos três palmos de diâmetro, desigual, estilhaçada, muito malfeita, com sulcos fundos e irregulares, o que denota fúria. Ou pior ainda: os capangas de Marcos pressionando Raluca, maltratando-a com a mesma perversidade com que alguém maltratou essa cachorra, ameaçando, bolinando e até a violentando, tudo porque sabem que são amigos e andam juntos, porque o vigiam e querem assustá-lo, para que ele obedeça. Quer dizer, tudo por sua culpa, como sempre. Mas Raluca, não, por Deus, Raluca, não.

Pablo deixa, ou melhor, larga a cachorra no chão, e imediatamente ela começa a ganir, e bate à porta da romena. Toca a campainha uma, duas vezes, dá pancadas na porta, grita forte.

— Raluca! Raluca, abra! Sou eu, Pablo! Abra, por favor! Abra! Raluca!

Soca a porta, dá pontapés, continua apertando a campainha, tem um ataque de nervos.

— Meu Deus do céu, o que está acontecendo! — exclama Raluca atônita chegando na soleira da porta, que se abre subitamente.

Está descalça e usa uma camiseta branca sem mangas, velha e larga, que cobre até metade das coxas. No peito, o desenho de um sol desbotado e sorridente. Raluca cobre o olho esquerdo com a mão. Pablo se assusta.

— O que fizeram com você? Você está bem?

— Já passa da meia-noite, eu estava dormindo! Para que esse escândalo todo?

— O que aconteceu com seu rosto?

— Aiiiiiii! E esta coisinha tão linda?

Os dois falam ao mesmo tempo sem se escutar. A cadela chora, a luz se apaga e Pablo volta a acendê-la com um soco, é um instante completamente caótico. Raluca se agacha sobre o animal, que se enrodilha, assustado, e o levanta cuidadosa e habilmente com a mão livre.

— Mas que coisinha tão linda! De onde surgiu?

— O que aconteceu com o seu olho? Por Deus, Raluca...

— Shhhhh, homem, não grite, vamos acordar o bairro inteiro! Não aconteceu nada, fique tranquilo. O que poderia acontecer comigo? Anda, entre e deixe de fazer barulho.

Na sala, a romena se deixa cair no único sofá e coloca a cachorrinha no colo:

— Quer um café, uma cerveja?

— Não — responde Pablo.

— Senta aqui— ordena ela, batendo com a palma na almofada a seu lado.

— Não. Estou muito nervoso.

— Nervoso por quê? Onde você encontrou essa gracinha?

— É uma história longa. A mãe dela morreu. Por que você está cobrindo o olho?

Agora Pablo nota que se trata do olho preguiçoso, sonolento, daquele que tende a se fechar em certos momentos. Raluca lhe crava a outra pupila, um olhar intenso e ciclope que resulta um pouco desconcertante. A testa da mulher se franze, pensativa ou talvez descontente. Transcorrem dois ou três segundos incômodos.

— Ei, Pablo, não dá para entrar sem mais nem menos na casa de alguém à meia-noite e meia. Você chegou dando pancadas na porta. É uma falta de respeito, não é? — diz Raluca.

— Sinto muito.

— Você bate e bate, faz um barulho dos diabos e não me resta saída a não ser abrir a porta correndo.

— Você tem razão, mas é porque eu temia que...

— Eu não tenho um olho. Arre! Pronto, você já sabe. Você me pegou de surpresa enquanto eu lavava o olho de vidro. Tenho de fazer isso de vez em quando, e por um puta azar você chegou bem nesse momento. Satisfeito?

O silêncio se espalha como uma mancha de óleo. Um silêncio sujo e pegajoso. Até a cachorra se calou.

— Me desculpe, perdão. Perdão — diz Pablo por fim.

Raluca sacode a cabeça sem tirar a mão do olho.

— Tudo bem. Não foi nada. Cedo ou tarde você acabaria descobrindo.

— Me desculpe, Raluca, de verdade. É que voltando para casa vi a suástica que fizeram na sua porta... Você viu que ela está toda riscada? Fiquei assustado e com medo de que tivessem feito algo com você.

— Sim, eu vi o estrago, garotos filhos da puta, com certeza foi coisa dos delinquentes do bairro. Tem outras pintadas aqui por perto. Ana Belén abriria o portão para eles sem perguntar, ou Felipe, que já está um pouco esquecido. Mas por que fariam algo comigo? São apenas uns moleques.

— Não... Por nada. Não sei. Fiquei assustado. Acho que foi uma idiotice minha, desculpe.

Raluca volta a observá-lo fixamente, mas agora seu único olhinho pisca, brilha e parece sorrir. Ele se assustou por minha causa, pensa a romena. E um calor delicioso acende seu peito. Levanta-se de um salto.

— Bem, vou lá colocar a prótese que já estou cheia de andar com a mão na cara. Cuide da peludinha — diz, enquanto sai da sala.

Pablo senta-se no sofá junto da cachorra, que se encosta nele. Fica mortificado e envergonhado por ter descoberto o segredo de Raluca: que desajeitado e sem educação! Além disso, ele é um mentiroso, não contou nada à amiga. E não contará, embora seja provável que ela esteja em perigo por culpa dele. Mas saber a verdade não seria ainda pior? Muito inclinado no sofá, Pablo contempla a dezena de quadros de Raluca, que se apertam uns contra os outros na parede da frente. Cavalos e mais cavalos, cada um mais horroroso que o outro. E no centro, esse, cor de caju, recortado contra um céu impossível, verde fosforescente. Que quadro medonho! Como essas pinturas podem parecer um símbolo de liberdade para Raluca? Para o arquiteto são claustrofóbicas. A indisposição de seu estômago se converte em náusea.

Eu disse que é um olho de vidro, mas na verdade é de polimetilmetacrilato, que não sei muito bem o que é, mas não é vidro, pensa Raluca enquanto volta ao banheiro e fecha a porta do corredor. Ela tem uma toalhinha de microfibra (tem que ser microfibra, para não soltar fiapos, que podem grudar na prótese) delicadamente estendida sobre a tampa do vaso, o único lugar plano suficientemente grande no minúsculo banheiro. No meio da toalha, o olho reluz como a lua no céu noturno. Polimetilmetacrilato. Decorou a palavra e a pronuncia com desenvoltura. Aprender tudo sobre a prótese, absolutamente tudo, ajudou-a nos primeiros momentos, quando perdeu o olho. Na época os detalhes lhe davam repulsa, não suportava ver a órbita vazia e contemplar o órgão artificial fora de seu ninho de carne lhe dava um pouco de nojo. Agora, pelo contrário, olha com admiração a falsa esclerótica, uma peça branca protuberante, mais ou menos arredondada sem ser esférica, e bem maior do que se imagina ser um olho. No meio dessa suave superfície convexa, a íris primorosa, tão parecida com a do outro olho, pintada à mão, um trabalho perfeito, porque Raluca se matou de trabalhar para conseguir comprar de um dos melhores ocularistas, um tal de Domingo Castro, de Madri. Custou mil e duzentos euros, mas é uma obra de arte e, por sorte, o sistema público de saúde lhe devolveu sessenta por cento do valor seis meses depois. Sim, é uma bela íris cor de chocolate com chispas de ouro. Raluca sempre se sentiu muito orgulhosa de seus olhos, atraentes e originais, e agora gosta muito do olho artificial cuja íris, que vai ficando escura em direção ao centro, disfarça muito bem o fato de que a pupila não se dilata. Que sorte você tem, Raluca.

A romena suspira, torna a lavar as mãos conscienciosamente e as enxuga com outra toalhinha de microfibra. Quando foi interrompida pelas batidas de Pablo à porta, já havia limpado a órbita ocular com solução salina e a prótese com sabão neutro. Por isso, agora apenas pega com delicadeza o olho, que guarda uma vaga semelhança com um grande ovo cozido, e torna a lavá-lo com a solução salina para facilitar a introdução. Levanta a pálpebra superior, enfia a extremidade do ovo por baixo da carne, empurra a prótese para dentro enquanto estira a pálpebra inferior. Pisca algumas vezes e, pronto, a coisa já está em seu lugar. É fácil. Raluca tem tanta habilidade para pôr e tirar o olho que nem mesmo usa a pequena ventosa que lhe deram. Olha-se no espelho: assim, de frente, está perfeito. Não se nota nada. Mas a romena tem consciência de que o olho está começando a se fechar, de que já não tem a mesma mobilidade do princípio. Está com essa prótese há quatro anos, e muitos a trocam a cada três. Precisa fazer uma nova. Sai caro ter um olho artificial; só a solução salina custa seis euros por mês, depois tem as lágrimas artificiais, nove euros a cada quinze dias. O sabão Johnson para bebês custa 2,99 a embalagem de meio litro, que dura bastante, não é caro, mas a cada seis meses precisa ir ao oculista, para que ele faça uma limpeza profunda com micro-ondas, que custa mais uma grana: oitenta euros por sessão, que não são cobertos pelo sistema público de saúde. Sim: ter um olho artificial custa os olhos da cara, pensa Raluca, lembrando uma velha brincadeira que na verdade não tem um pingo de graça. Também não fica contente com o fato de Pablo tê-la surpreendido justamente em seu rito mensal. Raluca limpa o olho todo os dias por fora com um algodão embebido em solução salina, mas só o retira uma vez por mês. E o maldito teve de vir bater à sua porta justo nesse momento. Pegou-a com o pior dos aspectos, pois estava a ponto de se deitar, com esta camiseta desbotada e horrível, que faz as vezes de camisola, a cara lavada, nada de blush, nem um brilho nos lábios, com o olho sobre uma toalha. Falando assim até tem graça, pensa Raluca com um esgar de sorriso. Olha, o destino quis assim, talvez seja melhor. Agora a romena sabe que Pablo a conhece de verdade, em tudo que ela é (e no que não é). Daria até para dizer que ela sente certo alívio.

Volta à sala e quase deixa escapar uma gargalhada: Pablo está sentado no sofá como um abobado, as mãos sobre os joelhos, o corpo inclinado para a frente, o rosto acinzentado com um olhar turvo, cravado na parede da frente. Parece bem mais baixo do que é, como se tivesse encolhido, e tem uma expressão de menino inquieto.

— Mas, Pablo, criatura, até parece que você viu um fantasma — ri Raluca, desabando no sofá junto dele.

Olha a cachorra, que dorme encostada na coxa do arquiteto.

— Você não me explicou de onde veio essa cachorra.

— Não há muito a explicar... uns desgraçados mataram a mãe dela... Eu a encontrei na praça da igreja. Amanhã vou procurar um abrigo de animais.

O animal mexe as patinhas e move a boca como se mamasse.
— Pobrezinha! Está sonhando que está mamando. Vou dar um pouco de leite para ela... — diz Raluca.
Mas não se mexe. É uma da madrugada, estão sentados muito juntos e Pablo se preocupa com ela. Olham-se em silêncio, enquanto Raluca pensa que a noite está bonita.
— Não dá para perceber nada — diz ele.
— Ah, claro que dá.
— Bem, sim. Essa pálpebra às vezes se fecha um pouco, principalmente quando você está cansada. Mas nunca teria imaginado que você não tem um olho. Parece algo mais muscular. E é uma diferença muito leve. Não afeta em nada sua aparência. Você tem olhos lindos. Quer dizer, um olho... e o outro também, claro. É isso, você é muito bonita... — diz, atrapalhando-se.
A mulher ri, feliz.
— Muito obrigada! Sim, a prótese é muito bem-feita, e no começo não dava para perceber nada, mas agora está velha, preciso fazer uma nova. É uma grana, porque, além de tudo, preciso ir para Madri.
— Mas como isso aconteceu? Se não se importa de me contar...
— Foi há quatro anos. Na época, estava com um namorado, Moka, que é um puto de merda. Quando o conheci, me apaixonei como uma idiota, pois sempre banco a idiota. Ele é muito bonito, e engraçado quando quer, e parecia gostar de mim e que tinha muita força de vontade, mas logo foi mostrando as garras, revelando como ele era de verdade: um drogado, traficante, um vagabundo e principalmente um bruto.
Pablo se inclina em direção a ela, sobressaltado:
— Não me diga que você perdeu o olho numa surra...
A mulher ri:
— Eu? Apanhar desse inútil? Sem chance. Quer dizer, uma vez ele me agarrou forte pelo cabelo e eu dei uma bofetada tão

forte nele que desistiu de levantar a mão para mim. Claro que ele estragou a minha vida porque eu deixei, gostava dele. Pode imaginar uma idiotice maior? Agora começo a entender que o que eu queria de verdade era me sentir gostando de alguém, não sei se me explico bem...

— Amar o amor.

— Como?

— Eu entendo. Santo Agostinho dizia que a paixão consiste em amar o amor... Quer dizer, o que você amava era a sensação de se sentir apaixonada.

Raluca olha-o com arrebatamento. Como Pablo é inteligente! Por ele, ela está se apaixonando de verdade, não como dizia Santo Agostinho.

— Como você é sabido! Era exatamente assim.

Pablo finge um pequeno sorriso, apenas uma careta, meio lisonjeado, meio preocupado.

— Bem, é uma frase bastante conhecida...

Raluca, Pablo percebe agora, está nua sob a ampla camiseta. Com certeza está sem sutiã; as alças da camiseta deslizam livres por seus ombros redondos, deixando ver a carne lisa e branca. Além disso, os peitos, pequenos e ainda bastante altos, movem-se com suave liberdade sob o tecido de algodão. E se está sem sutiã talvez também esteja sem... Sem querer, os olhos de Pablo descem até os quadris da moça, de onde se esforça para tirá-los. Uma explosão de imagens carnais inunda sua cabeça; mais que imagens, sensações, curvas que se adaptam a sua mão, uma revoada de músculos e cavidades, cheiro de mares tempestuosos, um vestígio de sal. O sexo do arquiteto reage com uma autonomia veloz e inesperada, mastro preparado para as tormentas. Pablo tenta reacomodar o membro dentro da calça e se inclina para a frente, a fim de ocultar a ereção. Está quase convencido de que Raluca não percebeu esse falo juvenil e embaraçoso, mas a posição de camuflagem deixa-o ainda mais perto da romena. Raluca cheira tão bem.

— Mas onde eu estava? Sim, Moka me amargou a vida. Bebia muito, se drogava muito, andava com más companhias, passava noites fora, às vezes sumia alguns dias... Mais de uma vez tive que carregá-lo para casa, mais pra lá do que pra cá. Quanto ao olho, era isso que ia te contar, mas vou me enrolando em digressões. A história do olho aconteceu no dia do meu aniversário, eu estava fazendo trinta e cinco e Moka me convidou para jantar em um bom restaurante de Ciudad Real, ele estava sendo quase amável, a noite corria bem, mas, quando terminamos, ele foi ao banheiro e voltou muito alterado. Com todo o álcool que já tinha bebido, tomou um KitKat, ou seja, essa merda de ketamina. Não me lembro de nada que aconteceu após nossa saída do restaurante, nem mesmo do momento em que pegamos o carro. Dizem os médicos que é amnésia traumática. Minha primeira lembrança é de mim já no hospital, depois da operação. Pelo visto, no acidente o vidro da frente quebrou e um dos para-brisas dobrou e furou meu olho. Com o sacana do Moka não aconteceu nada: levou apenas alguns pontos na testa e ficou bem, mesmo que os airbags do carro péssimo dele tenham falhado. Eu fiquei inconsciente o tempo todo, segundo me contaram. Melhor assim, imagine se eu estivesse percebendo tudo, sentindo o ferro entrar no meu olho, que horror!, me arrepio só de pensar. Em vez disso, desmaiei, quando acordei já tinham esvaziado minha órbita, fazendo tudo o que precisava ser feito. Que sorte! Sempre tive muita sorte, sabe? Que bom eu ser sortuda desse jeito, porque senão, com a vida que tive, não sei o que seria de mim.

Raluca é um planeta, Raluca é a Terra flutuando no espaço, azul, e verde, e branca, pelo chantilly das nuvens, uma bola ensolarada e fulgurante, tão bela como a mais bela joia na solitária escuridão do cosmos. E Pablo é um meteorito que cai desenfreado na direção dela, capturado pela inexorável lei da gravidade. O arquiteto nem sequer é capaz de pensar sobre a pertinência do que está prestes a acontecer, posto que os pedaços de rocha chamejante só abrigam a consciência de seu destino, que consiste em se fundir ao planeta. Pablo estende a mão, não pode fazer outra coisa, e a coloca com suavidade no pescoço da mulher, os dedos seguindo a delicada curva, a palma completamente acoplada à superfície, pele contra pele, carne contra carne, sem deixar um milímetro de distância. Olham-se nos olhos ou no olho, na íris de Raluca brilham fios de ouro, bailam relâmpagos. Mas agora Pablo contempla outras coisas, os lábios da romena que se entreabrem, tremem um pouco, esses lábios com sua promessa de umidade. Ele ainda olha, um pouco mais abaixo, os mamilos, de repente visíveis e duríssimos, que parecem perfurar o tecido de algodão. Alguém suspira no silêncio, talvez ela, talvez ele, ou ambos. Pablo enfia a outra mão por baixo da barra da camiseta e encontra uma anca nua e morna: de fato, ela está sem calcinha. Centímetro a centímetro, percorre o território, a nádega redonda e musculosa, o desfiladeiro que se abisma, logo abaixo, na cavidade da vida. Cavidade alagada que ele tateia. A esta altura, Pablo percebe que está colado em Raluca. Não sabe como chegou até aqui, mas enroscam as línguas, os mamilos dela roçam seu peito. Peito musculoso e quente de homem, que a mulher precisa tornar todo seu, então Raluca empurra Pablo até desgrudá-lo de sua boca, até que tire os dedos de seu sexo molhado; arranca com furiosa habilidade a camiseta preta dele e em seguida se livra da sua. Raluca deita de costas no sofá, Pablo está entre suas pernas, ajoelhado e ereto. Há um momento de delicada, incandescente quietude, enquanto se observam sem se tocar e desfrutam pela primeira vez o dom da nudez. Muito lentamente, o arquiteto tira o cinto, desabotoa com dificuldade o jeans por causa da ereção, baixa as calças e a cueca até os joelhos. Esse torso delgado e longilíneo, quase sem pelo; esses ombros largos e fortes, apesar da leveza geral; o quadril de bailarino e o sexo alvoroçado e faminto. Raluca treme de expectativa enquanto sente que sua carne se abre e se prepara para receber o homem. Agarra Pablo pela cintura, agora pelas nádegas, redondas e pequenas, uma em cada mão, e o atrai em sua direção. Ele obedece, meteorito em chamas disposto a se lançar contra o corpo planetário de Raluca até se desintegrar.

Não deve. Não pode. Não sabe.

 Pablo saiu fugido da cama de Raluca quando ela adormeceu abraçada a ele, a cabeça encaixada em seu pescoço, as mãos entrelaçadas ao redor da cintura. Foi um ato de fuga difícil e elaborado. Milímetro a milímetro, o arquiteto foi liberando o corpo; quando a romena se mexia, ele detinha o avanço alguns segundos até conseguir que a mulher adormecida voltasse a submergir nas águas profundas do sono. Foi pondo almofadas para preencher sua ausência: sob a cabeça da garota e entre seus braços. Demorou longos minutos para se libertar, e quando por fim se viu de pé junto à cama e a observou adormecida e adorável, sentiu o agudo desejo de voltar para junto dela, de abrir com as mãos esse corpo mole e cheiroso, de nele se enfiar de novo e para sempre. Mas não devia, não podia, não sabia. Superado o instante de fraqueza, pegou suas roupas e saiu do quarto sem se calçar, para não fazer barulho. No corredor pisou em algo mole e escorregadio: que horror, cocô de cachorro! A última coisa que viu antes de fechar a porta foi justamente a cadela, sentada na sala choramingando baixinho.

 Preciso procurar um abrigo de animais que se encarregue dela, pensa Pablo, já em casa, enquanto coloca o pé debaixo do chuveiro e o esfrega vigorosamente, tentando limpar a merda fedida do animal. Depois esfrega as mãos e passa no pé já limpo os lenços desinfetantes. Em seguida, limpa as manchas de cocô no chão com mais lenços. Alcançar um nível de higiene satisfatório leva certo tempo, mas por fim dá o incidente por encerrado. Então passa um café bem forte e vai bebê-lo na pequena varanda em frente aos trilhos. Como roubaram seu relógio (o relógio de Clara, sacanas), não sabe que horas são, mas amanhece por volta das sete e meia e ainda está escuro. Seis e meia, talvez? No ar flutua um arremedo de frescor que não consegue dissipar o denso mormaço: será outro dia tórrido, sem dúvida. A absoluta quietude do povoado lhe soa não só deprimente, mas também ameaçadora: mais que adormecido, Pozonegro parece um animal agachado para o bote. É um predador, um inimigo. Um lugar onde neonazistas podem sequestrá-lo e onde se torturam animais. A estação está iluminada, fica assim durante toda a noite, mas também está vazia: o primeiro trem passará às oito. Como a varanda está suja, nota o arquiteto, tentando não encostar em nada: a sujeira acumulada durante anos se petrificou em camadas geológicas. O velho botijão de gás está enferrujado; quase dói ver o metal ferido, cheio de chagas.

Que pena, Raluca. Que pena não dever, não poder, não saber. O que você fez, seu desgraçado? Pablo xinga a si mesmo sem saber muito bem qual de todas as suas infinitas culpas mais o machuca agora. Seu corpo ainda cheira a sexo. Seu corpo ainda recorda, e agradece, e celebra. Mas seu interior é uma paisagem calcinada. Fica angustiado ao pensar no desgosto que a romena sentirá ao acordar sozinha e sabe ainda que qualquer outra opção seria pior. Não apenas ela corre perigo por causa dos neonazistas, mas ele próprio representa um risco inevitável, uma promessa de fracasso garantida. Como foi insensato passar a noite com Raluca.

A feiura do mundo é seu castigo.

A campainha da porta o sobressalta. Só pode ser ela. Ou talvez sejam os capangas de Marcos. Angustiado, arrasta os pés até a entrada, pedindo mentalmente que sejam os neonazistas. Mas não. É Raluca.

Está plantada diante da porta, descalça e vestida com a mesma camiseta longa da noite anterior, uma roupa que nesse momento Pablo acha tão inexpugnável como uma armadura medieval. Ela traz nos braços a cachorrinha enrodilhada. Não parece muito feliz. Franze o cenho e o olho artificial está bastante fechado. Ela o olha um momento sem dizer nada esperando que ele fale. Como Pablo não fala, ela enfim abre a boca.

— Você foi embora.

— Sim... é que... Não sei, pensei que... Talvez não devêssemos...

Raluca interrompe seus balbucios entregando-lhe taxativamente a cachorra.

— Tome, é sua. Encarregue-se dela. E de sua própria vida — ela diz.

E, dando meia-volta, desce as escadas correndo. E bate a porta com estrondo ao fechá-la de um golpe.

O animal se remexe nas mãos de Pablo, uma bolinha macia e cálida que fede. Deve ter rolado no xixi. Ele terá que limpar tudo novamente, não sabe se restam lenços suficientes. Entra com o animal em casa e lhe serve um prato com migalhas de pão e leite diluído com água, como fez Raluca antes de irem para a cama. Olha a cachorra comendo: tão concentrada em chupar e sorver, tão intensamente feliz, tão instalada no presente em que vive. Deveria levá-la ao veterinário e comprar ração, enquanto procura um abrigo. E agora deveria lavá-la um pouco para livrá-la desse fedor.

Molha-a com água morna na pia enquanto a cachorra lambe suas mãos, obsequiosa. A natureza faz com que os cachorros nos pareçam seres deliciosos para que assim fiquem mais protegidos. Mas quem nos protege da carência dos cachorros? O amor, dizia Nietzsche, não é mais do que um truque, uma miragem, um ardil dos genes para se perpetuar. E quem protege Pablo do amor necessitado de Raluca?

Uma hora mais tarde, depois de secar o animal, tomar um banho e se vestir, Pablo sai de casa e caminha até o banco, evitando passar pela praça da igreja, caso o cadáver da cadela ainda esteja lá. Quando entra na agência, recém-aberta, o gerente vem ao seu encontro e o convida a entrar em sua sala, tão obsequioso quanto a cachorra, só que sem lambê-lo.

— Em que posso ajudá-lo, sr. Hernando? — pergunta enfim, espalhando-se sobre a cadeira sem disfarçar seu ávido interesse.

— Vou precisar de dinheiro vivo daqui a dois dias.

— Claro, agora mesmo...

— A soma é alta: cem mil euros sacados de diferentes fundos e de contas diversas.

O gerente pestaneja, concorda, ajuda-o a preencher os papéis, a assinar as requisições. Terá todo o dinheiro em conta dentro de quarenta e oito horas.

— Posso perguntar algo, sr. Hernando, me permite? Desculpe-me pela curiosidade, mas... É que ninguém entende a razão pela qual um arquiteto com o seu prestígio tenha vindo viver aqui e trabalhe no Goliat... É uma pegadinha, está fazendo uma pesquisa, um experimento?

Pablo o observa fixamente por alguns segundos até que o homem, um quarentão de aspecto esforçadamente mundano e juvenil, que considera a agência de Pozonegro muito abaixo de seus méritos, começa a se encolher na cadeira.

— Sinto muito, perdoe-me, foi uma terrível indiscrição de minha parte, me desculpe, esqueça a pergunta... — balbucia.

— Tenho um filho — diz Pablo, com voz inexpressiva e tranquila. — Tenho um filho de vinte anos. Ele sempre apresentou, digamos, certos problemas. Adolescente, envolveu-se com más companhias e passou a usar drogas. Parece que isso piorou as coisas. Levei-o a psiquiatras, a terapeutas, mas não lhe dei muita atenção. Acho que não sabia o que fazer com ele. Além do mais, eu viajava com frequência a trabalho. Numa das vezes em que estava fora, ele tentou se suicidar com comprimidos. Mas pôs velas ao redor da cama, que talvez tenham tombado. Ninguém sabe o que ocorreu, mas o fato é que tudo começou a arder. Ele foi resgatado com vida, com oitenta por cento do corpo queimado. Continua no hospital. Há seis meses. O edifício também se incendiou. Não houve mais mortes, felizmente, mas me pedem uma indenização milionária. De tudo, talvez só me reste este apartamento em Pozonegro e o trabalho no Goliat.

O gerente está boquiaberto. Com grande esforço fecha a boca, engole a saliva e diz:

— Lamento muito.

O corpo queimado, os pulmões destruídos, condenado a um respirador artificial vida afora. Se viver. A pele ficando preta, partindo-se, enrugando-se em duras placas. A gordura da carne fervendo e borbulhando. Uma dor indizível. Um horror impossível de suportar. Eu lamento ainda mais, pensa Pablo, enquanto crava com ferocidade as unhas na palma das mãos. Alivia.

Jiménez observa com tédio resignado o novo chefe da Brigada Provincial de Informação, Eduardo Nanclares. É um inspetor bastante jovem, de carreira meteórica, filho de um policial do alto escalão, com mestrado no MIT, elevado nível de narcisismo e empatia zero. Se a isso acrescentarmos que mede pouco mais um metro e sessenta, não tem queixo, é feio como um demônio e parece odiar a humanidade, teremos o perfeito retrato falado do psicopata vilão. No entanto, estamos falando do chefe dos policiais. Jiménez não imaginava que sentiria falta do cabresto do inspetor Andueza, mas é assim que é.

— Na verdade, não consigo entender o que você está fazendo em Pozollano desde...

— Pozonegro. É Puertollano e Pozonegro — esclarece pacientemente Jiménez.

— Tanto faz, e gostaria de não ser interrompido se possível. Está nesse lugar já faz dois meses, custando uma dinheirama à sociedade, porque, não sei se se lembra, é a sociedade que nos paga. E para que afinal, pode me dizer?

— É uma pergunta retórica?

— Não me venha com brincadeiras, Jiménez. Te digo que você não está em condições de fazer nem meia piada.

— Sinto muito. Eu não sabia se o senhor queria mesmo uma resposta. Não queria interromper outra vez.

Nanclares observa Jiménez com olhar venenoso, tentando elucidar até que ponto pode acreditar em sua expressão de inocente seriedade.

— Me dê uma só razão, apenas uma, para não cancelar essa operação imediatamente — grunhe por fim.

A verdade é que Jiménez já não aguenta a maldita vida fictícia em Pozonegro, esse asqueroso povoado, não suporta mais seus habitantes nem a obrigação da vigilância, nem os vigiados. Voltar a Madri seria incrível; mas os vestígios de sua antiga rebeldia adolescente, razão pela qual entrou para a polícia contra a vontade do pai, decanta sua resposta ao confrontar o imbecil do Nanclares. Além disso, há que se reconhecer que por fim as coisas estão andando.

— O senhor tem razão, já são dois meses sem conseguir nada. Nessas operações, se me permite dizer, muita coisa acontece. Nós nos infiltramos, esperamos. O senhor tem conhecimentos de que certamente careço, mas estou nesta brigada desde 1986. Sabe qual o tempo médio de espera antes de começar a obter dados confiáveis? Mais de cinco meses. Verifiquei isso outro dia. Isso por um lado. Por outro, trata-se de encontrar Marcos Soto, um perigoso marginal foragido, líder de uma gangue de neonazistas e autor de terríveis atentados com vítimas. Me parece um objetivo importante. Por último, começamos a obter resultados. Pablo Hernando, o sujeito observado, sacou dinheiro do banco na noite de 17 de agosto. Sacou tudo o que podia sacar no caixa eletrônico: cinco mil euros no total, de cinco contas. Acreditamos que é bem possível que o dinheiro tenha sido entregue a Marcos ou a seus comparsas, ainda que não possamos provar.

— Diga-me, Jiménez, esse plural que você está usando é mania de grandeza? Quem deixou escapar a entrega do dinheiro?

— Fui eu, senhor. Tem razão novamente. Mas veja, temos outra oportunidade. Hernando pediu para transferir várias somas de diferentes fundos para uma de suas contas correntes. Cem mil euros. Pensamos, quer dizer, eu penso que haverá outra entrega. E deve ocorrer logo. Na verdade, vim a Madri para pedir reforços.

Nanclares sorri com feliz petulância: gosta de estar na posição do homem a quem as pessoas pedem as coisas, ser o chefe que outorga e que nega, pensa Jiménez, anotando mentalmente esse novo traço de caráter. É preciso conhecer o inimigo da melhor maneira possível.

— Sei... Reforços. Hmmm... Sabe o que Andueza me disse a seu respeito, Jiménez? Disse que não é confiável. E não confio em você. Está bem. Pode duplicar a equipe. Durante uma semana. Sete dias exatos. Se não conseguir nada, acabou. E quando digo "acabou", não me refiro apenas a Pozonegro, pode ter certeza.

Dito isso, Nanclares ergue o braço e executa com a mão um movimento de leque, como se varresse o ar; é o mesmo gesto de desprezo com que o sahib colonial* despacharia um criado. Jiménez sai do escritório tentando impedir que a pequena humilhação lhe pese sobre o lombo: são muitos anos já criando a couraça. Pensa na aposentadoria cada vez mais próxima; em ir para sua pequena casa na Segóvia, em fazer a rota do Arcipreste com seu cão Manolo, em ler Patricia Highsmith junto ao fogo. Também pensa: vou te pegar, maldito Pablo Hernando.

---

* Termo de origem árabe cujo significado é "proprietário", usado como forma de tratamento para designar "senhor". [N. E.]

Felipe tinha um plano. Era um bom plano. Enterrou seu pai quase centenário após uma década de demência e deterioração. Aquele homem duro e atarracado que sobrevivera à fome na infância, aos trabalhos extenuantes, à carnificina bélica do Rife,* à violência social e laboral, à Guerra Civil e à repressão do pós-guerra, tinha sido devorado com toda a facilidade pelo Alzheimer. Enquanto a doença o devorava, passou quase dez anos em um asilo público, na cadeira de rodas, estacionado em qualquer corredor: as pernas inchadas, arroxeadas, ulceradas; a boca sempre aberta, como se a dentadura já não coubesse bem; o corpo descarnado e a pele mais fina que um celofane, toda cheia de feridas; o rosto deixando transparecer a caveira, sem nada de gordura, pura pelanca mal aderida ao osso. E, dentro de seu crânio, a escuridão. Felipe passava as horas de visita diante dele (aprumando-o de vez em quando, pois sempre pendia para o lado direito), sem poder se comunicar com seu pai, simplesmente observando os destroços. Que eram comparáveis aos do restante de velhos e velhas que o rodeavam no asilo, várias dezenas de mortos sem terminar de morrer. Felipe sempre dizia a si mesmo: para quê, por quê, como é possível que duremos tanto, que sobrevivamos tanto a nós mesmos, que contradigamos todas as leis da natureza, da razão e

* Região montanhosa no norte do Marrocos que foi protetorado espanhol, de 1913 a 1956, e palco de sangrentas batalhas. [N.T.]

da piedade mais elementar. A decadência orgânica pode atingir um nível obsceno. Assim, quando por fim o homem morreu oficialmente, ao voltar do cemitério Felipe decidiu que jamais passaria por semelhante indignidade; e que para isso tinha de ser capaz de se matar enquanto ainda estivesse bem, suicidar-se muito vivo, um suicídio que fizesse parte da vida e não da morte, pois sabia que, se esperasse até estar doente, então seu corpo assumiria o comando. E o corpo, entregue ao próprio arbítrio, quer sempre continuar sendo. As células se empenham ferozmente em viver.

Desse modo, o plano que Felipe concebeu foi suicidar-se aos oitenta e dois anos, uma idade que ele calculou à época (quando seu pai morreu, ele, Felipe, tinha sessenta e nove anos) considerando a longevidade de sua família e de seu próprio estado físico: acabara de receber o diagnóstico do enfisema, mas fora isso tinha uma saúde de ferro. De fato chegou aos oitenta e dois, conforme previra, em pleno domínio de sua vida e de sua mente, ainda que fosse obrigado a inalar oxigênio muitas horas por dia. E transcorreram os meses de seu ano final, e Felipe não encontrava o dia para se matar: algumas vezes porque estava cansado, outras porque estava resfriado, outras porque se sentia mais ou menos à vontade. E assim, tolamente, o tempo foi passando, e ele fez oitenta e três, e depois oitenta e quatro, e agora já tem oitenta e cinco e aqui segue esperneando, sem forças para tomar a decisão final, mesmo que a esta altura dependa por completo dos cilindros de oxigênio e já tenha sido sequestrado por um ancião no qual não se reconhece. Porque envelhecer é ser ocupado por um estranho: de quem são estas perninhas descarnadas, cobertas por uma pelanca frouxa e enrugada?, pergunta-se o antigo minerador, estarrecido. Pois bem, nem com tudo isso Felipe é capaz de se matar. Muita covardia e muita curiosidade. E o encanto desta vida tão áspera e tão bela.

Como sempre fora um homem prático e honesto, Felipe mudou de plano. Agora cogita gastar o punhado de dinheiro que possui, as economias de toda sua vida, num asilo privado, quando já não puder viver sozinho. O que, pelo andar da carruagem, será em breve. Não suporta a ideia de acabar largado como seu pai em um lugar obscuro, mas encontrou um lar de idosos ajeitado em Ciudad Real que, evidentemente, é horrível como todas as casas de repouso, mas um pouco menos. Tem jardim. E flores. E gatos passeando entre as flores. E pássaros que cantam. Vai ficar ali quando já não conseguir cuidar de si mesmo.

No entanto, por ora, com a ajuda do anjo chamado Raluca, pode continuar aqui. Em sua casa. Tentando não pensar na partida, cada vez mais próxima. A morte como estação final, irremediável. Que morte? Quando? Como? Seu primeiro plano, a digna saída da vida por decisão própria, por cima, respondia a essas perguntas angustiantes. Mas não vai executá-lo, Felipe já assumiu: não é capaz de se matar. Uma pena, porque era um ótimo plano.

Mas é claro, pensa o ancião, fica difícil morrer quando sua existência não parece satisfatória. Porque, para encontrar um sentido para a morte, é preciso antes encontrar um sentido para a vida. E sua vida foi tão acanhada... Houve um tempo, de que quase já não se lembra, na juventude, quando ele acreditava que o futuro era um tesouro por descobrir, uma aventura magnífica. Como acontece com todo mundo: em algum momento, todos fomos adolescentes cheios de sonhos e vontades. Felipe trabalhou na Titana desde muito jovem e durante anos vibrou com uma história sobre o heroísmo dos mineradores que circulava clandestinamente entre os homens. A história acontecera durante os primeiros meses do pós-guerra; um grupo de assassinos falangistas aparecia de tempos em tempos numa das maiores minas de Astúrias e obrigava os presos republicanos que ali trabalhavam a se organizar em filas numeradas; depois apontavam para um e faziam-no dizer um número; e o pobre desgraçado que correspondesse a esse número era imediatamente retirado da fila e fuzilado ali mesmo. Pois bem, aqui vem a parte bonita da história: muitas vezes o preso escolhido dava seu próprio número, condenando-se fatalmente à execução. Como essa nobreza inflamava o Felipe adolescente! Sentia o coração dilatar em seu peito, e tinha certeza de que ele seria um daqueles que dariam o próprio número, e se sentia chamado a um destino de glória. Mas depois os anos foram passando tão depressa, Felipe foi acumulando a vida nas costas, a vida estreita e rotineira. Desenvolveu certa atividade antifranquista, levou umas poucas surras na delegacia, foi preso duas vezes. Fecharam a Titana quando ele tinha apenas trinta e um anos e teve que virar encanador. Trabalhou, trabalhou e continuou trabalhando, arrumando descargas e instalando privadas. Até onde sabe, não teve filhos e terminou solteirão. Namorou formalmente com duas ou três garotas, mas a coisa não foi adiante. O amor de sua vida foi uma farmacêutica que já era casada. Por dezoito anos foram amantes esporádicos e clandestinos; quando a mulher morreu, de um câncer de mama, não pôde nem mesmo se despedir dela. Afora Pozonegro, Puertollano, Ciudad Real e Córdoba, só conhece Madri, Barcelona e Paris, cidade que conheceu por conta do Imserso, um programa do governo de incentivo ao turismo na terceira idade. Felipe olha agora para trás e se pergunta o que fez de sua vida. Para que todo este espernear sobre a Terra? Que injusto que nós humanos nos enchamos de grandiosos afãs e depois a realidade seja tão pequenina.

Ao menos, pensa, fui boa gente: isso é um consolo. Ao menos cuidei de meu pai. Ao menos li bastante, tentei me instruir e acumular certa cultura. Ao menos amei muito e ainda amo.

Matar-se também é difícil quando seu coração ainda se alegra ao bater. Quando o mundo se ilumina ao ver Raluca chegar. Felipe está apaixonado pela romena, sem esperança nem desespero, perfeitamente consciente de que ambos se encontram em dimensões distintas. Os anos não imunizam contra o amor, ele certamente não foi imunizado: sempre foi apaixonado e romântico. Mas Felipe não é uma exceção: todos esses outros velhos e velhas que ele vê no ambulatório continuam se apaixonando, e se apaixonam como crianças (exatamente como crianças, o sentimento é esse) pelas médicas ou pelos enfermeiros. O amor não caduca, mesmo que não possa ser consumado, e Felipe não acha isso patético, mas bonito. Ao menos isso o sequestrador não vai tirar dele: morrerá amando. Será pó, mas pó apaixonado.

Não sabia que os cachorros andavam de lado, diz Pablo a si mesmo com divertida curiosidade, observando a cachorrinha, que, desenfreada, puxa e repuxa a guia para ir a qualquer lugar, menos na direção em que ele a conduz. Ela acaba assim avançando de perfil, como nos baixos-relevos dos antigos egípcios ou dos hititas. Pablo nunca teve animais domésticos; primeiro não teve tempo, nem vontade, nem interesse, depois a isso se acrescentou o terrível problema com seu filho. Assim, agora tudo lhe parece novo e surpreendente, e começa a olhar ao redor em busca de outros cachorros que andem de lado, a fim de comprovar sua hipótese. Mas em Pozonegro há muito poucos animais, bem como poucas crianças. Talvez seja melhor assim, reflete Pablo com desânimo, lembrando-se da mãe da cachorra.

Acaba de sair da clínica veterinária, a única em todo o povoado, diminuta e sombria. Pelo visto a bolinha peluda tem uns três meses e está bem de saúde. Deram-lhe vacinas e uma caderneta. Perguntaram a Pablo o nome da cachorra e ele, que não pretende ficar com ela, disse "Cachorra". A mulher olhou para ele com certa estranheza, mas anotou "Cachorra" nos papéis. Também comprou ração, uma vasilha para a comida, outra para a água, uma coleira e uma guia, pois talvez demore uns dias até ir para o abrigo de animais (primeiro precisa encontrar um por ali). A pobrezinha precisa comer e beber até lá. Agora está a caminho de casa, mas antes dá uma volta para ver se a cachorra se digna a fazer suas necessidades. Ele terá de deixá-la no apartamento durante as longas horas de seu turno no Goliat e teme que, ao retornar, tudo esteja cheio de cocô e xixi. Outra opção seria pedir ajuda a Raluca, mas não agora, não neste momento de risco e confusão, o melhor é se manter afastado. Vou prendê-la no banheiro com água, comida e a luz acesa, decide. O confinamento ao menos minimizará os danos.

— Não vira. Disfarça e continua olhando pra frente — sussurra uma voz junto dele.

Pablo salta de susto e contém o impulso de virar a cabeça. Está em uma esquina, enquanto a cachorrinha fareja o chão. Adivinha a seu lado o vulto de um homem. Movendo o corpo ligeiramente, com o rabo do olho percebe a figura de um tipo que parece estar olhando a vitrine do mercadinho, a cerca de um metro de distância.

— Eu disse para não virar! Agora anda, entra na igreja.

Estão na maldita praça triangular. Um local claramente funesto.

— Não posso entrar na igreja com essa cachorra.

— Amarra a guia no poste, imbecil. Amarra logo ou mato essa cachorra a chutes. Finge naturalidade e entra na maldita igreja. Senta em um banco perto da porta e espera.

Pablo respira fundo. As mãos transpiram e o coração no peito faz um solo de tambor. Ele começa a caminhar em direção à desalmada massa de concreto arrastando a cachorra, que, de repente, decidiu processar olfativamente cada centímetro quadrado do pavimento. No meio da praça, ele a amarra com dedos trêmulos ao poste. A filhote olha-o com expressão de incredulidade ferida e começa a ganir. Não é um bom lugar para deixar um animal, o sol está a pino, o ferro do poste abrasa. Por um instante ele pensa: se me sequestrarem e me matarem, o que será da cachorra? Que ideia estúpida, que idiotice se preocupar com isso agora. A porta aberta da igreja é um buraco negro nesse lugar ensolarado que parece absorver toda a luz. Uma boca gritando na careta de concreto do prédio.

Sobe a escada e cruza a soleira, enquanto a cachorra esganiça às suas costas. É como submergir em outro mundo, de escuridão ofuscante e um frescor reconfortante, mas mofado. Seus olhos deslumbrados vão se adaptando às sombras, e agora começa a ver os perfis da nave central: falsas nervuras góticas, santos baratos de gesso lascado, flores de plástico escurecidas pelo pó. O lugar parece ainda mais feio por dentro que por fora, se é que isso é possível. A igreja está vazia. Uma lamparina bruxuleia ao fundo, sobre o altar. O que indica, se Pablo ainda se lembra algo de sua infância cristã, que o Senhor está no sacrário. De todo modo, não dá para ver. Há muito tempo não se vê Deus em Pozonegro.

O arquiteto avança até a segunda fileira de bancos, entra pelo lado direito e se senta no meio do banco. A madeira range. A ripa do genuflexório está quebrada e lascada, como se alguém a tivesse partido a marteladas. Pablo se remexe no assento duro e se prepara para esperar. Passam cinco minutos, talvez dez, ou apenas dois. Ele continua sem relógio e o tempo se dilata e se contrai caprichosamente nos momentos de tensão. Finalmente escuta passos na entrada e se vira para olhar. É o mesmo homem que falou com ele. Detém-se na soleira, momentaneamente cegado pela mudança de luz, e Pablo aproveita para contemplá-lo. É o mesmo cara que o assaltou no Goliat, o energúmeno do tufo de cabelos no alto da cabeça, só que agora usa um boné de beisebol, certamente para chamar menos atenção. Veste também um keffiyeh palestino enrolado no pescoço, talvez para ocultar as tatuagens, ainda que pareça estranho usar um lenço com todo este calor. De resto, sua roupa é discreta, camisa e calça jeans, de modo que agora não há nada em seu aspecto que o distinga como neonazista, na verdade parece pertencer à tribo urbana contrária. Mas sua mandíbula segue sendo mais larga que a testa, e a cara de bruto é inconfundível. Há algo ridículo no figurino desse capanga que se disfarça tanto de neonazista como de hippie, pensa Pablo; não fosse por Marcos, até seria engraçado. O sujeito já parece ter adaptado sua visão à penumbra; entra na fileira atrás do arquiteto e se senta perto dele.

— Conseguiu o dinheiro?

— Sim. Está em casa. Podemos ir buscar, se você quiser.

Pablo escuta atrás de si um som que talvez quisesse ser uma risada zombeteira, mas que na verdade soa como o ronco de um porco.

— Mas que esperto você é, arquiteto. Dá pra perceber que é um senhor arquiteto. Você quer ferrar a gente. Se formos pra sua casa, vamos ser presos. Sabemos que você está sendo vigiado.

— Vigiado? — Pablo se inquieta. — Por quem?

— Sem truques, arquitetinho. Escuta aqui: vou deixar esse celular com você. É pra ficar com ele e deixar sempre ligado, sacou, seu arquiteto de merda? — diz o energúmeno, orgulhoso do uso sarcástico da palavra "arquiteto", que se deleita em repetir. — Você vai receber instruções.

O sicário se põe de pé, pronto para partir, mas Pablo se vira e o encara:

— Só uma coisa: nem um dedo em Raluca.

O outro franze o cenho:

— O quê?

— Raluca. Minha vizinha. Vocês riscaram uma suástica na porta dela. Se não a deixarem em paz, não vou dar o dinheiro para vocês.

O energúmeno olha-o com expressão incerta, a meio caminho entre a surpresa e a indignação. Vence a indignação.

— Mas que suástica?

Agarra Pablo pela camiseta e o levanta do banco:

— Nada de bancar o esperto, arquitetinho, nem pense em armar pra cima da gente ou vamos gravar uma suástica você nem imagina onde... Fica na sua, arquitetinho...

Aplica quatro tapinhas na bochecha de Pablo com força crescente, até que a última soa como um tabefe. Depois dá meia-volta e some, soltando suas risadas suínas. Pablo toma ar, inspira e expira com esforço por alguns segundos até se acalmar um pouco. Levanta-se. No banco de trás há um celular barato, do tipo pré-pago, com o carregador enrolado. Pega-o. Está ligado e carregado. Guarda-o no bolso do jeans e sai para a praça, onde é recebido por raios de luz e calor. A cachorrinha continua ganindo. Deve ter gritado tanto que, quando Pablo a desamarra, nota que ela ficou rouca. A cachorra lambe-o, brinca, se enrosca na guia de puro nervosismo e depois volta a puxá-lo como louca para todos os lados. Vendo-a "hititear" com seus felizes saltos para o lado, Pablo se surpreende com a velocidade com que recupera a alegria, com sua vertiginosa capacidade para esquecer o sofrimento. Quem dera fosse uma cachorra, até abandonada.

Raluca tinha dezenove anos quando viu um eclipse total do Sol. Aconteceu às onze da manhã de 11 de agosto de 1999 e na verdade não foi total, porque a Espanha não ficava dentro da zona de cobertura absoluta; mas, ainda assim, uma inquietante penumbra esfriou o tórrido e luminoso dia. Um véu de desalento cobriu o mundo, e os objetos perderam a sombra. Algo muito ruim parecia ter ocorrido, algo que repugnava a razão, algo a que os olhos não queriam dar crédito. Os pássaros deixaram de cantar e ela, mesmo sabendo o que acontecia, quase deixou de respirar.

Pois bem, agora sente o mesmo. Parece que o brilho do céu apagou e que a luz ficou pobre e cinzenta, como se seus olhos estivessem de luto. Raluca pisca uma vez e mais outra, tentando dissipar as sombras, mas a tristeza continua colada às coisas. Até o laser que lê os códigos de barra empalideceu: já não é vermelho-brasa, mas rosa-aguado. Pip, o leitor apita diante da bandeja de cogumelos. De repente, Raluca odeia a bandeja de cogumelos. Odeia também o cacho de bananas ao lado dela e os rolos de papel-toalha. Não suporta ter que continuar passando a compra dessa senhora tão feia. Mas continua. Pip, pip, pip. Trinta e dois euros e sessenta centavos. A cliente vai embora, mas chega outra. Uma freguesa que ela conhece vagamente, mas que agora lhe parece tão alheia e desumana quanto uma placa de trânsito ou uma pedra.

Vida insuportável.

Ao fundo, junto à porta, falando com o patrão, outra maldita pedra: a supervisora. Seu cabelo branco brilha como um merengue recém-assado. Por culpa dessa bruxa má vai perder o emprego, pensa a romena num súbito acesso de clarividência. Raluca fica aterrorizada: com certeza será demitida. A supervisora a espia, fala mal dela pelas costas, a odeia, a despreza. Não vai parar até conseguir que a demitam. Esta cor do mundo tão cinzenta anuncia catástrofes.

Mas a maior catástrofe já aconteceu, resmunga, apertando os dentes para não gemer: Pablo também a odeia e despreza. Essa é a única explicação que encontra para o comportamento incompreensível dele. Ele a evita. Desde que dormiram juntos, Pablo foge dela. Raluca, o que você fez?, se pergunta a mulher aflita: algum erro você cometeu. Talvez tenha sido por causa do olho, talvez ele sinta nojo. Que estúpida: e pensar que a princípio acreditou que as horas que passaram juntos tinham sido boas. Uma noite de amor. O começo de algo. Mas estava enganada. Nada mudou. Tudo está como sempre foi, inclusive seu jeito de se pôr em evidência. Raluca perseguindo Pablo no trabalho. Raluca tentando falar com ele. Raluca assando um bolo e oferecendo-o de presente a seu vizinho. Bateu e bateu à porta, mas Pablo não abriu, ainda que a romena tivesse certeza de que ele estava em casa. Sempre metendo os pés pelas mãos e passando vergonha, Raluca.

Uma dor de queimadura no centro do peito. Quase parece sentir o buraco, o sofrimento devorando seu coração como um verme de fogo.

E agora Benito chega ao caixa. Era o que faltava.

— Oi, Raluca! Acho que riscaram uma suástica na porta da sua casa... — caçoa, sorrindo.

Uma intuição atinge a romena como um raio e acende imediatamente o sinal vermelho. Então foi ele? Foi esse merda que fez a suástica? Será que isso tem relação com o comportamento inexplicável de Pablo? Pois ele não tinha se transtornado ao vê-la?

— Então foi você? Foi você o artista, seu safado?

Benito se surpreende com o ataque de agressividade da mulher.

— Eu não, me contaram, fiquei sabendo, você mesma disse que ia...

— Ia dizer que você é um canalha. Canalha! Então foi você? Por que fez isso? Foi para assustar o Pablo?

— Ele se assustou?

— Vou te denunciar!

— Mas o que é isso? Você está perturbada, está paranoica, armando toda essa cena feito uma louca. Louca, mais que louca!

Raluca sente os insultos subindo-lhe à boca, mas olha para o fundo e vê que o patrão e a supervisora estão a observá-la, o pescoço esticado, as costas erguidas, atentos ao escândalo. Reprime-se com dificuldade, pega o pacote de quatro pilhas que Benito pôs sobre a esteira, uma mísera compra, certamente um pretexto, passa-o pelo leitor e cobra.

— Vai embora daqui.

Observa o canalha se afastando, aflita. Perdeu o controle, coisa que a assusta. Paranoica. É possível que esteja paranoica. Raluca bem sabe que às vezes fica obcecada e imagina coisas. Coisas tristes e feias. Louca, mais que louca. Drogada, amarrada. Suspira, sentindo como o nó da angústia aperta-lhe a garganta até quase asfixiá-la. Esta cor tão cinzenta do mundo é um presságio de lágrimas.

Fazia tempo que Pablo não pensava nisso, o fato é que faz tempo que não pensa em quase nada e tenta se transformar em cortiça, galho, pedra, em algo quieto e tranquilo, mais empenhado em estar que em ser. Mas desde que dormiu com Raluca (por que fez isso, por quê?) as coisas começaram a se agitar e voltou a recordar os últimos momentos da vida de Clara. Uma memória dolorosa e tão recorrente como a malária, que volta a dar febre quando você acha que já está curado. Pablo padece de uma malária sentimental. E assim revive outra vez em sua cabeça, sem poder evitar, os dias finais da doença, quando o moribundo já não sofre, quando todos, o agonizante e os enlutados, instalam-se na lenta e sossegada casa da Morte, uma anfitriã fria que passeia sem ruído pelos quartos e vai acariciando as nucas com seus dedos de gelo. É um tempo impreciso, que está fora do tempo e da lei humana, horas de algodão e de silêncio, nas quais não há nada a fazer, apenas esperar. Apenas navegar com a maior calma possível as águas dessa noite, pois todas as agonias parecem acontecer durante a noite, mesmo que o morto morra em pleno dia. Cada minuto cai sobre você como um grão de areia, como a terra que acabará por enterrá-lo quando chegar a sua hora; mas é um peso leve, ainda não o toca. De maneira que você aguarda docilmente e sussurra para não incomodar a altiva Morte, que se esfalfa de cá pra lá, ultimando o próximo defunto. A parteira de cadáveres costuma trabalhar com calma.

Quando então chegou esse momento para Clara e Pablo, tudo já estava feito. Pablo não achou um modo de falar com Clara enquanto ambos podiam; ao entrar na casa da Morte já não restam palavras. Agora sente que essas palavras não ditas são chumbo em seus pés, grilhões, correntes. Com Clara teve a oportunidade de amar, mas não soube como. Nem ela. Nenhum dos dois sabia falar tagalo. Esse buraco impossível de preencher, o buraco da ausência de Clara, da chance perdida; esses ferros de dor que travam sua vida deixaram-no desarvorado para sempre. Agora Pablo se dá conta de que, até a doença de sua mulher, ele se achava de algum modo intocável, poderoso, onipotente. Havia sobrevivido a seu pai, trabalhava no que gostava, fazia sucesso. Sim, muitas coisas não funcionavam, como sua relação com Clara; mas sempre sentiu que o futuro lhe pertencia, que era um capital inesgotável, que haveria mil oportunidades de acertar o prumo. E então a dor caiu sobre eles como o machado do verdugo. Um sofrimento não apenas desconhecido até aquele momento, mas também, pela primeira vez na vida, irremediável. Quando Pablo escapou de sua infância e de seu pai, o futuro se abriu diante dele como um belo presente de Natal, todo de papel brilhante e laços dourados. Agora, em contrapartida, o mundo murchava e ruía. Não só havia perdido a mulher mais importante de sua vida, como ainda desperdiçara o tempo sem aprender a amá-la. Sentiu-se velho, mutilado, fracassado, cheio de culpa. Pensou que a morte de Clara seria a maior dor que poderia experimentar em toda a sua existência. Também se enganou quanto a isso.

Agora, quando nota que a lembrança de Raluca o inunda, que a polpa dos dedos lhe dói de vontade de acariciar a gloriosa pele da romena, que seu corpo se acende e dispara, ansioso por afundar em Raluca até trespassar seu coração, agora, enfim, tão morto de desejo quanto de medo, Pablo se reprime, aperta os glúteos e os punhos, se nega a ceder à paixão (por que não fazê-lo, por que não?).

O arquiteto se ergue inquieto da maçaroca de lençóis. Está nu sobre o colchão, e pela janela aberta não entra nem uma brisa. Outra noite tórrida e insuportável. Seu ouvido capta, longe, o conhecido e quase inaudível rumor, um ruído distante que em seguida aumenta de intensidade e começa a ganhar volume, agitação e força. Agora já alcançou seu estrondo vertiginoso, o trem apita e trepida ao passar em frente, perfurando a escuridão, pobre fera metálica presa aos trilhos com toda a sua potência. Rrrruammmmm, o monstro ruge e depois some na distância, levando, colado à chapa, como um suor ferroso, parte do ar quente da noite. É o último comboio. Deve ser vinte para a meia-noite.

Hoje o arquiteto foi logo se deitar. Foi para a cama depois de chegar do Goliat, limpar sumariamente o xixi da cadela, desinfetar o chão, levar a Cachorra para passear e colocar ração para ela. Nem sequer se preocupou em comer algo. Não sente fome. Nem sono, mas este colchão quente é seu único refúgio. Cogita por um momento se masturbar, mas não se atreve, pois tem certeza de que seu corpo vai se lembrar do de Raluca e não quer isso. A romena foi falar com ele no trabalho, e ele se esquivou. Bateu três vezes à sua porta e ele não abriu. Teme colocá-la em risco e que lhe façam mal. Mas também teme voltar a sentir, a deixar de ser galho, pedra, cortiça. Teme falhar outra vez. E sofrer.

Um som de campainha o sobressalta, é agudo, estridente e incômodo, não o havia escutado até então, mas em seguida compreende de que se trata: é o som do celular dado pelo neonazista. Levanta-se de um salto para alcançar as roupas que deixou dobradas sobre sua única cadeira. Revira a calça jeans até encontrar o celular.

— Alô! — grita por fim.

Após um breve silêncio do outro lado, a linha cai. Talvez por ter demorado demais para atender, pensa aflito. Acende a luz do quarto e, segurando o celular sobre a palma bem aberta, como se fosse um bicho um pouco perigoso, olha-o fixamente, com a esperança de que volte a tocar. Mas não toca. Passam-se dois minutos, quatro, dez. Pablo suspira e se resigna. Busca o carregador, conecta-o ao celular, que deixa no chão, próximo ao colchão. Apaga a luz e se deita novamente. Ouve uns grunhidos e sente algo a roçá-lo: é a Cachorra, que também subiu na cama e rastejou até chegar junto dele e apertar-se enrodilhada contra sua cintura. É uma bola fervente de pelo, uma bomba de calor na noite tórrida. É como estar em pleno verão com um cobertor elétrico sobre os rins. Além disso, deve estar cheia de germes. Ainda assim, Pablo não decide se expulsa a cachorra. É o que deveria fazer, envergonha-se por permitir que um bicho tão fedido durma junto dele, mas o assombra o fato de que essa coisinha de carne, e pele, e ossos, com apenas um punhado de neurônios, demonstre tanta determinação na busca de contato, ou talvez de afeto. Isso o assombra e o enternece. Que diabos está acontecendo?, pergunta-se Pablo com desassossego: está metendo os pés pelas mãos, ficando mole, não é mais pedra nem galho, e sim um trapo. Se não recuperar o controle das malditas emoções, vai enfraquecer até se despedaçar. Dá um empurrão na cachorra e a tira da cama. O animal choraminga e fica à beira do colchão, observando-o com olhos pidões e chantagistas. Pablo lhe dá as costas, mas continua ouvindo seus ganidos. Amanhã sem falta tenho que procurar um abrigo.

Então escuta outra coisa. Algo pior: os golpes de sempre no apartamento de cima. Que inferno, já passa da meia-noite! A esta hora a menina está acordada? Como é possível que estejam brigando a uma hora dessas? Vira-se de barriga para cima e crava os olhos no escuro teto, como se isso lhe permitisse ouvir melhor. A cachorra aproveita a oportunidade para voltar para cama e se deita bem apertada ao lado dele. Mas Pablo nem nota o animal: está concentrado na batalha de cima, o barulho de sempre, ou até um pouco mais intenso, corridas de um lado para o outro, rangido de móveis, agora um vidro quebrado e um bramido de fúria que dá medo. Golpes. Golpes repetidos.

— Não me bate, mãe, não me bate mais, por favor, não me bate!

A vozinha aguda e chorosa da menina atravessou as paredes e caiu sobre Pablo como óleo fervendo. O homem se levanta de um salto, acende a luz com um soco no interruptor, veste as calças com tanto nervosismo que está a ponto de cair, trocando as pernas. Sai correndo, descalço, enquanto fecha o zíper, desajeitado. Em duas passadas alcança o corredor e em quatro saltos sobe até o apartamento de Ana Belén, onde continuam os golpes e gritos. Pablo bate a mão aberta contra a porta da vizinha.

— Chega! Abra! O que está acontecendo?!

Silêncio. Um silêncio tão absoluto e repentino que ensurdece. O arquiteto continua a socar a porta com toda a força.

— Abra! Ana Belén! Sei que você está aí!

Agora é ele a causa de violência e escândalo. A luz da escada apaga e Pablo acende. A mão dói. Para um instante para ouvir: nem um sussurro. Nada. Imagina a vizinha tapando a boca da filha. É um pensamento angustiante.

— Pare de bater na menina! Ouviu? Estou falando muito sério! Se voltar a ouvir alguma coisa, vou chamar a polícia!

Quietude completa do outro lado. O homem dá três ou quatro pancadas na porta, mais leves e com a outra mão, pois teme ter lesionado a direita. Sem resposta. Ana Belén não abre, assim como ele não abriu a porta para Raluca. Desce as escadas e volta ao seu apartamento, seguido o tempo todo pela cachorra inquieta. Os dois se deitam no colchão, Pablo ainda de calça, caso precise sair correndo. Respira agitado: o coração galopa em seu peito. O silêncio sólido e pesado no apartamento de cima é uma presença. Uma ameaça. Há silêncios que matam e atormentam.

 Davinia Muñoz também não abriu quando assistentes sociais foram bater à sua porta. Davinia, filha de um romeno que era soldado, vivia em Valladolid. Com seu marido, também romeno, teve duas filhas. A menor, Sara, tinha quatro anos naquele mês de julho de 2017. O pai das meninas tinha voltado para a Romênia e Davinia arrumou um namorado novo, o espanhol Roberto Hernández, ex-militar e mecânico de helicópteros. Logo a pequena Sara começou a apresentar feridas, hematomas e até queimaduras. Em 11 de julho a mãe levou Sara ao Hospital Campo Grande por causa de um tremendo hematoma na boca. Os médicos se assustaram ao ver o corpo da menina: estava cheia de machucados e tinha o ânus preto de hematomas. Fizeram a denúncia por maus-tratos, mas ela demorou quinze dias para chegar, por correio simples, aos órgãos responsáveis. Então a mãe começou a se esquivar, impedindo que assistentes sociais vissem a filha, recusando-se a abrir a porta. Em 2 de agosto, a menina chegou agonizando ao hospital universitário. Apresentava traumatismo encefálico por conta da surra brutal que levou antes de ser violentada pela vagina e pelo ânus. Morreu no dia seguinte. Suas unhas estavam meio arrancadas e mostravam fragmentos da pele de Roberto: mesmo tendo apenas quatro anos, tentara se defender. Quando foram detidos, Davinia e Roberto se portaram com absoluta frieza. A mãe só se interessava pelo estado de seu amante. O antigo mecânico ficara obcecado pela menina: "Sara é minha", dizia. Roberto era simpatizante do grupo neonazista Juventude Nacional Revolucionária e detestava os romenos. Chamava Sara de *romeninha*, com desprezo. Em junho de 2019, Roberto Hernández foi condenado à prisão perpétua e Davinia Muñoz, a vinte e oito anos de cadeia, posteriormente diminuídos para treze anos pelo Tribunal Superior de Justiça. Em suas últimas fotos, Sara mostrava uma expressão de desoladora tristeza. Pablo leu tudo isso nos jornais. Costumamos ver esses horrores como casos extraordinários e remotos, algo tão alheio a nossas vidas como a explosão de uma supernova. Mas não: o inferno está aqui, somos nós. O arquiteto agora se pergunta quantos vizinhos ignoraram os golpes e os gritos, como ele mesmo até este momento. E quantos se renderam e não perseveraram diante da porta que Davinia não abria.

No apartamento de cima, nem o menor rangido.

Um pesar infinito cai como um véu sobre o arquiteto, uma tristeza inesperada e tão profunda que subitamente o homem sente frio. Suas entranhas se congelaram pois julgou ver, em um momento ofuscante, a realidade do mundo: tanto sofrimento sem sentido, o espernear de formiga dos seres humanos, o obscuro vazio da vida. Por um segundo, Pablo pende sobre o abismo e está a ponto de cair nele, perdendo-se para sempre. Mas depois, por sorte, essa visão aterradora se dissipa e ele volta a estar em sua cama encharcada de suor, no calor. Na plenitude feliz da cachorra, que apoia as patinhas no quadril de Pablo. Pequenas unhas que arranham.

O coração, se pudesse pensar, pararia, dizia Fernando Pessoa.

— Não pode ser — diz Raluca. — Não pode ser. Não pode ser.
Felipe retorce literalmente as mãos, compungido. Agora quase se arrepende de ter contado a ela. Mas não, foi melhor assim. Não poderia deixá-la sem saber. Quem sabe o que pretende esse sujeitinho.
— Não pode ser. Não pode ser.
A mulher continua a repetir a frase em tom monocórdico, não desesperado, mas aturdido, como quem recita uma litania ou reza os mistérios do rosário. Traz o olho artificial a meio mastro, a pálpebra semicerrada, um péssimo sinal, o minerador sabe.
— Raluca, não fique assim, por favor. Não queria te entristecer, talvez ele tenha uma explicação, mas me pareceu no mínimo muito estranho e achei que você devia saber...
— Não pode ser.
A romena começa a deixá-lo muito preocupado. Que desajeitado, que estúpido, deveria ter antes falado com o arquiteto, questionado suas mentiras para ver o que ele dizia. Felipe, como você pode ser tão inútil, se recrimina o velho, assustado pelo terremoto que causou. Desconecta-se do oxigênio e vai arrastando os pés até a cozinha. Volta bem depressa e sem fôlego com um copo de água e meia garrafa de vinho.
— Tome, beba um pouco de água — ofega, enquanto torna a pôr os tubos no nariz.

Raluca se calou, mas continua a olhar para a frente com os olhos vazios. O velho insiste para que pegue o copo, chega a colocá-lo entre suas mãos. A mulher o segura e o mantém no ar. Sua mão treme, o líquido se agita, ínfima tormenta em diminuto mar.

— Então para você ele disse... — murmura Raluca com voz fraca.

— Para mim ele contou que o filho morreu afogado. Que o menino tinha doze anos e ele tinha insistido para que fossem velejar, pois tinham um barco. E que decidiu ir mesmo num dia de mau tempo, com o porto fechado, e veio a tempestade, e naufragaram. E que ele segurou o menino e o manteve a salvo durante horas, mas, quando ficou exausto, acabou por soltá-lo. Em vez de se afogar com ele, soltou o menino e se salvou. E o filho morreu. Uma história terrível. Não te contei nada porque fiquei impressionado. Achei que devia respeitar a confidência que ele havia feito a mim, entende?

A romena move lentamente a cabeça para cima e para baixo. De repente se dá conta de que tem um copo na mão.

— Não quero beber água — diz, devolvendo o copo ao velho.

— Prefere um pouco de vinho? Te faria bem.

— E para o gerente do banco ele disse...?

— Aí está o problema. Outro dia fui ao banco e o imbecil do gerente saiu correndo para puxar conversa e fofocar sobre esse vizinho estranho que você tem, como ele falou. Foi aí que me contou tudo.

— Tudo o quê?

— O que eu já te disse.

— Repete, por favor.

— Que o filho de Pablo não morreu, que tem vinte anos, que se envolveu com drogas, que tentou se suicidar e sem querer provocou um incêndio no prédio, ficou totalmente queimado e continua no hospital, e que a culpa disso tudo era dele, quer dizer, do Pablo, por não ter dado a devida atenção a esse filho. Ah, sim, e que está arruinado por ter de pagar uma indenização milionária pelo edifício incendiado.

Raluca estica o braço, pega a garrafa de vinho e bebe alguns goles diretamente do gargalo. Um pouco de vinho cai sobre sua saia, formando uma mancha sangrenta no tecido branco.

— Para mim... Para mim contou que estava com o filho de doze anos no carro, que estava dirigindo muito bêbado e por isso sofreu um acidente e que o menino morreu. Foi isso que ele me disse — explica em um tom linear, sem inflexões.

Felipe leva as mãos à boca, como numa caricatura do assombro. Ele está realmente pasmo.

— Céus! Então é ainda pior do que eu estava pensando.

— E no que você estava pensando? — pergunta Raluca com uma frieza aterrorizante, tão alheia a ela.

— Não sei, não estava pensando em nada, é um modo de falar. Quero dizer que é ainda mais estranho, não? Por que ele mente tanto? Por que conta diferentes histórias para cada pessoa? Quer que fiquemos com pena, que nos tornemos amigos dele? Depois do que ele me contou, comecei a sentir muito mais afeto por ele. Ou seja, funciona. É um trapaceiro? Se não for, ele está louco.

— Eu também estou louca.

— Não está, Raluca. Sua situação é diferente. Bem, perdoe minhas palavras, é que não sei, não sei o que pensar nem o que dizer, mas ele não me parece um tipo confiável.

A romena fecha os olhos um instante. Suas mãos trêmulas repousam sobre os joelhos de modo suave e displicente, como algas que a maré arrastou para a praia.

— Tem que ter uma explicação. Eu sei. Pablo vai ter uma explicação — diz por fim.

Levanta-se com dificuldade e, ignorando as perguntas do velho (mas você já vai?), caminha com passos duros até a porta e vai embora sem dizer nada. Ela quer continuar acreditando nele, e por isso justifica seu comportamento, pensa Felipe, desesperado. Como é possível? Não dá para entender as mulheres.

Não é que a vadia começou a gritar comigo? A maldita vadia louca da romena. Todas aquelas besteiras que eu que fiz a suástica na porta dela e não sei mais o quê... Sim, a suástica é minha, mas e ela? Que merda ela sabia? Como a maldita vadia se atreveu a gritar comigo em público? Eu que tinha ido no Goliat com a maior boa vontade, que estava sendo gentil como uma seda, um mar de simpatia, eu que tinha comprado as pilhas para disfarçar, querendo apenas puxar conversa e ver como estava a situação. E do nada ela virou uma possuída! Pois vá se ferrar, Raluquita do caralho, já estou de saco cheio. De saco cheio de esperar que o mauricinho meta os pés pelas mãos, cheio de vigiar o cara, de sair perdendo, já chega de tanta injustiça social, caramba! Além do mais, qualquer hora ele vai dar no pé. Qualquer dia ele se pirulita com esse montão de dinheiro que sacou do banco. Não sei quanto exatamente, mas com certeza foi um dinheirão, isso deu a entender o bocudo do Rafael, esse gerente imbecil que anda fofocando sobre seus clientes, por isso ele está nesta sucursal de merda. E para que o mauricinho sacou toda essa grana? Para ir embora, é claro. Ou pior, para dar de presente pra vaca da Raluca, que banca a boazinha mas é uma vadia como todas e se aproveita dos caras para tirar tudo deles. Você não me engana, piranha. Você está indo e eu já estou voltando. Seduziu o mauricinho e levou o cara para a cama para depenar o pobre. Pois você me poupou trabalho. Tudo o que você juntou vou te tirar, quem ri por último ri melhor. E olha só que coincidência, quando encontrei o Moka no Satélite, quase não acreditei, pensei que ele continuava no xilindró e do nada ele estava lá, tomando umas e outras. Não somos próximos, mas negociamos algumas vezes por baixo dos panos. Então, quando vi o Moka, fui direto e reto falar com ele, me pareceu um sinal dos céus. Ele veio com um blá-blá-blá, disse que tinha saído há poucas semanas e que está morando em Ciudad Real. Então eu disse: cara, quero te propor uma coisinha, te encontrar foi um puta sinal do céu. Em seguida tive a ideia, porque quando a sorte bate na porta, a gente tem que abrir. Por isso falei desse jeito, todo pimpão: você deixou coisas na casa da Raluca, não deixou? E ele me disse que sim. A Raluca jogou tudo fora. E o Moka: não tem importância, eram coisas velhas. Como não tem importância? Vamos falar com ela e você vai dizer que ela ficou com um quilo de heroína pura, que você tinha deixado no bolso de uma calça, ou numa mala ou escondida na roupa, em qualquer lugar. Diz que você contava com isso quando saísse da prisão. Ou que o seu sócio vai te matar. Eu disse pra ele: vamos até a Raluca, a gente mete um susto nela e obrigamos a dar a grana pra gente. Você acha que ela não tem dinheiro? Foi então que arrematei a armação: não seja besta, a gente pode pegar a grana do namorado dela, que é um mauricinho, um desses metidos podres de rico e asquerosos. E o Moka logo se convenceu, o que não me surpreende, afinal, com toda a minha lábia... Além do mais, acho que ele até curtiu a ideia de ver a Raluca de novo, não sei se por ainda gostar dela ou para irritá-la; ou as duas coisas, vai saber. Em seguida o idiota começou a falar de *fifti-fifti*, como se a gente fosse dividir igual, quando a ideia foi minha, a informação e todo o resto. Ele só entra como parte do cenário. Mas eu deixei ele se iludir, não disse sim nem não, e como ele é um imbecil não percebeu nada. Tudo que sobe desce. Até parece que descobriu a roda! Mas ele é um idiota e eu tenho uma cabeça privilegiada: ter um sócio que é um assassino, por exemplo, é um detalhe genial. Sempre me dei bem na parte de pensar, fazer o planejamento, sou a porra do cérebro, a porra do chefe. Vamos dar um susto neles com a história do sócio louco do Moka e eles vão cair como patinhos. Esse negócio é coisa do destino, uma lufada de sorte, com toda a certeza. Se não fosse isso, por que tudo ia acontecer de uma vez? Por que o cara bocudo do banco ia falar sobre o dinheiro, por que eu ia encontrar o Moka sem mais nem menos e bolado todo esse plano brilhante? Assim, mato dois coelhos com uma só cajadada: fico com a grana do mauricinho safado, que me enganou com a compra do apartamento, e me dou bem em cima da maldita vadia louca da romena. Quem ri por último, ri melhor.

Chega. Chega de pensar, chega, chega. Saia da roda de hamster, como dizia o psiquiatra. Um dois três quatro cinco seis sete. Drogada, amarrada. Dez onze doze treze. Não pense mais nele. Pare de pensar no Pablo. Maldito Pablo, Pablo safado, Pablo, meu amor. Não, não, não. Dói demais. Por que ele te enganou? Por que não quer te ver? Não pense nisso agora. Pense em coisas bonitas. Você está na piscina, veja que bom. Pegou o maiô, a toalha e veio até a piscina, para não passar o dia de folga pensando em bobagens. Que bom para você, Raluca, isso, sim, é sair da roda. Fugindo da dor, dessa dor, desse desencanto. Mais um fracasso. Dezoito dezenove vinte vinte e um, é preciso encher a cabeça com outras coisas. *Ese cristalito roooto yo sentí cómo crujíaaa antes de caerse al suelooo ya sabía que se rompíaaa...* Trinta e nove anos. Já não vou ter um filho. E vou morrer sem conhecer o amor que desejo. Dói tanto que todo o corpo arde como se tivessem me esfolado. Pode parar de pensar, Raluca, isso não te faz nada bem. Veja que belo dia você vai passar na piscina. Você sozinha, e daí? Antes só do que mal acompanhada. Agora você vai virar para bronzear as costas. E de que adianta tomar sol, bronzear este corpo inútil que ninguém deseja. Ah, por Deus, pare já com isso. Drogada, amarrada. *Malamente*, sim, sim, pessimamente, que é quando algo vai mal, muito mal, muito, muito mal, na canção de Rosalía. Que caldo mais estúpido deram nesse garoto. Essas brincadeiras não têm a menor graça. Ah, olha só que demais:

o filho da puta insiste. Não é que voltou a afundar a cabeça dele? Covarde! Quantos anos você tem? Vinte e um, vinte e dois? E o garoto? Doze? Magrinho desse jeito? É primo dele? O irmão de um amigo? Não fode! De novo enfiou a cabeça do coitado na água? Mas que cretino... O menino não está gostando, você não está vendo? O pobrezinho tenta sair da piscina e o grandalhão safado insiste em empurrá-lo. Ahhhhh, não suporto a violência do mundo contra os fracos. Não percebe que está humilhando o garoto? Claro que percebe. É o que esse imbecil dos diabos quer. Olha como ele ri, caçoa do menino, como tem prazer em maltratá-lo. Ai, não... não, não, não... não posso acreditar. De novo. Afundou a cabeça dele outra vez! E já foram quantas? Cinco, seis? Não pode ser. Ninguém diz nada? Cadê os pais, por que não protegem o menino? Não está vendo que o garoto não quer, que ele está passando mal? Sim, sim, estou falando com você. Estou falando disso que você está fazendo. É horrível. Deixe o menino em paz. O que eu estou dizendo? Olha, estou dizendo que você é um delinquente, um abusador. Dane-se que ele é seu irmão, seu filho, seu avô. Não vê que está humilhando o menino? Não, claro que você não pode fazer o que tem vontade se sua vontade é abusar de alguém desse jeito. Vai me xingar? Vai me ameaçar? Não sou uma criaturinha indefesa. Ah, isso não, solta o menino. Acha que vou permitir que você empurre ele outra vez? Solta o menino, covarde! É a última vez que eu peço.

Uma das únicas serventias de ser famoso é nesse tipo de caso, pensa Pablo, enquanto aguarda na sala de espera vazia. Está nervoso. Está desolado. Tira do bolso um lenço umedecido, rasga com cuidado a embalagem de alumínio e limpa conscienciosamente cada um dos dez dedos das mãos, repassando com especial cuidado a borda das unhas. Os hospitais sempre estão cheios de germes, ainda que se trate de uma unidade de saúde mental. Quando dá por terminada a limpeza, reintroduz o lenço na embalagem, dobra com elegância e se levanta para jogá-la na lixeira. Está fazendo isso quando alguém o chama por trás.

— Sr. Hernando...

Ele se vira. A julgar pela roupa, é o médico. Jovem, não deve ter quarenta, tão alto quanto Pablo e ainda mais magro, com uma barba curta, muito bem cuidada. Sua pele é branca e o cabelo, abundante e muito escuro, o que, somado a sua fragilidade corporal, lhe dá certo ar de poeta romântico. Não tem uma aparência imponente, parece suave, talvez tímido. Pablo não esperava um psiquiatra assim.

— Sou o dr. Ramírez. O dr. Lahera me falou do senhor.

Uma das únicas serventias de ser famoso é lidar com esses momentos críticos. Pablo ligou para um amigo, que ligou para outro e que por fim encontrou o interlocutor perfeito para facilitar as coisas para ele na unidade de psiquiatria do Hospital Geral de Ciudad Real.

— Sim, sim, muito obrigado por me receber. Como ela está?

— Está bem. Bastante bem, na verdade. Mas, claro, o senhor compreende que não posso entrar em detalhes.

Dr. Ramírez o observa inquisitivamente. Talvez seja essa a maneira com que os psiquiatras sempre olham para nós, mas o arquiteto parece notar uma curiosidade especial. Que terão dito ao médico sobre ele? Não conhece pessoalmente Lahera, mas consta que o amigo intermediário que o contatou sabe tudo sobre a fuga do escritório e seu desaparecimento.

— Sim, sim, é claro. O que eu queria era vê-la, se for possível — responde com voz inesperadamente entrecortada: está com a garganta seca.

— Por mim não haveria problema, mas antes tenho de perguntar a ela se aceita recebê-lo. Espere aqui, por favor.

O arquiteto desaba sobre um dos assentos de plástico alaranjado, mas logo se levanta: está muito nervoso para permanecer sentado. Começa a caminhar de uma parede à outra da pequena sala, são apenas cinco metros de largura, quatro passos, descontando a linha de cadeiras parafusadas no chão. Antes ele tem que perguntar para Raluca se ela aceita me receber, repete Pablo. Teme que a mulher diga que não. Um, dois, três, quatro e volta. Um, dois, três e quatro. Como sobreviver a um naufrágio: primeiro, fique o maior tempo possível em sua embarcação antes de se enfiar no bote salva-vidas; como regra geral, não se deve entrar no bote até que a água chegue à cintura: na embarcação, mesmo que esteja afundando, a probabilidade de sobreviver é maior que num bote.

É assim que se sente agora. Naufragando. Esfrega os olhos irritados: não conseguiu dormir na noite passada. Ao voltar do seu turno no Goliat, Felipe o esperava no corredor, diante de sua porta, com o carrinho de oxigênio a seu lado e tão descomposto que a primeira impressão do arquiteto foi a de um infarto: ele estava lívido e tremia todo, de modo tão violento que dava medo.

— Ela foi levada... ela foi levada — balbuciou.

Pablo demorou uns bons segundos para começar a entender o que o velho dizia. Afinal conseguiu reconstruir mais ou menos o ocorrido: horas antes, na piscina, Raluca tinha quebrado o nariz de um cara. Como tinha antecedentes (que antecedentes, por tudo que é mais sagrado?), foi internada na unidade psiquiátrica do Hospital de Ciudad Real. E por que tinha quebrado o nariz do sujeito? Felipe não sabe, mas está convencido de que a culpa era de Pablo, por fazer tão mal a Raluca e por mentir. Por mentir? Raluca sabe que ele contou a várias pessoas diferentes histórias sobre o filho, e tudo isso a deixou muito nervosa. E por que tantas histórias diferentes, posso saber?, perguntou então o velho. Mas o arquiteto não soube responder, não conseguiu, na verdade quase não tinha consciência de ter feito aquilo. Quer dizer, sabia que tinha feito, mas essas histórias pertenciam a uma espécie de realidade paralela. Eram como sonhos. E por que você vinha evitando Raluca nos últimos tempos?, insistiu Felipe. Sim, por quê?, se pergunta agora Pablo, e não encontra respostas suficientes. Que inferno, por quê.

— Precisamos tirá-la do hospital psiquiátrico — disse o velho.
— Vou fazer isso. Não se preocupe. Eu vou tirá-la de lá.

Passou a noite em claro e esta manhã, desde as oito, ficou telefonando para seus conhecidos a fim de conseguir alguém que a contatasse no hospital. Tudo foi muito rápido. Agora são apenas quatro da tarde e ele está aqui.

A cabeça romântica do dr. Ramírez aparece pela porta.

— Sem problema. Venha comigo.

Pablo segue as passadas amplas e rápidas do jovem médico, que atravessa corredores, ultrapassa o posto da enfermaria e para diante de uma porta fechada. Uma porta com a chave do lado de fora. Por esse detalhe dá para perceber que é uma unidade de saúde mental.

— Chegamos. Quando sair, avise o pessoal da enfermaria. Para trancá-la novamente, talvez? Pablo reprime um calafrio.

— Depois queria trocar duas palavras com o senhor, doutor. Onde posso encontrá-lo?

— Estarei no meu consultório. Por esse corredor, sala 12. Caso eu não esteja, pergunte ao pessoal da enfermagem.

Dito isso, dá meia-volta e se afasta com o mesmo passo elástico. Pablo segura a maçaneta e respira fundo. Olha para o posto de enfermagem: as duas mulheres que estão ali, uma cinquentona loira e outra morena, bem jovenzinha, observam-no com absorto interesse. Ao serem pegas de surpresa, disfarçam e baixam a vista.

Apesar da fechadura, a porta não está trancada, ao menos neste momento. A maçaneta gira e a porta se abre com suavidade. Uma cama, uma poltrona de tecido azul emborrachado, uma mesinha horrorosa e barata com rodinhas, o típico quarto de hospital, salvo pelas grades na janela.

— Oi, Pablo.

Uma vozinha tranquila, mas fraca também. Raluca está sentada na poltrona, vestida com a camisola hospitalar, branca com detalhes em verde. Na lateral do olho de vidro, vê-se uma grande mancha roxa. O inchaço e o hematoma chegam à maçã do rosto.

— Você não tinha que estar no Goliat?

— Liguei lá e disse que estava doente. Que porrada, Raluca — diz, fingindo leveza, enquanto se senta aos pés da cama.

— Ah, não foi nada, de verdade. Você tinha que ver o cara. Acertei em cheio o nariz dele. Ouvi o som de osso quebrado. Pensei primeiro que eram os da minha mão — diz a romena, mostrando os dedos machucados. — Provavelmente me excedi. Juro que não queria quebrar a cara dele, mas... Enfim, sinto muito, sei que agi mal. Estava muito nervosa.

Calam-se os dois, Pablo sentindo sobre os ombros o peso do mundo, uma culpa pegajosa que o inunda. Estava muito nervosa, diz Raluca. De repente, a romena esboça um sorriso que ilumina seu rosto e o quarto, como o sol aparecendo atrás de uma nuvem muito negra.

— Depois que quebrei o nariz dele, o cara revidou com um tapa mal dado, sabe? Acho que ele estava meio tonto, pois o tapa desajeitado só alcançou a borda do meu olho, lançando a prótese no chão. Então o imbecil desmaiou. Você precisava ter visto, ele despencou totalmente! E todo mundo gritando ao redor como leitõezinhos...

Raluca ri com todas as forças, ri dobrando-se sobre si mesma. Sua alegria é tão contagiante que Pablo sente as gargalhadas subindo em borbotões até seus lábios; é uma explosão, um acesso de riso que dura alguns minutos e que, ao amainar, deixa os dois fisicamente tão esgotados como se tivessem participado de uma corrida de velocidade. Olham nos olhos um do outro o avesso das risadas, conscientes da fadiga. Do cansaço de tantas coisas.

— Suponho que tenha sido por isso, pelo fuzuê que se armou, que chamaram a polícia. Bem, e porque quebrei o nariz dele. Era um grandalhão que estava abusando do irmão pequeno. Jogou-o na água várias vezes, no mínimo meia dúzia de vezes. Ele humilhou o garoto em público, que estava passando mal pra valer. Era magrinho, aparentava ter uns doze anos. O irmão valentão mereceu o soco. Ainda que eu saiba que ele está mal, vieram me contar. Agora me arrependo. Não devia ter batido nele.

— Mas você estava nervosa...

Raluca olha para ele, concorda e se cala. Seu silêncio é estrondoso como uma pergunta gritada.

— Me desculpe, Raluca.

— Por que você está me pedindo desculpas? — sussurra ela.

— Por ser um covarde.

Pablo se surpreende com o que acaba de dizer. Não preparou nenhum discurso, nenhum pedido de desculpas, mas as palavras parecem dispostas a sair sozinhas. Um covarde. Regina tinha dito isso a ele. Clara também. Você é um covarde.

— Não sei muito bem como explicar. Porque não tenho que dar explicações só para você, mas também para mim mesmo. Estou há meses fazendo coisas que não entendo. Coisas que não planejo. Quer dizer, ajo sem pensar. O que te contei sobre meu filho, o que eu disse ao Felipe, ao gerente do banco... Sei que Felipe já te contou tudo. Nenhuma dessas histórias é verdadeira. A verdade... a verdade é muito diferente. Não tenho nenhum filho que morreu. O único que tive continua vivo e completou há pouco vinte anos. Quando a mãe dele morreu, ele tinha doze. Não sei se você já perdeu alguém muito próximo e querido. Quando uma pessoa morre, leva junto um mundo. O sentido de um mundo. Sua roupa deixa de ter utilidade. Esse casaco que lhe caía tão bem e de que ela tanto gostava não passa agora de um trapo pendurado em um cabide. Seus objetos emudecem: agora ninguém mais sabe o que significava essa xícara de porcelana com a qual sempre tomava chá, em que época foi comprada, que lembranças despertava. Ou essa pequena pedra polida que sempre trazia junto ao computador: de que montanha a trouxe, de que rio, por quê. As coisas se esvaziam de história e de essência e se convertem em lixo. Os mortos nunca vão sós: levam junto um pedaço do universo. Minha Clara, quando faleceu, levou com ela, de algum modo, também seu filho. Quer dizer, nosso filho. Com isso não quero me desculpar, me entenda bem. Eu senti algo assim, que sem ela já não poderíamos nos relacionar. Embora eu nunca tenha gostado muito dele, devo reconhecer. Nunca gostei, mesmo quando Clara estava viva. Isso soa duro, não é? Estamos falando de um órfão de doze anos para quem eu dedicava pouca atenção. Se você tivesse me conhecido na época, talvez quebrasse o meu nariz, como fez com o infeliz da piscina...

— Era um sacana, não um infeliz. Talvez eu ficasse irritada com você, sim — diz Raluca.

A mulher olha para ele muito séria, com o cenho franzido e uma expressão sombria que Pablo não sabe interpretar muito bem: expressão de censura, de decepção? Teme desiludi-la, teme perdê-la, teme que ela o contemple horrorizada, o que é bem possível que ocorra, caso ele continue falando. Mas já não pode parar, há uma inércia que o impele como se estivesse num tobogã. Precisa se explicar para ela e para si mesmo.

— Então ele cresceu bastante solitário. Com psiquiatras, tutores, professores de apoio. Mas isso não foi suficiente. Começou a se envolver com más companhias. Aos quinze anos, tornou-se um conhecido membro do Ultra Sur, não sei se já ouviu falar, é um grupo de fanáticos do Real Madrid, violento e de extrema direita. Depois de um jogo contra o Barça, eles enfrentaram na rua os Boixos Nois, energúmenos do mesmo tipo, mas fanáticos pelo time do Barcelona. Morreu um rapaz catalão, de dezenove anos, apunhalado várias vezes, e outro, que teve a coluna partida, ficou condenado à cadeira de rodas. Meu filho foi detido com outros envolvidos, mas era menor de idade, e a autoria do crime era confusa, tinha sido uma briga entre gangues. Só o condenaram a algumas centenas de horas de trabalho comunitário. E eu continuei a viajar pelo mundo sem prestar atenção nele. Porque, além do mais, cada dia gostava menos do meu filho. E ele me odiava, por sua vez. Foi embora de casa e, como ainda era menor, contratei um detetive para procurá-lo, e o trouxeram de volta. Ele me odiou um pouco mais. No dia em que completou dezoito anos, me mostrou seu pedido de mudança de sobrenome: queria se livrar do meu e usar apenas o da mãe. Depois desapareceu. De vez em quando recebia notícias vagas sobre ele. Todas ruins. Um dia vi sua foto na televisão. Você se lembra daqueles dois mendigos em quem jogaram gasolina, perto de um caixa eletrônico em Madri, e foram queimados vivos? Foi ele. Foi meu filho, que se tornou o líder de um grupo neonazista chamado Despertar. Está lembrada? Foi preso há três meses, mas enquanto estava sendo levado para o tribunal, seus companheiros conseguiram libertá-lo, e ele fugiu...

— Sim, lembro bem... Um policial foi ferido. Foi bastante noticiado. Não me diga que esse é o seu filho... — diz Raluca, hipnotizada pelo relato.

— Marcos Soto. Sim. Um dos mendigos morreu. Tinha cinquenta e quatro anos. E a outra, de trinta e sete, ficou com oitenta por cento do corpo queimado, mas continua viva, em condições lamentáveis. Está no hospital. Há seis meses. Precisa de um respirador artificial, pois também foi queimada por dentro. De modo irreversível.

— Que horror... — murmura a romena.

— E parece que tinham cometido outras brutalidades. Espancamento de imigrantes e de outros sem-teto. É a aporofobia, o ódio aos pobres. Com facas, também gravavam suásticas na carne dessas pessoas. Em parte, por isso eu não quis te ver... Achei que tinham sido eles os responsáveis pela suástica na sua porta. Ainda acho. Fizeram contato comigo. Querem dinheiro para fugir. Cem mil euros que já saquei e vou entregar para eles quando me ligarem.

— Por que vai fazer isso?

— Porque é meu filho. Porque nunca o ajudei. Porque me sinto culpado. Porque tenho medo dele.

— Acha que ele seria capaz de te fazer mal?

— Sim, acho, mas não é isso... Não sei como explicar. Tenho medo dele porque fico horrorizado. Por ser meu filho e ter sido capaz de cometer essas atrocidades. Amarrou duas pobres pessoas, encharcou-as lentamente com gasolina, botou fogo e ficou assistindo para ver como sofriam. Gravou tudo. Ele ria. A polícia me mostrou o vídeo.

— Nossa Senhora! Por que quiseram te mostrar essa barbaridade?

— Achavam que eu estava protegendo o Marcos. E o que eu estava tentando fazer era proteger a mim mesmo. Do espanto de ter um filho assim. Quero dizer, ele veio de mim, carrega os meus genes... Não sei, me sentia responsável... isso me sufocava.

— Por isso você veio para Pozonegro?

— Não planejei nada, aconteceu. Do trem, avistei um cartaz de venda de um imóvel e... simplesmente saí correndo. Fugi da minha vida. Sempre fui um perito em fugas, lembre-se de que sou um covarde. Raluca, eu só queria ser outra pessoa. Você nunca sentiu essa tentação? Que estúpido: não sei como pensei que poderia me livrar do passado como quem se livra de um paletó. A verdade é que não planejei nada. Foi uma reação instintiva. Um movimento defensivo, como afastar a mão de algo que queima.

Parece quase sentir o crepitar do fogo, a pele dos dedos ficando preta, a dor insuportável. Range os dentes, desesperado: seu inconsciente prega essas peças e às vezes tortura sua imaginação com todo tipo de incêndios.

— Não sei se compreendo... — diz a mulher com taciturna lentidão. — Bem, a parte das mentiras todas eu posso entender. A verdade é que... por vezes eu também... A história da minha mãe, sabe? Tentei mesmo encontrar minhas origens... Por exemplo, me ocorreu pesquisar quantos romenos viviam em Ciudad Real na época em que me abandonaram... Quando me encontraram. Não era má ideia, concorda? Mas não achei nada, uma pena, não me serviu de nada. Então com frequência invento algumas histórias. Imagino mães bonitas, bailarinas adolescentes ou pintoras doentes, que me amavam muito, mas tiveram de me deixar para o meu bem. E o que mais eu podia fazer? Fantasiar consola.

Deus criou o homem porque tinha necessidade de ouvir histórias, pensa Pablo, recordando um verso que leu certa vez.

— Mas o que eu não entendo, o que me deixa perdida, é por que você me evitou depois... depois daquela noite na minha casa. Foi só por causa da suástica? — prossegue Raluca com desconfiança.

Pablo respira fundo, se levanta, caminha até a janela. Através das grades, avista um estacionamento, com carros em fila ardendo sob o sol. Carros queimados. Volta a apertar os dentes. Como os estacionamentos são feios, pensa. Como são deprimentes.

— Tenho medo de te colocar em perigo — diz, ainda de costas. Depois se vira para ela. — Enquanto os neonazistas do Despertar estiverem por perto, não é muito seguro nos vermos. Mas além disso... acho que eu também sou um perigo. Gosto muito de você, Raluca, e não sei o que fazer com isso. Não sei se vou sair correndo, se vou te causar algum mal. Não confio em mim. Alguns meses depois da morte de Clara, peguei Marcos torturando um cachorro. Um filhote de poucos meses. Conseguiram salvar a vida do animal, ainda que tenha sido necessário amputar uma de suas patas. Depois foi adotado por uma família, enfim, a coisa seguiu por um rumo melhor, mas foi traumático. E o que eu fiz? Não fiz nada além de falar com Marcos, tamanho o nojo que sentia. Tamanho horror. Tamanho medo. Paguei um psiquiatra para ele, isso eu fiz. E me esqueci do assunto. Se tivesse reagido de outra forma... se tivesse me ocupado dele, tentando ajudá-lo de fato, pode ser que... Mas, em vez disso, fugi. Não sou confiável, percebe? Marcos tinha treze anos quando fez aquilo. Ele é um monstro. E é meu filho.

Raluca está olhando para ele com olhos brilhantes, o corpo tenso, uma expressão ansiosa:

— Sim, mas espere... Você gosta de mim... Você disse que gosta de mim...

— Eu gosto, Raluca, fiquei louco por você. Você é carinhosa, e forte, e sábia, e admirável, eu te amo e te desejo, não sei o que fazer com isso tudo, é esse o problema. Gosto demais de você. Não sei, talvez seja pura carência, talvez esteja inventando tudo, por isso tenho medo.

— Eu sabia que não estava enganada em relação a você. Eu sabia — exclama ela, irradiando amor e felicidade por todos os poros de seu corpo.

O que ela acaba de escutar é aterrador, a empática romena sofre pelos mendigos queimados, pelo cachorrinho mutilado, pela existência de monstros como esses neonazistas, pela angústia de Pablo. Mas o arquiteto acaba de confessar que a ama e, na realidade, isso é a única coisa que agora importa. Não ouviu mais nada: nem que talvez ele estivesse inventando tudo, nem que não se julga digno de confiança. Ele a ama, foi o que disse, e essa felicidade tão absoluta, para ela, é capaz de apagar não apenas qualquer temor, mas também a dor do mundo. Se Pablo a ama, tudo tem solução, tudo é possível; os neonazistas desaparecerão, os maus se farão bons, os fracos serão protegidos (ela será capaz de protegê-los) e as estrelas no céu brilharão mais do que nunca. Raluca é esse tipo de pessoa.

Pablo está em casa. Pensando. Pensando, entre outras coisas, que esta não é a sua casa. Olha desapaixonadamente o quarto em que se encontra, o pequeno quarto da frente, onde fez sua vida. O colchão no chão, sobre o qual está sentado, com a Cachorra entre os braços e as costas apoiadas na parede áspera; a única cadeira, emprestada por Raluca, que faz as vezes de armário: as camisas e o paletó pendem do espaldar e sobre o assento empilham-se, dobradas com primor, a calça do terno, a outra calça jeans, as camisetas. Posta horizontalmente no chão, junto à parede, sua maleta. Sobre ela, em pilhas simétricas, cuecas e meias. Os sapatos estão ao lado. Tirando isso e a pequena lâmpada que pende nua do fio elétrico e que agora mesmo difunde uma luz mortiça, não há mais nada no quarto. Só esse desagradável chapisco sombrio, encardido por causa do pó; a janela pequena demais, com uma esquadria de alumínio tão velha e torta que é impossível fechá-la completamente. O chão, agora limpo, mostra a cor verde-vômito das lajotas rachadas e a sujeira acumulada no rejunte, impossível de tirar até para um maníaco por limpeza como Pablo. E o que dizer do teto, baixo demais, e das proporções do quarto, estreito e comprido como um corredor? Que lugar horroroso, diz Pablo a si mesmo, quase assombrado pela suprema feiura do quarto. É como se o estivesse vendo de verdade pela primeira vez. Fez bem em não comprar móveis nem mais nada. Fez bem em não se enraizar neste buraco. Ele não tem nem mesmo uma muda de lençóis e de toalhas, lava o que tem na casa de uma mulher que montou um negócio de lavanderia e serviços de costura em seu próprio apartamento. O arquiteto já está há mais de dois meses vivendo neste apartamento de modo tão provisório como se morasse na rua.

E agora sabe que vai embora. Ainda não sabe quando, mas vai partir. Pela primeira vez em muito tempo, o futuro começa a aparecer na sua cabeça. Um vislumbre do amanhã. O desejo de continuar vivo.

O problema é Raluca. De modo vago e medroso, ainda sem se atrever a olhar esse futuro de frente, Pablo sabe que não quer perder a romena. Mas como vão fazer isso. Como vão conseguir ficar juntos.

À tarde, no hospital, depois de deixar o quarto, Pablo foi conversar novamente com o dr. Ramírez e deu a entender que ele, Pablo, era o namorado atual de Raluca. Não se apresentou diretamente como tal, mas deu um jeito de que ficasse óbvio. Queria que o médico o visse em um lugar de certa legitimidade, de alguém realmente preocupado com o bem-estar da mulher, e deu certo, pois desta vez o médico se dirigiu a ele com notável franqueza. Pablo se surpreende, mais uma vez, de como é bom nessas coisas. De como há nele uma personalidade de homem do mundo; de como pode se revestir de autoridade, da eficiência do arquiteto famoso que sabe tratar com os figurões de um hospital, se for necessário. Administrar a vida do poder sempre foi fácil para ele. O que ele não sabe fazer, o lugar onde ele é um absoluto ignorante e um desastre, é na vida real, ele fracassa em ser gente e ser amigo, em lidar com Felipe e Raluca, em ser um bom colega no Goliat ou em cuidar de um cachorro feliz. Tudo isso é que é terrivelmente difícil. Mas com o dr. Ramírez a coisa foi simples; o médico, que declarou admirar o antigo movimento antipsiquiátrico, disse que Raluca estava bem, que era perfeitamente capaz de dirigir a própria vida, que na verdade tinha sido internada por culpa do seu histórico clínico e não porque necessitasse, coisa que lhe parecia extremamente injusta e antiterapêutica, e que lhe daria alta no dia seguinte. Por outro lado, informou o médico, o rapaz da piscina havia apresentado queixa contra ela e haveria um processo. Ao que o Pablo "poderoso" respondeu com desenvoltura: sem problema, meus advogados vão se encarregar disso. O arquiteto foi tão persuasivo no papel de homem do mundo que o psiquiatra até se ofereceu para testemunhar em favor de Raluca.

Agora Pablo está aqui, em sua casa não casa, pensando. Ou melhor, cabeceando, porque seus olhos estão fechando sozinhos. Não dormiu nada na noite anterior e o dia foi exaustivo. A conversa com Raluca deixou-o extenuado. Também aliviado, como se o mundo fosse um pouco mais luminoso e mais leve, mas com um cansaço indescritível, um cansaço de anos. Sua consciência volta a se apagar e dá outra cabeceada, tão forte que machuca o pescoço. Deveria me deitar em vez de continuar sentado, pensa. Mas justo neste momento o celular toca, com seu som incômodo e estridente.

— Alô! — grita, subitamente despejado das névoas do sono.

— Ehhhh, que maneira de gritar, arquitetinho... Não te ensinaram a falar no telefone?

— O que você quer?

— A uma da madrugada na Titana. Tem uma espécie de torre metálica com elevador. Vamos te encontrar lá à uma em ponto. É pra trazer o dinheiro e vir sozinho. E nada de bancar o idiota.

— Marcos vai estar com vocês? — pergunta.

Mas já desligaram.

Ainda que Jiménez saiba que nesses assuntos nada é garantido (em sua longa trajetória profissional, operações que já pareciam resolvidas fracassaram), daria para dizer que o cerco aos neonazistas do Despertar está a ponto de se fechar. As escutas e o acompanhamento foram frutíferos, e além disso tiveram um inesperado golpe de sorte com um informante. É bem possível que o caso se resolva em breve, mas, surpreendentemente, Jiménez não sente a excitação habitual, a adrenalina que costuma aparecer nas etapas finais. Experimenta antes um tipo de melancolia, um desânimo, um anticlímax. Deve ser o peso da idade, pensa. Sem dúvida esta é a última operação de que participa, o fim de sua carreira. Viu muitos companheiros se aposentarem, participou de cerimônias de despedida, de homenagens com os manjados relógios de presente, e sempre viveu esses momentos como algo alheio, com a alegria de não desempenhar o papel de protagonista. Que é a mesma alegria de não ser o morto em um enterro. Mas agora chegou a sua vez, ainda que custe a acreditar nisso. Você vai começar uma nova vida, vão dizer. E que merda de vida é essa? A maldita velhice. Uma curva descendente até a morte. Jiménez suspira, sentindo falta de Lola, sua ex-mulher. Tinha desejado envelhecer ao lado dela, mas a vida policial não é a melhor para o casamento: a maioria dos casais se separa. Pena que Lola não tenha demonstrado a generosa paciência de seu cão Manolo, que, quanto mais tarde Jiménez chega em casa, mais parece celebrar sua volta, pensa amargamente, parafraseando um velho chiste. Jiménez suspira com pesar. De fato, com enorme pesar. Vamos, se anime! Jura que vai se render? O certo é que ainda tem o Manolo e sua casinha em Segóvia. Tem os passeios pela serra e os romances de Highsmith junto ao fogo. Não é que esteja assim tão mal. Além do mais, se capturar Marcos Soto, o seu sucesso vai fazer o sorriso pedante do Nanclares ficar amarelo. Isso será um verdadeiro prazer. Você vai ficar aí, Nanclares. Que se foda. Vou viver minha nova vida.

Cem mil euros em notas de cinquenta fazem volume e pesam quase dois quilos. Pablo colocou o dinheiro na maleta, que agora leva na mão, pois não se atreve a deixá-la no chão. São dez para uma da madrugada e faz dez minutos que chegou ao local do encontro. Veio andando para passar desapercebido: Felipe lhe explicou como chegar. Bastou seguir a antiga linha férrea que transportava carvão até a estação perto de sua casa. São apenas seis quilômetros, pouco mais de uma hora de caminhada pela via estreita, interrompida pelos buracos deixados pelos dormentes perdidos e meio devorada pelo mato que o verão ressecou. Mas o arquiteto bem poderia ter caminhado uma eternidade, a julgar pela distância que a Titana parece estar de Pozonegro, uma distância física e temporal, sem casas nem luzes nas proximidades, rodeada pela paisagem degradada e ferida dos morros de ganga.

Da antiga exploração não sobrou quase nada; os edifícios foram demolidos e agora não passam de pilhas de entulho e erva daninha. Uma construção mantém as paredes precariamente de pé ao redor da confusão do teto desabado. Uma pequena casinha de construção mais recente, ao que parece, continua inteira, embora arruinada; ao chegar, Pablo empurrou a porta e deu uma olhada por precaução: um colchão sujo no chão, uma cadeira quebrada, um travesseiro, uma manta dobrada, como se alguém estivesse dormindo ali de vez em quando. A boca da mina propriamente dita está protegida por uma cerca metálica fechada com cadeados, mas há em seu perímetro tantos buracos que Pablo não teve dificuldade alguma para se esgueirar. Além do celular pré-pago, ele trouxe o próprio telefone para usar a lanterna, uma boa ideia que lhe permitiu mover-se com rapidez e inspecionar o entorno. No entanto, agora, já instalado no ponto de encontro, preferiu apagar a tela. A lua está quase cheia e o mundo brilha como uma lâmina de aço. Perto dele se alça a elevada torre metálica, essa intrincada estrutura de ferro, típica de todas as minas de carvão e que lembra um pouco a Torre Eiffel. O cavalete, Pablo acredita se lembrar que o nome é este, é a entrada para a coluna do poço. A cabine do elevador não está à vista: talvez se encontre abaixo. Um par de correntes enferrujadas cruza de parte a parte o vazio. São a única e precária proteção ante o vertiginoso abismo. Pablo ignora a profundidade do poço, mas levando em conta que se trata de uma mina famosa por seu tamanho, seguramente superará os mil metros. Por cima do ombro, dá uma olhada na boca tenebrosa e se afasta alguns passos para a direita. São 0h56, o celular o informa. Olha ao redor, tentando aguçar a vista. Ferros retorcidos, carrinhos de mão imundos, vagões emborcados e ferramentas quebradas espalham-se ao redor da entrada da Titana. E, mais além, o brilho escuro, nítido e quase líquido dos montes de lixo mineral sob a lua. Nada se move. Nada se escuta. Nem sequer há cigarras. É um mundo morto.

    Pablo transfere o peso do corpo de uma perna para a outra e tenta engolir a saliva. Está com medo. Já está na hora e teme que Marcos venha. Teme também que não venha. Se pudesse falar com ele, talvez fosse capaz de entender, de diluir a vergonha por ter criado um monstro. Nos crimes mais terríveis, nas matanças, nos estupros, sempre falamos dos mortos e deles nos compadecemos, das vítimas diretas. Mas quem se lembra e se preocupa com essas outras vítimas que são os familiares dos verdugos? Pablo recorda que, apenas três dias depois do atroz atentado terrorista nas avenidas de Barcelona, viu na televisão as mães de alguns dos assassinos: estavam participando de uma manifestação em Ripoll contra o jihadismo. Seus filhos tinham acabado de morrer abatidos pela polícia. Eram jovens de dezessete, dezoito e dezenove anos, com o cérebro apodrecido pelos dogmas, monstros supremos, odiados com uma paixão unânime por todo um país, e lá estavam as mães com suas roupas pesadas, e seus véus, e seu luto sangrento, e sua dor, sem poder chorar pelos filhos e gritando contra o fanatismo em uma manifestação, talvez com a esperança de serem perdoadas, ou talvez para tentar salvar a vida dos irmãos do assassino parido por elas. Pablo se sobressaltou com a imagem dessas mulheres destroçadas; não podia imaginar àquela altura que, dois anos mais tarde, ele iria se encontrar na mesma situação. No duplo castigo de amar e odiar o monstro. E de se sentir socialmente condenado, apesar de não ser responsável. Ou talvez seja? Por tudo que é mais sagrado, é o seu filho, e já foi uma criança. Você o formou ou, ainda pior, o deformou.

Pablo geme baixinho, uma espécie de pequeno soluço no silêncio. Não consegue evitar. Refletir sobre isso tudo lhe dói fisicamente, o corpo se retorce por dentro. Por isso fica semanas sem pensar, por isso fugiu de si mesmo e tentou ser outro. Para escapar da humilhação dilacerante. Pablo conseguiu evitar até agora que seu parentesco com Marcos aparecesse nos jornais; ao menos até este momento ele se livrou do linchamento no circo midiático. Mas quanto tempo ainda vai durar essa trégua? Aterroriza-o imaginar que se torne público que ele é o pai de Marcos. A mudança de sobrenome contribuiu muito para o anonimato. Também o dinheiro de Pablo, seu poder social, sua influência. Ainda que esta última vantagem seja uma faca de dois gumes: sua condição de personagem famoso atrai os abutres. Seus sócios no escritório fizeram um cordão sanitário para evitar que seu nome viesse à tona; eles ajudaram, se comportaram bem. Claro, isso também é do interesse deles, que os negócios não sejam prejudicados. Mas eles sabem de tudo, e o arquiteto teve de relevar os olhares carregados de doentia curiosidade, desconfiança e desaprovação: algo terá feito Hernando para que o filho seja assim.

E eles não estão errados. O fato é que ele fez alguma coisa. Ou deixou de fazer.

Essa besta que estuprou e matou a golpes a pequena Sara, esse neonazista, ele também um simpatizante do grupo ultradireitista Juventude Nacional Revolucionária, terá pais, irmãos? E, se tiver, esses pais e irmãos experimentarão a mesma vertigem, a mesma confusão sofrida por Pablo? O que alguém sente quando, de repente, descobre que o Mal faz parte da sua família? Pablo não sabe responder a essa pergunta: sua consciência é um pântano de emoções. Ele aperta os punhos — a alça da maleta se finca na palma da mão direita —, faz um esforço para refletir, para dissecar, camada a camada, o nó de seus sentimentos. São estes os caóticos matizes que constata: incredulidade, irrealidade e horror. Pesar, um aluvião de pesar que o arrasa por inteiro. Agressividade e ódio contra o filho, por ter feito o que fez com os mendigos, mas, sobretudo, pelo que fez com ele, Pablo: por humilhá-lo desse jeito, por convertê-lo no pai de uma aberração. Medo. Medo de se reconhecer em Marcos. Medo, e culpa, e vergonha insuportável por ter possibilitado, ou causado, ou criado semelhante assassino. Medo brutal de que Marcos dê as caras e o torture como torturou os mendigos, para fazer com que pague sua impagável dívida como pai.

A tela do celular marca 1h25. Eles têm de estar prestes a aparecer, deve ser iminente. Sombras que vão se desgarrar da treva para chegar até ele. O estômago dói, uma veia lateja na têmpora esquerda. Sente ânsia de vômito. É o que faltava: não pode se descompor neste momento.

Não é verdade que sempre tenha se dado mal com o filho. Foi o que ele disse a Raluca, mas não é verdade. No começo era bom. Viveu uma espécie de lua de mel. Nunca em toda sua vida predominou a leveza, salvo naquela época. Quando Clara estava grávida e avançava como um barco majestoso com a proa de seu ventre. Quando Marcos nasceu, vermelho, enrugado e com os punhos fechados, uma coisa de outro mundo, um prodígio. Marcos bebê: o assombro desse saquinho de carne que palpitava, chorava e às vezes fedia, mas que outras vezes cheirava a bolo recém-saído do forno. E o prazer de afundar a cara em seu peito morno. Aquela tarde em que o bebê o olhou e, pela primeira vez, enxergou-o: estendeu o dedinho e tocou seu nariz. O orgulho de vê-lo engatinhar, valente e curioso. E tão inteligente, pensava Pablo: como tinha certeza, naquela época, do futuro brilhante de seu filho. Quando, com dois anos, corria até ele com as pernas bambas e os braços abertos, e o arquiteto sempre conseguia salvá-lo, in extremis, da trombada. A confiança que o menino tinha nele. Esses primeiros tempos foram o mais perto que Pablo esteve da felicidade: até se pegava cantando enquanto fazia a barba. Agora não lembra direito quando as coisas começaram a estragar, como foi que ele perdeu a esperança. Marcos começou a fazer coisas estranhas, a se comportar de modo intolerável. Birras de criança malcriada, ele protestava. E por que você não o educa, se te incomoda tanto?, respondia Clara. Essa Clara que foi se aferrando cada vez mais ao filho. E à qual Marcos, sempre tão precoce e inteligente em sua malícia, começou a manipular e a parasitar. As coisas também não corriam bem para o casal, para além do que acontecia com o filho. Marcos não foi o único culpado, não seja injusto, Pablo agora se recrimina. Naqueles anos o escritório ia de vento em popa, chegou à consagração internacional, a medalha de ouro do RIBA e uma inundação de projetos fascinantes. E também à amarga competição entre Clara e ele. Pablo se atirou ao trabalho como quem se joga em um rio turbulento. Na realidade, não foi sua dedicação ao trabalho que arruinou sua vida familiar, pelo contrário, ele se refugiou na arquitetura para escapar do cataclisma de sua existência. Saiu correndo enquanto os cristais partidos desabavam sobre ele. Covarde. Quem sabe o câncer de Clara não foi a consequência disso tudo. Da maldade de Marcos. De sua própria fuga.

Como é difícil viver com essa suspeita.

E, no entanto, pela primeira vez em muitos anos, Pablo percebe que algo se move dentro dele. Algo pequeno, mas tenaz, um calor crescente que ele não sabe nomear depois de tanto tempo de gelo e vazio.

São duas da manhã. Uma hora de atraso. É bem a cara do filho, fazê-lo esperar para que sofra. Pablo sente vontade de urinar, mas não se arrisca a ficar em uma posição ridiculamente indefesa. Com certeza eles vão aparecer assim que ele soltar o primeiro jato, a vida costuma lhe pregar peças terríveis. Assim, ele aperta as nádegas e segura a vontade. Que apareçam de uma vez, por Deus! Isso precisa acabar.

No impacto dos primeiros momentos, quando ainda não era capaz de verbalizar o que tinha acontecido nem de pensar nisso, leu alguns livros que falavam do Mal, com a ingênua pretensão de buscar respostas. Um deles o impressionou especialmente; é de um neurocientista chamado David Eagleman e conta a história do *homem da torre*. Aconteceu em 1966. Um norte-americano de vinte e cinco anos, chamado Whitman, subiu na mais alta torre da Universidade do Texas, em Austin. Estava com uma maleta cheia de armas. Quando chegou ao topo, matou o recepcionista com uma coronhada; depois alvejou à queima-roupa duas famílias de turistas que subiam atrás dele. Em seguida, foi até o mirante e começou a disparar contra as pessoas que passavam na rua. A primeira vítima estava grávida. Disparou contra quem foi ajudar, contra duas ambulâncias e contra os demais pedestres. Após várias horas de massacre, três policiais e um civil conseguiram subir na torre e acabar com Whitman. Sem contar com ele, dezessete pessoas morreram e trinta e sete ficaram feridas.

Na madrugada anterior, Whitman escrevera um bilhete de suicídio. Um bilhete sinistro, recorda Pablo. Procura no celular o arquivo digital do livro, intitulado *Incógnito*, e rastreia as páginas até encontrar o texto do bilhete. Então o relê, sentindo o mesmo calafrio que da primeira vez: "Supostamente sou um jovem inteligente e razoável. No entanto ultimamente (não lembro como começou) tenho sido vítima de muitos pensamentos incomuns e irracionais [...]. Após muita reflexão, decidi assassinar minha mulher, Kathy, hoje à noite. [...] Amo-a muitíssimo, ela tem sido para mim uma esposa tão boa como qualquer homem poderia desejar. Racionalmente não me ocorre nenhuma razão específica para matá-la...". E, de fato, antes de subir à torre, havia assassinado a punhaladas sua mãe e sua esposa enquanto dormiam. Na carta de suicídio, também pedia que fizessem a autópsia e investigassem sua cabeça, pois acreditava que alguma coisa tinha acontecido. Fora o típico bom menino: escoteiro, fuzileiro naval, estudante aplicado; um tipo inteligente. Encontraram em seu cérebro um pequeno tumor. Eagleman diz que era como uma moeda de cinco centavos de dólar, mais ou menos equivalente à de dois centavos de euro, calcula Pablo. Um glioblastoma. Essa isca de carne maligna oprimia a amígdala cerebral, que regula as emoções, especialmente o medo e a agressividade. O autor do livro se pergunta até que ponto Whitman era responsável por seus atos; ou até que ponto seria injusto absolvê-lo por completo. E se de fato ele fosse um monstro e a única coisa que o tumor fez foi privá-lo da capacidade de autocontrole? Pablo apaga a tela do celular e por instantes encara, deslumbrado, a escuridão mais absoluta. Ele pisca, nervoso, reconhecendo-se em desvantagem. Os neonazistas virão com luz? Terão deslizado para junto dele silenciosamente? Começa a sentir um medo crescente, mas seus olhos se habituam em seguida à resplandecente escuridão. Os montes que a ganga formou ao longo de um século voltam a desenhar a seu redor uma paisagem ondulada de prata líquida negra. Que noite tão esplêndida: o ar parece um véu estendido em perfeita tensão, sem deixar uma ruga sequer.

Lembra-se de uma outra noite tão bela como esta. Foi em um dos curtos intervalos de felicidade com Clara. Estavam nas Highlands escocesas, no terraço de um castelo transformado em hotel. Diante deles, a linha escura dos suaves montes e a lua brilhando ofuscante no *loch*. Talvez tenha um monstro nesse lago, disse ele, rindo, e durante alguns minutos esquadrinharam com atenção o metal brilhante das águas para ver se dali emergia uma cabeça fabulosa. Pablo se lembra de ter sentido então uma fisgada de melancolia, a dor de saber que aquele momento terminaria.

— De que serve nossa capacidade de desfrutar a beleza se, afinal de contas, vamos morrer? — disse estupidamente, nublando a noite com sua queixa.

— Bem, a vida é isso, já disse Sócrates — respondeu Clara. — Você conhece a história da morte de Sócrates, não? Ele havia sido condenado a se suicidar ao amanhecer, bebendo cicuta. Passou sua última noite acompanhado de amigos e discípulos. Porém, em vez de falar com eles, pôs-se a aprender uma melodia muito difícil para tocar na flauta. Desconcertados, seus seguidores lhe perguntaram: "Mestre, porque gastar suas últimas horas aprendendo esta canção tão complicada, se a cicuta o aguarda ao amanhecer?". E Sócrates respondeu: "Para sabê-la antes de morrer". A vida é isso, Pablo: tudo o que sabemos e desfrutamos, tudo o que somos desaparecerá com a morte. E dá na mesma aprender a melodia daqui a dez anos ou dez minutos antes do fim. O fim chegará e apagará tudo. Mas, enquanto não chega, é isso o que somos.

Assim se expressou Clara, com essas palavras ou outras parecidas. Essa Clara tão bela e tão inteligente, cujas melodias foram tragadas pelo abismo.

O arquiteto suspira, bate os pés no chão, gira os ombros para tentar relaxar. Já não aguenta a vontade de urinar. Mija ali mesmo, dirigindo o jato contra os buracos da malha metálica. Depois limpa cuidadosamente as mãos com um lenço umedecido. O último que lhe resta. 3h25. Deus. O corpo inteiro dói; o pescoço virou um pedaço de pau, as pernas se dobram. Além disso, começa a sentir um pouco de frio, algo inesperado tendo em vista o calor das últimas semanas. Já está ali plantado de pé há quase três horas, e na noite anterior não dormiu nada. De repente um esgotamento indescritível o atinge, como se tivessem lançado sobre ele um balde de sombras. As pálpebras pesam, se fecham. Ele sacode a cabeça, grunhe, berra, muda a maleta de mão, fica de cócoras e levanta, bate os pés no chão de novo. É melhor pensar em outra coisa. Eagleman, autor de *Incógnito*, dá mais exemplos da influência da biologia. Um tipo normal que de repente se converteu em pedófilo, começou a ficar obcecado com pornografia infantil e a se insinuar para a sua afilhada, ainda impúbere. A mulher o deixou, o denunciou, ele foi preso. Também no cérebro dele descobriram um tumor enorme; eles o retiraram e o problema acabou. Poucos anos mais tarde, começou tudo de novo: descobriram que o tumor tinha voltado. O homem foi operado pela segunda vez e de novo deixou de ser um pedófilo. Quem dera Marcos tivesse um tumor cerebral, pensa Pablo. E se assusta com a ideia: você realmente prefere que o cérebro do seu filho seja devorado por um câncer? Sim, prefere. Sabe, no entanto, que o mais provável é que ele não tenha nem mesmo esse horrível consolo. A crueldade sem sentido, a violência perversa, isso é o mais insuportável. As religiões foram inventadas para tentar outorgar ao Mal um lugar no mundo.

Ahhhhhh! O grito que ainda ressoa em seus ouvidos irritou sua garganta, o espasmo do susto imobilizou seu corpo. Mas espere, espere, diz a si mesmo ofegante: o grito foi dele mesmo. Ele se sentia caindo no abismo, estava realmente despencando. Bracejou no ar, aterrorizado, e seus dedos se agarraram à cabine do elevador. Ainda agarrado, engole a saliva, se recompõe, pensa no que aconteceu. Deve ter adormecido por meio segundo. Sobressalta-se: não está muito perto do buraco do poço; entre ele e o buraco há talvez dois metros de distância. Mas nunca se sabe, talvez meio adormecido ele possa cambalear, dar alguns passos e cair nesse túnel interminável. Um calafrio lhe arrepia a espinha. Além do mais, ele soltou a maleta. Ela está no chão. Durante a agitação, Pablo a chutou, atirando-a a um metro de distância, ela também poderia ter caído no abismo. Respira fundo, tenta se acalmar; pega a maleta e se afasta o máximo possível da cabine do elevador, até topar com a cerca metálica. Senta-se no chão, apoiado contra um dos postes que a sustenta. 4h38. O cascalho do chão machuca suas nádegas. Que cansaço infinito. Começa a pensar que eles não virão.

Houve um dia, ou melhor, uma noite. Poucos meses depois de Marcos fazer dezoito anos e ir embora de casa. Não tinham se visto em todo esse tempo. Eram quatro e pouco da madrugada, como agora, e de repente acordou tão alarmado como se tivesse ouvido um alarme de incêndio. Sentou-se na cama, todo o corpo tenso: sabia que algo estava errado. Então ouviu: um pequeno golpe, ruído, atrito, passos. Havia alguém em casa. Levantou-se em silêncio e às cegas buscou a calça, pois dormia nu. Não queria se vestir por pudor, mas pela desproteção que se somava à nudez. Só encontrou a cueca: na noite anterior tinha posto a calça jeans para lavar. Saiu para o corredor com o coração apertado como uma noz e entrou na sala.

Era Marcos. Tinha subido numa cadeira e tentava pegar o volumoso quadro de Pérez Villalta. O que você está fazendo, disse. O menino nem titubeou, Vou levar o Villalta, respondeu, enquanto continuava tentando levar a tela. Preciso de grana. Se você precisa de dinheiro, me peça, disse Pablo, cada vez mais irritado. Marcos o olhou com desprezo: Não tenho que te pedir nada, eu vou levar o quadro. Pablo ficou indignado: É sério que você vai me roubar? Em duas passadas se aproximou do filho e agarrou o braço dele. O quadro pesado escapou das mãos do menino e caiu no chão com estrondo. A moldura se quebrou. Marcos olhou para o pai com olhos enlouquecidos, dilatados pelo ódio. Pulou da cadeira e foi para cima dele. Vem me bater, disse Pablo, que havia retrocedido alguns passos. E nos milésimos de segundo que o filho levou para alcançá-lo, o arquiteto se debateu entre a raiva, a surpresa, o medo, o pesar, o horror, o desejo de abraçá-lo, de matá-lo, a indignidade de estar vestido apenas de cueca. Quando Marcos o socou com força no rosto e no estômago, Pablo se entregou sem reagir, não por escolha, mas por não ter sido capaz de resolver o conflito de emoções antes que o filho batesse nele. Não tinha se decidido entre beijar ou socar o filho. E ficou assim, de quatro no chão, ofegante, asfixiado, quase nu, enquanto Marcos levava o quadro embora, batendo a porta.

Um ano mais tarde, estava na cozinha do escritório preparando um café quando aconteceu. Dois dos arquitetos jovens tinham ligado a televisão para ver as notícias, e a cara do seu filho apareceu na tela. Era uma foto de polícia, ele estava com um aspecto horrível. Pablo se aproximou da tela, perplexo, e se inteirou de que o acusavam da atrocidade contra os mendigos. Nesse exato momento, chegou sua secretária com o telefone: ligavam da delegacia. Daí por diante não houve mais trégua.

Pablo foi ver o filho na prisão, mas Marcos não quis falar com ele. Pode mandar ele à merda, disseram que ele disse.

Contratou um advogado, o melhor criminalista do país, e isso, sim, o filho aceitou. Pediu ao advogado para convencer o filho a recebê-lo. Ele que se foda, respondeu dessa vez. Pablo estava na porta da sala de espera, esperando poder trocar ao menos duas palavras com o filho, quando chegou a notícia de que ele havia conseguido escapar rocambolescamente enquanto o levavam para a audiência.

Ele deve ter dormido de novo, pois já são 7h06. Parece claro que não virão. Pablo se levanta com dificuldade, seu corpo está paralisado pelo frio. O verão chega ao fim, o sereno da madrugada soprou sobre ele um ar gelado. O sol ainda não despontou, mas deve estar bem perto; sob a luz cinzenta e sombria do amanhecer a Titana parece um lugar bem mais feio e degradado. Os montes de ganga já não reluzem com a lua e se mostram de fato como são: amontoados de lixo mineral disformes e escuros. Os ferros do cavalete estão enferrujados, uma densa camada de sujeira recobre tudo. Ele se dá conta de que a roupa está mesmo escurecida de pó e fuligem. Esfrega as manchas tentando inutilmente se limpar, em seguida compreende que foi um erro: não limpou nada e agora suas mãos estão imundas, sem que lhe restem lenços umedecidos. Recolhe a maleta empoeirada e se dirige para o buraco na cerca, que está mais próximo. Está fazendo um contorcionismo para se esgueirar pelo buraco quando escuta algo: passos se aproximam. A medula e os ossos gelam, e esse frio profundo o faz compreender como estava aliviado que ninguém tivesse aparecido. Os ruídos parecem vir do outro lado do cavalete, onde começa a via férrea. O arquiteto retrocede sem fazer ruído até chegar novamente à torre. Depois, protegido por ela, começa a dar a volta em seu perímetro para tentar espiá-los. Quando chega na esquina, olha por entre os ferros. Custa-lhe acreditar no que vê. Pisca os olhos. É a esquisitona do povoado, a adolescente gótica, que avança pela via caminhando pesada e ruidosamente com suas grossas botas. Ombros pesados, gorda demais, cabisbaixa, com esse andar cambaleante e sem graça. O que ela está fazendo aqui? Está distraída, pensa estar sozinha. Pablo segura a respiração: não quer assustá-la. A garota abandona os trilhos e desvia para a esquerda, para a casinha arruinada. Passa de perfil a uns vinte metros do arquiteto, permitindo entrever o que parece um olho roxo e um corte na bochecha. Depois entra na construção e fecha a porta. Então era ela, pensa Pablo. É a gótica quem mora nesse muquifo asqueroso, ou talvez seja apenas seu refúgio secreto. Espera alguns minutos enquanto o sol começa a pintar as coisas de amarelo. Pinceladas de ouro na feiura do mundo. Depois retoma o caminho de volta: esgueira-se pelo buraco na cerca, rodeia o cavalete fazendo uma grande volta para não passar junto à casinha e retoma a via férrea a cem metros de distância. A longa hora de caminhada que falta até que esteja em sua cama lhe parece infinita. Seus pés estão pesados, encontra-se em um grau de esgotamento que beira o estupor ou o delírio. O que terá acontecido com essa pobre adolescente enlutada?, pensa vagamente, recordando sua cara machucada. Os trilhos parecem dançar diante dele, vibram e se entrecruzam na distância. Mais um passo, e outro. Ele também ficou com o rosto bem machucado quando Marcos bateu nele. A última vez que viu seu filho foi naquela noite da briga, há um ano e meio. Mas a última vez que ouviu sua voz foi numa madrugada, faz seis meses. Acordou com o telefone tocando às três da manhã. Tinha ativado no celular a função "não perturbar", mas, por motivos de segurança, autorizou que a função fosse suspensa se alguém ligasse três vezes seguidas. O que significava que seu interlocutor tinha ligado insistentemente. Atendeu ainda meio adormecido e, para sua irritação, não responderam. No entanto, havia alguém do outro lado da linha: ouvia-o respirar. Tratava-se de um número privado e Pablo em seguida suspeitou que fosse seu filho. Quem é?, quem é?, repetiu, cada vez mais furioso. Ficaram nisso durante algum tempo, um minuto talvez, um minuto muito longo. Por fim, do outro lado da linha, soou a inconfundível voz de Marcos:

— Sou a escuridão — disse.

E desligou. Três meses depois, quando seu filho foi preso, Pablo soube que foi naquela noite que ele queimou os mendigos. Tinha acabado de agir quando telefonou. Aí começaram os problemas do arquiteto com a polícia: rastrearam a ligação e supuseram que Marcos havia telefonado para contar o que tinha feito, para pedir ajuda. Um minuto de conversa dá para dizer muita coisa, não entendiam que o garoto tivesse ligado apenas para angustiar e amedrontar o pai. O amor entre pais e filhos é muito mistificado, pensa Pablo.

Dormiu apenas algumas horas, mas já está de pé, pois o dr. Ramírez lhe disse que daria alta a Raluca por volta do meio-dia. A pressa e o cansaço o impedem de pensar com clareza, de se perguntar por que não vieram pegar o dinheiro, o que foi que deu errado. Tampouco se deu conta do automatismo atávico que o fez vestir a calça de lã fria e uma das duas camisas brancas, em vez do cotidiano jeans e camiseta. Pega a carteira, os cartões de crédito, os dois celulares, que estão ligados e que ele pôs para carregar. Após um instante de dúvida, calça sapatos em vez de tênis. Para falar a verdade, sente-se esquisito, um pouco disfarçado. Como o doente que, após uma longuíssima convalescença, veste pela primeira vez seu antigo traje e não se sente à vontade dentro dele. Melhor ainda: como quem herdou a roupa de um parente falecido.

Leva a Cachorra para fazer um xixi de emergência e, depois de encher o pote de comida, sai correndo escada acima para dar a Felipe um resumo da situação. Depois chama um dos dois táxis que há em Pozonegro, que o leva a uma locadora de veículos em Ciudad Real. Depois de o taxímetro marcar setenta e dois euros, o táxi o deixa na locadora, onde aluga um Toyota híbrido C-HR. Paga com cartão: é a primeira vez que o utiliza em mais de dois meses, se descontarmos o dinheiro que sacou do caixa eletrônico para os comparsas de Marcos. Pablo entra no carro e arranca, sentindo-se ainda estrangeiro em relação a si mesmo, como se estivesse visitando a própria vida. Seu antigo eu vai assentando sobre ele como uma chuva mansa.

Quando chega ao hospital é meio-dia e vinte. Raluca espera-o já vestida, sentada na poltrona emborrachada. Nervosa e cheia de expectativas.

— Desculpe pelo atraso.

— Não foi nada, tudo bem.

Pablo percebe o brilho nos olhos da mulher (quer dizer, no olho, pensa por um momento, confuso) e deduz que ela se impressionou com a fato de ele estar usando seu antigo traje de executivo. Raluca parece prestes a perguntar algo, mas se cala. O arquiteto olha o estacionamento enquadrado pelas grades da janela: o Toyota está na terceira fileira. Embora seja alugado, é um carro ao qual ele deseja voltar. É o começo do regresso. Sente um movimento em construção no interior de sua cabeça, uma espécie de avalanche.

— Me atrasei por ter passado antes em uma locadora de carros.

— Você alugou um carro? — repete ela, surpresa, como se não pudesse acreditar.

— Sim. Está ali, no estacionamento. Venha, vamos.

Um carro para ir embora. Uma roupa mais chique para deixar Pozonegro, pensa ela, com medo. Mas ele disse que gosta de mim, que me ama... Está prestes a perguntar, então você vai embora? Mas consegue morder a língua no último segundo. Não está preparada para escutar a resposta.

O caminho de volta é silencioso. Pablo conta a ela sobre a frustrada entrega do dinheiro, Raluca explica a ele que o dr. Ramírez a aconselhou a retomar a terapia semanal. Em meio a isso, longas pausas cheias de palavras não ditas. Já estão entrando em Pozonegro; visto do volante de um automóvel, o lugar parece outra coisa para Pablo. Igualmente feio, mas menos doloroso, mais alheio. Como uma paisagem vista pela janela e que vai ficar para trás. Estaciona com facilidade em frente ao prédio, junto à escadaria da estação. São muitas as vagas livres; antes Pablo não havia notado quão pouco se circula no povoado.

— Você vai ficar muito tempo com o carro alugado? — diz Raluca.

Ainda que na realidade queira perguntar se vai usá-lo para voltar a Madri.

— Ainda não sei. Não sei muito bem o que quero fazer.

É a pior resposta, a que mais temia, geme a mulher em completo silêncio. Os dois ficam sentados dentro do carro, muito quietos, olhando para a frente.

— E você? — pergunta ele. — O que quer fazer?

— Eu? Não sei, o que der pra fazer... Aposto que serei demitida do Goliat. A supervisora enviada pela central não vai com a minha cara. E depois do que aconteceu, bem... Com certeza vou ser despedida — diz Raluca com amargura.

Depois, deixando-se levar pela intuição, pelo desejo e por seu bobíssimo coração romântico, acrescenta:

— Ou talvez eu vá embora de Pozonegro. Estou cansada deste lugar de merda. Preste atenção no que estou dizendo, acho que vou tentar a vida em Madri, sempre gostei daquela cidade.

Depois do que disse, ela fecha os olhos. É uma aposta arriscada, uma jogada às cegas. O sangue lateja em sua garganta. A seu lado, Pablo também fecha os olhos, aliviado. Não se atreveria a pedir que Raluca partisse com ele, porque não confia em si mesmo, porque teme que tudo dê errado outra vez, teme arrancá-la da própria vida e depois abandoná-la. Pelo amor de Deus, se só dormiram juntos uma única vez e mal se conhecem, como assumir o enorme risco de propor que ela vá com ele para Madri? Mas se de todo modo ela já decidiu se mudar para lá... Ahhhh, inferno, sou um covarde, pensa. Um covarde.

— Pois acho que eu deveria voltar ao escritório. Não digo ao trabalho, pois creio que o trabalho me abandonou... — diz o arquiteto.

Ele se cala por um segundo, tentando se conectar com a parte recôndita de seu cérebro onde antes bailavam com graça os volumes, as linhas e as formas, mas, como vem acontecendo nos últimos meses, essa fonte de luz está apagada.

— Sim, parece que o trabalho me abandonou para sempre, mas acho que deveria ao menos voltar para o escritório, pôr minha vida em ordem... Venha comigo, Raluca. Preciso que você me entenda, não estou te oferecendo nada, porque não tenho nada a oferecer, não sei se vai dar certo, não sei se ficaremos juntos dois dias, se vou te aguentar, ou, o que é mais provável, se você vai me aguentar... Mas, se você quiser, podemos tentar.

A mulher continua sentada, rígida, olhando para a frente, com um sorriso na boca, os olhos vidrados, em êxtase. Depois da frase "venha comigo, Raluca", não escutou mais nada. Bem, as palavras e seus significados entraram por seus ouvidos, mas ela enfiou tudo em uma geladeira mental. O que importa: Pablo disse "venha comigo, Raluca". A mulher deixa escapar uma risadinha e responde com um "sim" que parece um gorjeio. E agora é o momento em que um sorriso também surge no rosto de Pablo, os dois muito rígidos dentro do carro estacionado, olhando para a frente feito dois bobos, felizes, nervosos, muito assustados, perguntando-se se não deveriam fazer algo, falar mais, concretizar de alguma forma, trocar carícias e beijos. Raluca, principalmente, pensa que, se estivessem em um filme, agora estariam se beijando. Mas a romena já tem certa idade e alguma experiência; e ainda que persiga seus sonhos com obstinação, sabe que forçar uma apoteose sentimental, cinematográfica, pode arruinar a realidade de algo modesto, mas belo. Então fica quieta e não faz nada.

— Em meia hora começa meu turno — diz Pablo. — Venha, me ajude a soltar a Cachorra e a dar comida para ela. Depois você poderia me acompanhar ao Goliat pra ver como estão as coisas. Na melhor das hipóteses, você consegue negociar uma transferência para Madri, na pior, uma indenização...

Saem do carro e se encaminham para casa, sem se tocar, ambos com o mesmo sorriso abobalhado na cara. Entram no prédio, sobem as escadas e, quando Pablo se inclina com a chave na mão para abrir a porta, percebe que, embora a fechadura pareça intacta, a porta está entreaberta. Empurra-a cauteloso com um dedo até abrir completamente.

— Entrem, entrem. Como se estivessem na casa de vocês — diz uma voz de homem.

São eles, pensa Pablo, enquanto um jorro de adrenalina gelada inunda sua nuca. Como conseguiram entrar? Ainda que a fechadura, claro, seja uma merda. Engole a saliva e pensa: vamos acabar com esse pesadelo de uma vez. Cruza o estreito corredor com uma passada e entra na sala, seguido por Raluca. Surpresa: na parede do fundo, sentado no chão, com o rosto cinzento e aspecto de franguinho depenado, está Felipe com seu cilindro de oxigênio. De um dos lados do velho, de pé, com os braços cruzados e as costas gordas apoiadas contra a parede, o animal que lhe vendeu a casa. Como se chamava? Do outro lado, dois sujeitos também de pé. Um moreno e com aspecto atlético, outro franzino e encurvado.

— O que significa isso? — pergunta Pablo.

Nesse momento, alguém grita em sua orelha:

— Moka! Mas que merda você está fazendo aqui!

Raluca ultrapassa Pablo, se atira contra o tipo moreno e lhe dá um empurrão na altura do peito. O homem segura os pulsos da romena e a imobiliza.

— Shhh, shhh, shhh — murmura tranquilizadoramente, como quem tenta acalmar um animal.

Pablo avança e puxa a mulher pela cintura, libertando-a do sujeito. Tem medo de que façam mal a ela.

— Calma, Raluca. Deixe isso comigo.

— Isso, deixe com ele, mulher — diz o moreno, ajeitando a roupa.

Então este é o famoso Moka, pensa Pablo. É pálido, musculoso, com um cabelo preto bonito, abundante e ondulado, lábios grossos, dentes brancos perfeitos. Seria muito bonito não fossem os traços carnudos amontoados no centro do rosto, que lhe dão um aspecto bruto. Veste uma camiseta amarela de manga curta, um ou dois números menor que o seu, o que ajuda a ressaltar os poderosos músculos. Mas Pablo é uma cabeça mais alto que ele, ainda que Moka seja o mais alto dos três intrusos.

— O que vocês estão fazendo aqui? Como entraram? Felipe, você está bem?

— Sim, sim, não se preocupe — responde o velho, compungido, enquanto se ergue com dificuldade e vai até eles.

Nesse instante Pablo se dá conta: ele não escuta nem vê a cachorra, que sempre o recebe com grande alvoroço. Repentina angústia.

— O que vocês fizeram com a cachorra, filhos da puta?

— Ei, ei, ei, cara, aqui ninguém desrespeitou ninguém. Como são mal-educados esses malditos mauricinhos... — grunhe com raiva o antigo dono da casa. — Está no outro quarto, não aconteceu nada com ela.

Pablo sai correndo e abre a porta do quarto onde dorme. Ali, no centro do dormitório, encontra a cachorrinha. Em meio a um monte de pratos engordurados, restos de frios, ela devora com prazer um pedaço de queijo manchego. Vê-se que os homens esvaziaram a geladeira, puseram a comida no chão e trancaram o animal com esse banquete, para que ela não incomodasse. A Cachorra levanta o focinho sujo de maionese e o olha com arrebatada felicidade, enquanto abana a cauda como uma hélice. O arquiteto volta à sala, um pouco mais calmo. Gutiérrez. Benito Gutiérrez é o nome desse cretino.

— Você é Benito Gutiérrez. Que diabos está acontecendo? — pergunta, sombrio.

— Com certeza isso é coisa do Moka, que é um idiota — grunhe Raluca.

— Vamos nos acalmar um pouquinho? — sugere Benito.

— Quer que eu fique calmo? Vocês forçaram a entrada na minha casa.

— Não, não foi exatamente assim — diz Benito. — Primeiro fomos ver se Felipe tinha a chave da nova fechadura, porque você trocou a velha, o que demonstra falta de confiança da sua parte. Felipe não tinha, mas trouxemos ele com a gente. Já a porta foi aberta por ele — aponta o sujeito mais magro — que tudo o que tem de feio tem de jeitoso. Pode ver que a fechadura está intacta. Não forçamos a entrada, usamos um grampo.

Pablo olha-o atônito. Benito parece estar bêbado de novo, ou talvez tenha usado algo mais. Raluca se vira para o arquiteto:

— Não vale a pena falar com eles. Eles têm uma pedra na cabeça em vez do cérebro.

— Escute aqui, sua espertinha, você não pode me ofender — se enfurece Benito, desgrudando-se da parede e arqueando os braços de gorila.

Ele se aproxima da romena com trejeitos exagerados de valentão. Raluca sustenta o olhar, enquanto Pablo observa tudo do interior de uma bolha de estranha e branca calma. Como levar um soco: não se encolha nem se afaste do golpe; tensione o abdômen e tente se deslocar ligeiramente, de modo que o punho o acerte de lado. Ao redor do arquiteto a cena se desenrola com assombrosa nitidez, como se estivesse em um filme de visão aumentada. Olha com fria curiosidade os corpos dos homens, tentando decifrar se portam armas ou não. É provável que esse volume na calça de Benito seja uma faca. Uns tipos desagradáveis entraram em sua casa, evidentemente com más intenções, o que é anormal e inacreditável. Que possibilidades ele, Raluca e Felipe têm de sair ilesos se as coisas desandarem? Poucas ou nenhuma: os invasores têm cara de quem sabe bater, não temem a violência. Além disso, ele não vai abandonar Raluca, Felipe e a Cachorra. Muitas variáveis para cuidar. Não resta dúvida de que se trata de uma situação muito preocupante, mas, para dizer a verdade, Pablo experimenta um tipo de alívio. Depois dos obscuros, inomináveis medos dos últimos meses, ter de enfrentar um perigo tão evidente e elementar tranquiliza-o. É como arrebentar o punho contra a parede para esquecer a dor da consciência. De modo que agora o arquiteto estende uma das mãos no ar diante de Benito e, sem sequer tocá-lo, detém seu avanço, de tão autoconfiante que parece.

— O que você quer? — pergunta.

Algo desconcertado pela serenidade de Pablo, Benito pigarreia. Seu pescoço compacto emite um ruído áspero de betoneira.

— Bem... — bancando o valentão, ele diz. — Só viemos buscar o que é nosso.

— Isso, buscar o que é nosso — repete Moka.

O terceiro homenzinho não abre a boca, mas assente várias vezes com a cabeça.

— De vocês coisa nenhuma, seus mortos de fome! — se enfurece Raluca.

— Deixa eles falarem — pede Pablo.

— Bem, Raluca, só queremos que você devolva as coisas do Moka para ele — diz Benito.

— Que coisas? O lixo que ele deixou comigo? Já disse que joguei tudo fora.

Benito e Moka assumem expressões de exagerada surpresa bem pouco convincentes.

— Como jogou fora? Você não sabe o que fez!

— Era tudo uma merda! Umas cuecas asquerosas, uma bolsa esportiva rasgada, calças de moletom mais velhas que...

— Burra, tapada, na bolsa tinha um fundo falso com dois quilos de cocaína — diz Benito, triunfante.

— Dois quilos o quê, vai enganar outra. A bolsa não pesava nada. Dois quilos? Meus ovários!

— Dois quilos, sim, princesa, mas estavam espalhados em várias partes, no fundo falso, nas alças... Também nas roupas, que embebi em coca e depois sequei, dá pra entender? — intervém Moka, amável e obsequioso.

— Dois quilos ou quase isso, sua tapada, você estragou tudo, cada quilo vale pelo menos quarenta mil euros. O que você fez? Jogou tudo no lixo?

— É mentira — repete Raluca. Mas uma pequena sombra de dúvida escurece seu cenho.

— Você estragou tudo, ferrou tudo, sua vadia. A cocaína não era só do Moka, mas também de um sócio, um sujeito muito, muito mal-encarado, desses que te arrancam os olhos quando se irritam. E você só tem um, sabe como é...

A cachorra entra na sala lambendo o focinho brilhante. Ela anda estufada, a barriga distendida e muito redonda.

— Você está me ameaçando? — pergunta a mulher.

— Estou te avisando. Você pode se dar mal. Todos vocês, a começar por essa vira-lata nojenta — diz, apontando para a Cachorra, que anda entre eles de modo desajeitado.

— O.k. O que vocês querem então? — repete Pablo.

— Cara, queremos que vocês paguem o que estão nos devendo. Quer dizer, devendo pro Moka. Tudo o que estão devendo.

Atrás dos três homens, Pablo vê a cachorra andar de um lado a outro, até que para a um metro de distância, arqueia o dorso e vomita um bolo de comida mal mastigada.

— Eu pago. Vou dar a vocês todas as minhas economias. Posso sacar o dinheiro amanhã — diz Felipe.

Raluca o observa com olhos comovidos:

— Mas esse dinheiro é seu, para o asilo...

— Não, não, Felipe, fique tranquilo, é muita generosidade da sua parte, mas não precisa — diz Pablo. — Olha, Benito, sei quem você é, onde você mora, tenho todos os seus dados... Você deve estar muito mal da cabeça para se arriscar desse jeito...

Benito se exaspera:

— Escute aqui você, seu riquinho de merda, não venha me insultar...

Pablo levanta a mão:

— Suas ameaças não me assustam...

— Não são minhas, mas do sócio sanguinário do Moka. Te garanto que ele é de dar medo.

— Tudo bem, o.k. Suas ameaças não me assustam, mas quero acabar logo com esta farsa. Tenho cem mil euros em dinheiro. Vou entregar a vocês, para que desapareçam de uma vez por todas. Caso volte a ver a cara de vocês na rua, ainda que seja a duzentos metros, vou direto à polícia.

— Você tem cem mil euros aqui? — pergunta Benito, sem conseguir esconder seu êxtase, os olhos chispando de cobiça.

Pablo dá meia-volta e se dirige ao outro quarto, seguido em fila indiana por Benito, Raluca, Moka, o terceiro homem, Felipe e Cachorra, que para de vez em quando para vomitar. O arquiteto se aproxima do colchão, agarra uma de suas pontas e o levanta. Debaixo dele, no chão, estão os euros em montinhos simétricos.

— Vá se ferrar, não acredito! Se a gente soubesse que o dinheiro estava aqui... — lamenta-se o pescoço de touro.

Mas em seguida se ajoelha e começa a recolher as notas. Pablo atravessa a cozinha e volta com uma sacola plástica, que oferece ao homem. Eles a enchem em dois minutos.

— Agora sumam — diz o arquiteto.

Benito se põe de pé, satisfeito e cheio de si.

— Vamos embora porque queremos — responde bancando o valentão, a caminho da saída.

— Você continua bonita como sempre, Raluca — bajula Moka servilmente ao passar diante da ex-mulher.

O arquiteto abre a porta, os três homens saem para o corredor, alguém aperta o interruptor de luz e, de repente, se materializam duas, três, quatro pistolas negras, pesadas máquinas de morte; e duas, três, quatro pessoas atrás das armas. Um tumulto de pessoas que estavam escondidas nas escadas e que agora ocupam o corredor. Um raio de puro terror percorre o arquiteto da cabeça aos pés: são eles. É ele. É a escuridão. Mas em seguida escuta os conhecidos gritos:

— Polícia! Não se movam! De joelhos! Mãos atrás da cabeça!

Há quatro agentes de uniforme, uma mulher e três homens. São eles que empunham as pistolas. Depois vem uma mulher mais velha, à paisana. Ela se aproxima deles.

— Mas o que a senhora faz por aqui? — pergunta Raluca espantada.

— Sr. Hernando, sra. García, sou a inspetora Jiménez, da Brigada Provincial de Informação — diz a mulher, impávida. — Estamos vigiando há certo tempo o sr. Hernando, com autorização judicial, é claro, a fim de recolher informações sobre o paradeiro de seu filho. Entre outras coisas, instalamos microfones na sua casa. Por isso pudemos acompanhar a tentativa de extorsão desses grandes gênios, chegando a tempo de prendê-los. Levaremos o dinheiro apreendido como prova, que será devolvido assim que possível. Agora o agente lhe dará o recibo.

Os gênios não dizem nada, rostos contra a parede como meninos malvados. Os policiais fazem a revista: Benito está mesmo com um canivete de tamanho respeitável e um soco inglês; Moka está limpo, e dos bolsos do sujeito mirrado retiram vários grampos e uma enorme chave de fenda com a ponta fina como um espeto, uma arma improvisada cujo aspecto faz tremer. Essa cobra silenciosa talvez fosse o mais perigoso dos três, pensa Pablo, aturdido pela velocidade dos acontecimentos. Pensa também: menos mal que tenhamos feito amor na casa de Raluca.

— Vocês também puseram microfones no apartamento dela? — pergunta o arquiteto.

— Claro que não.

Menos mal que tenhamos feito amor na casa de Raluca.

A sra. García observa Jiménez com olhos esbugalhados. Ela usa outro tipo de roupa, se move de outra maneira e tem o cabelo grisalho penteado de outra forma, mas é a maldita supervisora do Goliat. A que não ia com a sua cara. Os policiais já algemaram os três homens e os levaram escadaria abaixo. Vão docilmente, em completo silêncio, com o aspecto embotado de quem acaba de ser sepultado por uma avalanche (e sem conhecer as instruções para se salvar).

— Preciso falar com o senhor, sr. Hernando. Quatro membros do grupo Despertar foram detidos na noite passada em uma operação policial realizada em Córdoba. Não houve feridos. Neste momento estão sendo levados para Madri. Lamentavelmente, seu filho nos escapou.

— Ah... — exclama Pablo, apoiando-se na parede.

Por isso eles não vieram. Mas ele continua solto.

A inspetora o observa, desconfiada.

— E naturalmente o senhor não sabe de nada...

— Não. Não sei nada — diz Pablo.

— Certo. E por acaso guardava cem mil euros em sua casa...

— Dois neonazistas enviados por Marcos entraram em contato comigo há alguns dias. Eles me ameaçaram e me obrigaram a sacar esse dinheiro. Na noite passada eu deveria me encontrar com eles na Titana à uma da manhã, para entregar o dinheiro, mas eles não apareceram. Agora compreendo por quê. Não vejo meu filho há um ano e meio, nem tenho a menor ideia de onde ele possa estar. Como já expliquei diversas vezes, não temos uma boa relação. Melhor dizendo, não temos uma relação.

— Entendo. Mas me diga, se soubesse onde ele está, nos contaria?

Pablo reflete.

— Não sei.

Malditos pais, pensa Jiménez, que ainda está sentindo a frustração de não ter capturado Marcos Soto. O sucesso da operação foi obscurecido e Nanclares vai gozar da derrota dela como um porco numa poça de lama. Como é mesquinha a vida: nunca nos presenteia com felicidades redondas — suspira a inspetora, observando o arquiteto com aversão. Nunca o achou simpático.

— Sr. Hernando, o senhor deve se apresentar amanhã na delegacia de Pozonegro. Tomarão seu depoimento e lhe mostrarão algumas fotos para que identifique os neonazistas com quem falou... O depoimento está marcado para as dez horas.

— Estarei lá.

Jiménez olha Raluca de esguelha. A moça continua com os olhos cravados nela como quem vê um fantasma. Esta garota, em compensação, é uma graça. E muito atraente. Um breve sorriso curva os lábios da inspetora e quebra sua formalidade.

— Sra. García, este povoado é muito pequeno e parado, ninguém chega de fora e é difícil passar sem ser notado, daí o meu disfarce. Seu chefe não sabe quem eu sou, recebeu ordens de cima e acredita de verdade que eu trabalhava como supervisora. E sabe de uma coisa? Dei a você a melhor avaliação de toda a equipe.

Boas notícias: na semana passada Pablo se arrependia duas ou três vezes ao dia por ter pedido que Raluca fosse embora com ele, mas nesta semana a angústia só o toma uma vez a cada vinte e quatro horas, frequência que está diminuindo. Boas notícias: a magnífica avaliação da falsa supervisora impressionou o chefe da romena, que, por sua vez, ainda que contrariado pelo fato de perdê-la, apoiou junto ao escritório central seu pedido de transferência. Ainda não sabem a unidade para a qual ela será destinada, mas o que parece certo é que a enviarão para Madri no começo de outubro. Quando chegar a confirmação, os dois vão embora. Boas notícias: acaba de chegar pela Amazon o presente que Pablo encomendou para Raluca, uma surpresa que, ele sabe, vai encantá-la.

Burrummmmmm, trepida o trem quando passa diante das janelas esmagando os trilhos. O arquiteto acha que esse ruído é uma espécie de ovação, um sapatear de alegria. Até os ferros dançam neste novo mundo, tão leve.

Já deveria estar a caminho do Goliat, seu turno começa em cinco minutos e, ainda que, é claro, vá abandonar o emprego no fim do mês, incomoda-o chegar atrasado: a pontualidade é outra de suas obsessões. Mas ele espera Raluca, quer dar o presente para ela, ver sua cara. A impaciência o leva até a sacada três vezes para ver se ela está chegando. Sim, afinal ela aparece. Cravando os saltos no chão e bracejando com garbo. Ela é dessas pessoas que caminham como se soubessem aonde vão. Pablo se agarra aos ferros oxidados da sacada e aparece por cima do parapeito, experimentando um prazer especial, talvez algo perverso, de observá-la sem que ela perceba. Agora a vê de cima, enquanto ela abre o portão, sua espessa cabeleira, os peitos mais abaixo, esse corpo que ele começa a conhecer tão bem, a cada dia colono de um rincão novo: a forma de diamante do umbigo, a relativa aspereza das articulações, a delicadeza da clavícula, a trilha diminuta das marcas avermelhadas que, desde a nuca, vão descendo pelas costas, como em um desfile triunfal. Há apenas três meses e meio não conhecia Raluca. Pensar na facilidade com que poderia não ter acontecido o que está acontecendo agora causa nele angústia e vertigem.

Pablo entra correndo no quarto. Sente as mãos contaminadas após ter tocado o imundo parapeito. Pensa por um momento em pegar um lenço umedecido para se limpar, mas abandona a ideia: quer encontrar a romena e não pode perder tempo. Eu gosto mesmo da Raluca, pensa o arquiteto, um pouco assustado: ela vem antes da higiene. Pega o pacote do presente, um metro e quarenta por um metro, retangular, muito pesado, e desce as escadas em disparada seguido alegremente por Cachorra, que continua achando que tudo o que Pablo faz é brincadeira.

Encontra Raluca no hall do primeiro andar, buscando as chaves no bolso.

— Você me assustou! — exclama, morta de rir. — E esse pacote?

Pablo vai responder a ela que é uma surpresa, ainda não o desembalou para que ela não veja do que se trata. Mas antes que possa dizer algo escuta-se o bater de uma porta acima deles, gritos de mulher, choro infantil, outras vozes mais baixas, ruído de passos. Pablo se dirige ao vão da escada, olha para cima, não sabe se deve subir para ver se está acontecendo algo com a menina, a filha de Ana Belén. Mas já estão descendo, é um grupo agitado que em seguida aparece no hall do andar de cima. Na frente, uma mulher de meia-idade leva, firmemente agarrada pelo braço, a menina, que chora e se contorce; atrás, um policial jovem e algo barrigudo bloqueia a passagem de uma Ana Belén irreconhecível, de cara descomposta e olhos de espanto.

— Minha filha, minha filha, vocês não podem levar minha filha, socorro, estão roubando a minha filha! — vocifera.

— A senhora está assustando a menina, se você se importa de verdade com ela não a faça passar por isto — responde a mulher com voz gelada. Depois diz para a pequena: — Não tenha medo, querida, não estamos te roubando, pelo contrário, vamos cuidar muito bem de você, que vai morar numa casa muito legal com outras meninas. Você poderá ver a sua mãe lá.

Mas Ana Belén continua uivando enquanto soca com os punhos as costas do policial roliço. O agente, com paciência entediada, mas infinita, ignora o incômodo e apenas murmura de quando em quando uma frase de reprovação: "Já chega, senhora...".

Passa o grupo enredado em sua coreografia de fúria e dor diante de Raluca e Pablo, perplexos. Descem a escadaria até o último degrau e abrem o portão do prédio.

— Devolvam minha filha! Violeta! — grita desesperada Ana Belén.

Mas a vizinha não vai até a rua, como se de repente tivesse compreendido que toda essa resistência é vã. A porta se fecha diante dela e a mulher afunda. Desabam seus ombros, sua cabeça, seu olhar. O queixo se crava no peito, as mãos pendem inertes dos braços, ela toda é uma bandeira arriada. No repentino silêncio, estrondoso, Ana Belén se vira e começa a subir os degraus de volta para sua casa, lentamente, sem sequer notar a presença de Pablo e Raluca. Eles a veem passar como um fantasma e não se mexem até escutar a porta se fechando dois andares acima. Uma cena assustadora.

Sem dizer nada, entram no apartamento de Raluca e desabam no sofá, ainda impactados. Então ela se chama Violeta, pensa o arquiteto: jamais soubera o nome da menina. Da vítima. Uma vítima da própria mãe, mas talvez também dele mesmo, Pablo.

— Fui eu — ele diz.

— O quê? — pergunta Raluca, desconcertada.

— Eu que denunciei. Denunciei Ana Belén. Pelas surras que dá na menina. Na Violeta. Cada dia era pior. E ia piorar ainda mais. Você, no primeiro andar, não ouvia nada, mas eu... Era horrível, de verdade.

A mulher olha-o com estranheza:

— Por que diabos você não me contou nada?

— Não sei. Não queria te preocupar.

Ou talvez: não queria que Raluca o obrigasse a tomar uma decisão que ele não se atrevia a tomar até bem pouco tempo atrás.

— Você devia ter me contado!

— De que adiantaria? Olha, por fim decidi denunciá-la, mas agora não sei se fiz bem. Condenei a menina a viver em uma instituição tutelada, longe da mãe...

— Isso não é tão ruim, homem. Venho de uma situação parecida. Além do mais, para a Violeta vai ser muito mais fácil, não tem nem comparação... Ana Belén poderá visitá-la, e talvez ela até tenha avós que possam ficar com ela...

— Eu me senti um miserável. Fiquei com muita pena dessa mulher.

— Também fiquei, mas talvez assim ela aprenda a não bater na filha.

— Você viu como a menina chorava? — se desespera Pablo.

— Claro. Mas, Pablo, ela talvez esteja assim por só ter conhecido essa vida de surras, acha que isso é normal. Deixe que ela conheça outra vida. Com certeza ela terá sorte, feito eu. Sabe o que mais? Pela primeira vez na vida essa menina vai saber o que é dormir sem medo.

As palavras de Raluca abrem um túnel na memória do arquiteto. Noites escuras emergem do passado como um bando de morcegos, lentíssimas horas de escuridão temendo escutar os passos bêbados do pai junto à porta. Uma vez se deitou debaixo da cama, mas seu pai se enfureceu ainda mais ao encontrá-lo ali. Dormir sem medo. Pablo agora se lembra de uma notícia que leu meses atrás sobre esse casal de norte-americanos de Long Island, Michael Valva, um policial de quarenta anos, e Angela Pollina, de quarenta e dois. Cada um trouxe três filhos do primeiro casamento, as mais velhas de onze anos, os menores de seis. Uma manhã, o pequeno Thomas, de oito anos, filho biológico de Michael, foi encontrado morto. Seus pais o haviam obrigado a passar a noite na garagem, que não tinha calefação, e o menino congelou. As temperaturas tinham chegado a sete graus abaixo de zero. Depois do homicídio, foram descobertas imagens gravadas que mostravam como esses ferozes pais castigavam amiúde seus filhos com rigor doentio, privando-os de alimento ou submetendo-os a temperaturas extremamente frias. O pequeno Thomas era uma criança com autismo, e sua incapacidade para cumprir as ordens dos pais exacerbou o sadismo deles, levando à morte da criança. Certamente Thomas chorou, talvez tenha esmurrado a porta da garagem, gritando, chamando seus pais. Ninguém o ouviu, ninguém quis ouvi-lo, da mesma maneira que ninguém interveio durante a infância de Pablo, quando o pai o espancava. Eram outros tempos. Pablo respira fundo e os morcegos batem as asas furiosamente, voltando à caixa fechada da memória. Pablo fez bem em denunciar a vizinha: prefere o mal-estar de saber que a menina está em um centro de acolhimento ao horror de deixá-la indefesa ante a possibilidade de um sofrimento irreparável. Muitas vezes a vida consiste em escolher o mal menor.

— Bom...! E o embrulho, o que é? — pergunta Raluca, animada.
— É um presente pra você. Espera.

Está muito bem embalado, dá um pouco de trabalho para abrir. Vai até a cozinha, pega uma faca, corta a fita, rasga o papel pardo. Faz tudo isso escondendo o objeto junto ao corpo, de modo que Raluca só o vê de viés. Por fim, tira dos cantos os quatro papelões de proteção.

— Está pronta? — pergunta desnecessariamente, pois a mulher já se retorce de impaciência. — Pode olhar.

Vira para ela o retângulo de acrílico e saboreia a expressão extasiada, a surpresa, a boca tão redonda que Raluca escancara. Beijaria agora mesmo essa boca de menina maravilhada.

— Que bonitooooooo! — diz ela, em um suspiro.

— Gostou? É a foto de uma aurora boreal na Islândia. O céu é verde, você viu? Completamente verde. De um verde ofuscante. Para você mostrar para os idiotas que dizem que os céus que você pinta não existem.

Salamat nang walang hanggang
Sa nagpasilang ng tala
Sa buong bayan natin
Na sa dilim nagpataboy.

Pablo aproxima o nariz das páginas: cheiram um pouco a mofo. Encontrou o volume numa lojinha de livros antigos e de ocasião na costa de Moyano. Foi publicado em Madri em março de 1896, poucos meses antes de começar o desastre nas Filipinas. Na capa, que deve ter sido de cor areia e o tempo amarelou e manchou, há a figura de um jovem filipino de rosto sério e pálido. Está descalço e veste roupas branquíssimas, uma calça leve e folgada, um amplo blusão. Está usando um sombreiro de palha, de aba larga e dura, que fica no topo da cabeça, como se fosse um pouco pequeno e não assentasse perfeitamente. Sobre o ombro direito descansa uma longa vara com a qual transporta, na ponta de trás, um cesto de palha com peixes e, na ponta da frente, vários cachos de banana. É um manual de tagalo para principiantes. Quando o encontrou entre os demais livros usados, pouco antes de voltar a Madri, Pablo considerou um bom auspício e o comprou. De vez em quando, no tempo livre, tenta aprender algo de tagalo. Como este poema de Fernando Bagongbanta, um autor do século XVII, que já conseguiu memorizar:

Salamat nang walang hanggang
Sa nagpasilang ng tala
Sa buong bayan natin
Na sa dilim nagpataboy.

Uma orgia de gês que significa: "Agradecemos para sempre/ Ao que nos deu essa estrela/ Essa que as trevas desterra/ De todo o nosso planeta".

É uma ideia bonita, essa estrela que consegue acabar com a escuridão. Uma ideia que o comove de um jeito estranho.

— Pablo! Me desculpe o atraso, menino, Madri está cada dia pior — exclama Germán.

Seu antigo sócio abriu caminho entre o enxame de mesas com uma urgência tão desajeitada que derrubou no chão a pilha de casacos que as vizinhas da mesa ao lado, meia dúzia de octogenárias muito arrumadas, haviam deixado, primorosamente dobrados, sobre uma cadeira.

— Caramba, que desastrado — reclamam as mulheres, com essa falta de contenção social que a idade traz.

Mas Germán nem percebe. Está muito nervoso, observa Pablo com certo regozijo. O arquiteto fecha o livro e o guarda dentro da maleta.

— Não se preocupe, está tudo bem. Não estou com pressa. O que vai tomar? A especialidade do lugar são os chás e os *scones* ingleses...

— Não, não, obrigado, não quero nada, desculpe, é que estou correndo, parei o carro em fila dupla, imagine...

Germán sorri com perturbação, buscando um gesto de cumplicidade que Pablo nega a ele. Pablo até simpatiza com Germán, até mais do que devia, mas cede ao irresistível desejo de irritá-lo um pouco. Não pensa em facilitar as coisas. Por isso o observa em silêncio, com rosto neutro, sem emoções.

— Bem, melhor irmos direto ao ponto. — diz seu ex-sócio, constrangido, tirando alguns papéis da pasta. — À parte a assinatura geral, que será na quarta-feira, no cartório, nossa maior urgência é a seguinte: o adendo do contrato do museu de Tessalônica. Veja se está tudo certo, mas saiba que com esse adendo você simplesmente cede seus direitos ao escritório e abre mão de continuar com a obra, já que não faz mais parte da empresa...

— Não preciso ler, Germán — diz Pablo, pegando as folhas e assinando três vezes com a caneta.

Devolve os papéis ao ex-sócio, que sorri e o observa, aliviado.

— Ótimo. Muito obrigado, Pablo. Como você está?

— Muito bem. Acho que nunca estive tão bem em toda a minha vida.

— E o que você vai fazer daqui pra frente?

Pablo sorri:

— Edifícios. Como sempre. Mas de outro modo.

Germán move a cabeça, penalizado:

— Eu não teria feito isso, de verdade. O escritório é seu. O prestígio é seu. Achei injusto. Mas a Regina... não sei, ela estava furiosa. E acabou arrastando a Lola e a Lourdes. Eu votei contra, mas eram três contra dois.

— Tudo bem, eu entendo.

— Regina queria inclusive processar você. Menos mal que vocês tenham chegado a um acordo. Você foi muito generoso.

— A verdade é que estraguei tudo. Projetos importantes foram perdidos por minha culpa. Regina tem razão. Além de ter um péssimo gênio, claro. As coisas estão bem do jeito que estão.

Germán se mexe no assento, engole saliva, pigarreia.

— Para mim foi uma honra trabalhar com você, Pablo. Considero você um dos melhores arquitetos do mundo.

— Por Deus, Germán, não me venha com mentiras. Fique tranquilo, não vou te achar um filho da puta. Anda, que vão guinchar o seu carro.

O ex-sócio deixa escapar uma risada nervosa, que se transforma ao mesmo tempo em uma tosse fingida. Ele se levanta atordoado, volta a esbarrar de costas na cadeira das anciãs, mas desta vez sem derrubar a pilha de casacos, se despede e sai fugindo, fuzilado pelo olhar indignado das octogenárias.

Na verdade, Pablo pensa que ele foi, sim, um pouco filho da puta. Como todo mundo, afinal. Sente certa amargura: tomaram o escritório. Roubaram. Ele também perdeu um monte de dinheiro. Sem falar que abriu mão de todos os projetos que estavam em curso. Tanto faz, que importa?, pensa ele, repreendendo-se; pode aproveitar a situação para levantar âncora e começar novamente. É preciso viver com leveza.

Um coro de risadas explode na mesa ao lado. As octogenárias gargalham desbragadamente. Cabelos brancos em tons de azul, roxo, loiro platinado. Todas as cabeças são bolas brilhantes de algodão-doce, perfeitamente cuidadas por cabeleireiros. Estão todas tão felizes, falando sem parar e devorando doces. Apesar da idade, elas têm fome de vida. Se conseguem comer o mundo a essa altura, ele também pode arriscar umas mordiscadas, mesmo tendo acabado de completar cinquenta e cinco anos.

Quando lhe deram a medalha de ouro do RIBA, Pablo encontrou o grande arquiteto indiano Charles Correa, que havia recebido o mesmo galardão vários anos antes. Teve a sorte de estar sentado a seu lado durante o jantar; Pablo elogiou seus muitos anos de urbanismo e arquitetura social, seus edifícios de baixo custo concebidos para pessoas sem recursos. Deve ter se excedido um pouco nos elogios — tinha bebido muito vinho — porque num dado momento Correa lhe disse: "O senhor está superestimando o meu trabalho, eu não decidi fazer esse tipo de arquitetura para ajudar as pessoas, o projeto apareceu, era um desafio profissional e as coisas acabaram acontecendo assim". Pablo se lembra agora da conversa com certo mal-estar, certa vergonha; não sabe se Correa estava dizendo a verdade ou sendo modesto. De todo modo não resta a menor dúvida de que ele, Pablo, foi bastante desajeitado.

O curioso é que Correa dedicou os últimos anos de sua vida profissional a realizar grandes obras públicas e privadas. Em contrapartida, Pablo, que baseou toda a sua carreira e seu prestígio em projetos monumentais, quer agora tomar o caminho contrário e desenvolver uma arquitetura para os mais pobres, concebendo edifícios de custo mínimo, mas sem abrir mão do conforto e da beleza. Porque a beleza ajuda a curar a dor do mundo.

Por sorte já assinou seu primeiro contrato. A sucursal espanhola da fundação internacional Housing First, que se dedica a dar alojamento aos sem-teto, encomendou o projeto de um prédio residencial em Madri. Pablo o considera o primeiro de muitos: está desenvolvendo um sistema de módulos pré-fabricados que vai baratear muito os custos. Cada módulo terá um terraço quadrado, desenhado de tal modo que a fachada do edifício será parecida com um tabuleiro de damas em três dimensões cujos perfis vão mudando com a luz do sol. Será uma superfície viva, móvel, cambiante, um *trompe-l'oeil*. Pablo comprime as pálpebras e visualiza esse muro vibrátil que, de certa distância, dará ao edifício uma textura pixelada. As linhas e os volumes voltam a dançar dentro de sua cabeça como antes, como se a vida o tivesse perdoado. Sente um calafrio de emoção e prazer, a excitação do caçador que está prestes a capturar uma forma que ainda não existia. Além disso, assim poderá ajudar os mesmos sem-teto que seu filho queimou, o que é um consolo. Justiça poética.

Na mesa ao lado se produz certo alvoroço: sob o protesto das demais, uma das idosas se levantou. Ela deixa uma nota sobre a mesa, pega o seu casaco e sai com certa precipitação. As outras octogenárias a observam indo embora, calando-se pela primeira vez nesta tarde.

— Meninas, que pena que Ángela tenha saído tão cedo — diz uma delas afinal. Outra acrescenta:

— Sim, pobrezinha. É que o marido dela ainda está vivo.

Pablo não pode evitar olhar para elas: já retomaram a animada conversa, inconscientes da bomba que soltaram. Seu estrondo ainda retumba nos ouvidos do arquiteto, a melancolia da decadência das coisas, da traição dos bons desejos. Pablo dá uma olhada no salão de chá, que, por estar na moda, está lotado: talvez estejam aqui agora mesmo uma centena de pessoas. Todas elas, salvo a minoria de perversos que sempre existe, esse um por cento de psicopatas que fazem a humanidade sofrer (seu filho é um deles, seu filho é pior que eles), todas elas, enfim, menos uma, segundo as estatísticas, vieram ao mundo cheias de boas intenções e desejos sublimes; ansiosas por amar e amar direito, por construir vínculos belos e duradouros. E todas elas mudaram seus planos mais de uma vez, tentaram amar e acabaram odiando, quiseram ser boas e foram horríveis. Como ele. Ou como suas vizinhas octogenárias, que seguramente se casaram embriagadas de romantismo e depois passaram anos esperando que o marido morresse para serem felizes. "É que o marido dela ainda está vivo."

E agora ele, com cinquenta e cinco anos, vai vendar seus olhos outra vez. Vai tentar reconstruir a inocência, que dizer, a ignorância em relação à fatalidade e ao fim dos sonhos. Sente um calafrio e o salão de chá parece escurecer: pressente que um ataque de angústia se aproxima como um eclipse. Mas no próprio centro de seu peito há um diminuto reduto de luz que começa a irradiar calor, combatendo as sombras. É a virtude animal da esperança, uma fé desmedida em nosso direito à felicidade. Pablo está há quatro meses em Madri, vivendo com Raluca. Nunca foi tão feliz. É um milagre. E por que esse milagre não poderia durar muitos anos ainda? Ou quem sabe para sempre?

Além disso, o único sempre que existe de verdade é o hoje, pensa Pablo. Amanhã posso ser atropelado por um caminhão. O curioso é que esse pensamento sinistro o reconforta muito.

Paga em dinheiro a conta que a atendente deixou numa pequena bandeja; limpa as mãos com um de seus lenços umedecidos, como sempre faz após tocar as moedas imundas. Depois se levanta e sai do local. Leva o paletó no braço; já é 6 de fevereiro, mas faz um calor que não é pré-primaveril, mas de verão pleno: vinte e seis graus, vê em um termômetro de rua. Uma aberração.

Sua nova casa fica a cinco minutos do salão de chá. Montou um escritório no seu antigo apartamento. Desta vez quer manter uma estrutura pequena e manejável, não mais de dez pessoas, no máximo. E sem sócios. O novo apartamento é maior, em um edifício mais antigo e modesto, e num bairro mais popular, La Latina. É uma cobertura caindo aos pedaços, mas cheia de charme; mais para a frente fará uma reforma completa e o apartamento ficará maravilhoso, agora não tinham tempo para se meter em obras. Além do mais, pôde alugar um pequeno apartamento no primeiro andar para Felipe. Por insistência de Raluca, eles o trouxeram de Pozonegro, e ele mesmo achou boa a ideia: nunca teve verdadeiros amigos e está tentando aprender algo com o velho, que finalmente parece ter deixado de desconfiar dele. Outra grande vantagem é que o Goliat onde Raluca trabalha também fica perto, na Plaza de la Cebada, e ela pode ir caminhando. Pablo ficou tentado a sugerir que ela largasse o emprego para estudar desenho, que ele pagaria as aulas; mas por sorte se conteve antes de cometer semelhante gafe. Ele se apaixonou por Raluca como ela é, incluindo seus espantosos cavalos. Não tem o direito de mudá-la. Pediu apenas para deixar seu escritório livre de pinturas; quando os cavalos vêm para cima dele, Pablo se refugia ali.

Ele caminhou bem rápido e, ao entrar no saguão fresco, está transpirando. Sobe num salto o primeiro lance de quatro degraus. Ultimamente tem feito coisas desse tipo, pequenas proezas físicas, como se quisesse demonstrar que ainda é jovem e que seu corpo responde bem. Pablo sorri, zombando um pouco de si mesmo, e entra no belo e combalido elevador de espelhos, que sobe lento e ruidoso até o sexto andar.

— Raluca? — grita ao entrar em casa.

Ninguém responde. Mas Raluca deveria estar em casa, seu turno era pela manhã. Atravessa a sala presidida pela fotografia da aurora boreal, sai para a pequena varanda e sobe pela escadinha que conduz ao terraço. Ali está ela, de pé junto ao parapeito, desfrutando a vista, com Cachorra deitada a seus pés, como sempre. Ele se detém, ávido: adora observá-la sem que ela perceba. Esse perfil magnífico, nariz e lábios enfáticos; os cílios longos e fartos. Ela acaba de trocar a prótese e o olho já não parece adormecido, agora as duas íris lançam chispas, como olhos de dragão. Usa o cabelo preso no alto da cabeça, o que permite ver a linha pura e sedosa de seu belo pescoço. Mais abaixo, os peitos, bem maiores e pesados. E ainda mais abaixo, a curva algo dilatada da barriga. Está grávida de quatro meses e a barriga começa a aparecer. Raluca continua sem perceber a presença de Pablo: está distraída, dando de comer às galinhas do vizinho. O velho da cobertura ao lado tem um galinheiro, coisa que o arquiteto acha uma imundície. Para falar a verdade, é o único problema que vê na nova casa.

O sol está se pondo, e o ar tem a limpidez dos grandiosos entardeceres de Madri. Ao redor da cobertura estende-se o ondulante mar de telhados da cidade velha, com alguma torre de ardósia, algum campanário, alguma cúpula. Por cima, um céu velazqueano de vermelhos violentos. Se abstrairmos o calor fora de época, a ameaçadora crise climática e a inquietante sensação de que a realidade é uma miragem que pode se desfazer a qualquer momento, convertendo-se em um apocalipse, o dia está bem bonito. Nesse despenhadeiro do mundo e da própria vida, Pablo vai ter um filho. Vai ter outro filho contra toda sensatez, mas também contra todo medo. E vai tentar fazê-lo feliz.

É tão bom que ele às vezes se angustia. As coisas não podem estar caminhando tão bem: Pablo teme que a desgraça se abata sobre ele como um relâmpago. Como evitar que um raio o alcance: quando você avistar um relâmpago, conte os segundos até ouvir o trovão. Multiplique o número de segundos por trezentos para saber a distância da tempestade em metros: o som se desloca a trezentos e trinta e um metros por segundo. Se o intervalo entre o trovão e o relâmpago é menor que trinta segundos, busque refúgio imediatamente. Os lugares mais seguros são os edifícios grandes e fechados. Evite os descampados, o cume de uma área arborizada e os lugares abertos e elevados.

Agora ele está num local aberto e elevado, mas não se escuta trovão algum. Ao menos por ora, os deuses das tempestades lhe são favoráveis.

Olha ao redor, enquanto as janelas começam a se acender. Em algum lugar desse largo mundo Marcos se esconde. Não voltou a ter notícias dele, que segue foragido. Sua presença ausente o atormentou a princípio, mas depois ele a aceitou como inevitável. O Mal está sempre aí. A dor também. De repente Pablo se lembra da esquisitona de Pozonegro, a adolescente gótica que lhe deu a Cachorra. Tomara que ela consiga escapar do seu destino de provável vítima, pensa Pablo, sentindo um pequeno e absurdo desassossego, como se a tivesse abandonado. O que de fato Pablo fez foi visitar os familiares das duas vítimas de seu filho, pois a mulher queimada acabou morrendo. Pablo falou com a mãe dela, a quem pediu perdão. Ela disse:

— Você não tem que se desculpar de nada. Não se sinta responsável. Também me senti assim em relação à minha filha. Muito jovem ela se envolveu com drogas. Tentamos tudo, mas ela acabou nas ruas. Meu marido morreu por isso, de pesar, tenho certeza. Não sei, talvez pudéssemos ter agido melhor, mas não soubemos, não conseguimos. Ela também não conseguiu fazer outra coisa, vejo agora com clareza. Os dependentes de drogas são pessoas doentes, sabe? Agora compreendo que a vida é como um mar e nós, como barquinhos. Subimos e descemos com as ondas, e às vezes chegam tormentas terríveis. Tormentas das quais não conseguimos nos livrar.

Era uma mulher de uns setenta anos, bela e serena; falar com ela fez muito bem a Pablo. Quando estavam se despedindo, a mulher disse:

— Vou te confessar uma coisa... Não sou religiosa, mas quando minha pobre filha morreu, desejei com todas as minhas forças, pedi a não sei quem, com todas as minhas forças, que ela fosse ao encontro do pai dela, para que cuidassem um do outro. E olhe... Antes ela não estava nesta foto. Da noite para o dia, apareceu.

A mulher mostrou a Pablo o retrato em preto e branco de um homem de uns cinquenta anos, de pé em uma espécie de mirante, sorrindo com o mar ao fundo. A seu lado, uma garota bem jovem também olhava para a câmera, com um sorriso feliz, cheia de dentes. Ela parecia flutuar, havia algo estranho em sua figura, uma qualidade ligeiramente borrada, inclusive translúcida. Depois daquilo, Pablo adquiriu o costume, talvez o vício, de olhar de vez em quando uma foto bonita que tem de seus sogros, já falecidos, diante da Torre Eiffel, para ver se um dia o ectoplasma de Clara aparece nela. É desnecessário dizer que, até agora, esse esforço não deu resultados. A imagem mostrada por aquela mãe impressionou Pablo, ainda que provavelmente não passasse de um delírio da mulher. O que chamamos de loucura não é mais que uma tentativa desesperada de sentir menos dor.

Os derradeiros raios de sol depositam sobre os telhados uma lâmina de ouro. Todas essas janelas, esses tetos, essas pessoas que respiram, sonham e lutam ali embaixo. Como Pablo as ama, de repente. Quanta bondade também existe no mundo, quantos desejos inocentes. A intuição do todo cai sobre ele, que se sente como cada um dos indivíduos que já existiram sobre a Terra; como a formiga que atravessa a lajota a seus pés, a galinha suja do vizinho, a árvore desfolhada que o vento quase derruba, o coral que oscila no fundo do oceano. De repente Pablo entende Violeta, em sua desproteção, e Ana Belén, em seu sofrimento (e a dolorosa desproteção dele mesmo quando criança, e o embrutecido sofrimento do seu pai), pois entende a totalidade das vidas humanas, tão breves e ansiosas. Com apenas um pouco mais de clarividência, somada a uma chispa de emoção, Pablo está certo de que chegaria a desentranhar o grande segredo das coisas, o sentido do mundo. E seria bonito. Mas os telhados começam a se apagar, o ouro se evapora. Já passou, esse momento oceânico já foi e a fresta por meio da qual ele esteve a ponto de vislumbrar a beleza da vida se fechou.

Talvez seja melhor assim. "Se agora o arcanjo, o perigoso, só com um passo/ descesse atrás das estrelas em nossa direção/ matar-nos-ia o coração sobressaltado", dizia Rilke, que sabia que nós, humanos, não podemos suportar a visão do sublime.

— *Se ha puesto la noche raraaaa, han salió luna y estrellas, me lo dijo esa gitana, mejor no salir a verla, sueño queee estoy andando, por un puente y que la acera, cuanto más quiero cruzarlo, más se mueve y tambaleaaaa...*

Raluca está cantando. É a canção de Rosalía, de que ela tanto gosta. A letra é meio abominável, mas ela está tão contente... Minha romeninha maluca, corajosa e maravilhosa.

A alegria é um hábito.

Às vezes Pablo acha que a felicidade é nua e simples, e tão fácil que dá vontade de chorar.

Raluca pegou do chão uma pena de galinha e brinca com ela: que nojo. Ah, não, não pode ser: agora levantou um pouco a blusa e acaricia suavemente com a pena seu ventre redondo e desnudo, de início de gravidez, sem se importar com os piolhos, pulgões e restos de titica que a maldita pena deve ter, sem se preocupar com a salmonela ou com a toxoplasmose, ou como quer que se chamem as mil doenças que esse resíduo orgânico, contaminado e asqueroso pode causar ao feto. Pablo respira fundo e se sente um barco na noite, subindo e descendo ao compasso das ondas. Mas não são ondas ferozes: por ora não há tempestade. Tanta vida pela frente, tanto a aprender antes da morte... Tranquilidade. Não vai acontecer nada com ela, não há com que se preocupar, pensa, finalmente em paz: já sabemos que Raluca tem sorte.

Para terminar

Antes de pôr o ponto-final, gostaria de esclarecer alguns detalhes. O primeiro e mais importante: minha Pozonegro não tem absolutamente nada a ver com a localidade de Pozoblanco, em Córdoba. Lamento que os nomes parecidos e a região geográfica possam confundir quem nunca esteve em Pozoblanco, mas o povoado do meu romance só poderia ter esse nome, já que se trata de um assentamento artificialmente criado no século XIX em torno da maior mina carvoeira da região. Com o fechamento da mina, minha pobre Pozonegro agoniza, enquanto Pozoblanco é uma cidade dinâmica, quinze vezes maior, que não tem relação alguma com a mineração e está cheia de vida e de história: sua origem remonta ao século XIV.

Para descrever o tipo de arquitetura de Pablo Hernando peguei emprestados alguns elementos de Rafael Moneo, que já foi chamado de "o arquiteto da intensidade". Quando falo do suposto Parlamento de Camberra projetado por meu protagonista, na verdade estou me referindo ao Kursaal, esse formoso cubo que Rafael Moneo construiu em San Sebastián/Donostia. Em contrapartida, a descrição da Torre Gaia, supostamente erguida por Pablo em Shenzhen, na verdade é calcada na impressionante Torre de Xangai, criada pelo arquiteto estadunidense Marshall Strabala. Por fim, a superfície pixelada do último projeto de Pablo, o das moradias populares, foi inspirado na torre The Sax, que a firma holandesa MVRDV está construindo em Rotterdam. Comento rapidamente que a fundação internacional Housing First existe de verdade; foi criada na Finlândia, em 2007, e se dedica de fato a oferecer moradias a pessoas sem-teto. No entanto, seria bastante improvável que encomendassem o projeto de um edifício, pois a filosofia dessa instituição consiste em distribuir os sem-teto em imóveis espalhados pela cidade, justamente para não criar guetos e para minimizar o impacto sobre a vizinhança. Desse modo, a história do contrato com a fundação no final foi uma liberdade narrativa. Por último, para terminar a parte arquitetônica, há muitos anos entrevistei em Mumbai para o *El País* o formidável urbanista indiano Charles Correa, e o que ele declara na cena em que conversa com Pablo é realmente o que ouvi dele na ocasião.

A frase "Deus criou o homem porque tinha necessidade de ouvir histórias" vem de uma parábola hassídica que se transformou em um verso do poeta argentino Roberto Juarroz.

Os pitorescos conselhos que podem nos salvar de calamidades vieram, quase em sua totalidade, do livro *Perigo: como sobreviver a situações-limite*, de Joshua Piven e David Borgenicht.

Infelizmente, todos os casos policiais narrados no livro são verídicos.

O estupendo compositor Frank Nuyts e sua esposa, Iris De Blaere, também musicista, foram, sem saber, a fonte para um pequeno detalhe do meu livro. A eles, minha gratidão, meu respeito e meu amor.

Por razões que agora não vêm ao caso, escrever este romance foi especialmente difícil. Gostaria de agradecer de todo o coração o apoio essencial e, em muitas ocasiões, também os utilíssimos comentários de Pastora Vega, Marta Pérez-Carbonell, Maitena Burundarena, Myriam Chirousse, Gabriela Cañas, Ana Arambarri, Ángela Cacho, Ana Santos Aramburu, Virginia Gayo, Lorenzo Rodríguez, Tomás Lizcano e, é claro, de todos os queridos amigos da Carmen Balcells, minha agência literária.

Menções especiais para Carolina Reoyo, revisora da Alfaguara: trabalhar com ela é um luxo imenso; para a capitã da polícia civil María Luisa Calcerrada, que revisou a parte policial; e para a escritora Miren Agur Meabe, que me assessorou quanto ao uso dos olhos artificiais (recomendo a leitura de seu maravilhoso romance *Un ojo de cristal*). Minha eterna gratidão, por seu apoio, seu talento, sua paixão e seus conselhos, à minha editora, Pilar Reyes. E agradecimentos em dobro para o formidável escritor Ignacio Martínez de Pisón, que foi a primeira pessoa a ler o esboço deste livro e que, com seu generoso entusiasmo e suas sugestões, me tirou do fosso de insegurança em que eu me encontrava. Obrigada, amigo: te devo uma.

La buena suerte © Rosa Montero, 2020

Todos os direitos desta edição reservados à Todavia.

Grafia atualizada segundo o Acordo Ortográfico da Língua Portuguesa de 1990, que entrou em vigor no Brasil em 2009.

capa
Luciana Facchini
obra de capa
Varanda, de Marina Quintanilha.
Reprodução de Nino Andrés
preparação
Sheyla Miranda
revisão
Mariana Delfini
Ana Alvares

5ª reimpressão, 2024

Dados Internacionais de Catalogação na Publicação (CIP)

Montero, Rosa (1951-)
A boa sorte / Rosa Montero ; tradução Fabio Weintraub.
— 1. ed. — São Paulo: Todavia, 2022.

Título original: La buena suerte
ISBN 978-65-5692-269-0

1. Literatura espanhola. 2. Romance. 3. Ficção espanhola.
I. Weintraub, Fabio. II. Título.

CDD 860

Índice para catálogo sistemático:
1. Literatura espanhola : Romance 860

Bruna Heller — Bibliotecária — CRB 10/2348

todavia
Rua Luís Anhaia, 44
05433.020 São Paulo SP
T. 55 11. 3094 0500
www.todavialivros.com.br

fonte
Register*
papel
Pólen natural 80 g/m²
impressão
Geográfica